望海潮
原创长篇系列

机器人的反叛

黄国敏 著

海峡出版发行集团 | 海峡文艺出版社

图书在版编目(CIP)数据

机器人的反叛 / 黄国敏著. —福州：海峡文艺出版社，2024.8
("望海潮"原创长篇系列)
ISBN 978-7-5550-3784-2

Ⅰ.Ⅰ247.5

中国国家版本馆 CIP 数据核字第 2024SE1182 号

机器人的反叛

黄国敏　著

出 版 人	林　滨
责任编辑	林可莘
出版发行	海峡文艺出版社
经　　销	福建新华发行(集团)有限责任公司
社　　址	福州市东水路 76 号 14 层
发 行 部	0591—87536797
印　　刷	上海盛通时代印刷有限公司
厂　　址	上海市金山工业区广业路 568 号
开　　本	720 毫米×1010 毫米　1/16
字　　数	230 千字
印　　张	13.25
版　　次	2024 年 8 月第 1 版
印　　次	2024 年 8 月第 1 次印刷
书　　号	ISBN 978-7-5550-3784-2
定　　价	68.00 元

如发现印装质量问题，请寄承印厂调换

目 录

1	一、引子
5	二、东方号章鱼飞船
14	三、酸菜面、大肥肠
22	四、宝庆路花园洋房
30	五、名门之秀
38	六、两个恋人
46	七、劳拉教练
52	八、雪峰道观
60	九、天人奶奶
66	十、鼾村不打鼾
74	十一、一个篱笆三个桩
82	十二、原罪乎
90	十三、失误的反思
97	十四、老城厢出来的金融家
104	十五、富二代脱壳
115	十六、人生祸患高调始
121	十七、婷婷和楚楚
127	十八、丁香花园
136	十九、步瀛斋布鞋
144	二十、雾伦敦、花巴黎（上）

151 二十一、雾伦敦、花巴黎（下）
158 二十二、超常的构想（上）
166 二十三、超常的构想（下）
173 二十四、星光俱乐部
180 二十五、星空交合
188 二十六、谁是策划者
197 二十七、人机大战
203 二十八、尾声

208 后记

一、引子

王华堂觉得他这一生，逢九必有难。今年，2038年，明年就是89岁，他又会有什么难呢？

他1950年出生，1959年天灾人祸，母亲说他快要饿死了；1969年"文化大革命"，当村支书的父亲去公社开会，不知怎么被造反派当场批斗死，至今还是一个谜案；1979年他承包乡铁厂不成，和乡领导顶撞，被拷进乡派出所，蹲了3天拘留；1989年他好不容易在上海站住脚，自己的师傅诓骗了他，差点人财两空；1999年受东南亚金融危机影响，钢材价格一路狂跌，他亏了几千万；2009年受世界金融危机影响，他的集团的资金链差点断裂；2019年房地产不景气，他的资金一下子缩水了几十个亿；2029年新能源开发和综合使用，世界石油期货震荡，又一次金融危机袭来，他的创投公司和高新技术公司又一次受影响；明年2039年，又会有什么呢？

当然，再有什么难对他来说已无所谓，就像一个巨浪对一艘航空母舰来说，丝毫无法影响它的雄姿。他的华鑫集团，已不是以前那种只搞传统产业的企业，它现在是集金融和高新产业于一身的一个位列全国100强、世界500强的集团。他的身价不是百亿，而是千亿。他现在是儿孙俱有，三代同堂，过着神仙般的生活。他是全国知名的慈善家，有钱、有声望、有爱心，人生的辉煌他一应俱有。然而，他也有遗憾，他唯一的遗憾是他的第四代没有诞生。他深信百善孝为先，不孝有三，无后为大。他的孙辈不是不能生，而是到了这个时代，和过去的时代不一样，他们不想生、不愿生，不婚族、不生族太多了，不孕潮又一阵一阵地汹涌。他现在终日琢磨的不是自己的延年益寿，而是延嗣添丁。他那个同乡、他过去的对手，现在上海的钢材大王周孔廉，最近添了个曾孙，在上海办酒100桌，给他发了个金箔请柬，他推说身体不适没去。他哪里身体不适，他真的可以再活500年，他是内心嫉妒，认为这是周孔廉对他的炫耀和挤对，"迪个人心事，阿拉还不晓得？"

他在酝酿一个延嗣添丁的"基因计划"。他曾咨询过他的两个生死之交周老师周书贤和龙哥黄江龙的意见，他们认为不是不能做，只是太伤养孙女汶汶的心。他犹豫了很久，还是决定做。他这后半辈子还没遇上想做而做不成的事。他选定了目标，就不达目的誓不罢休。至于伤汶汶的心，堆积如山的金钱财富、深厚如海的养育之恩完全可以弥补。这是一笔完全双赢的交易，何乐不为？

他看了看时间，天将拂晓，巴黎还是深夜。他对万能手机说要巴黎汶汶。手机闪着蓝光，不一会儿视屏上出现汶汶的头像。

"爷爷，这么晚了，你还没睡呀？"汶汶披着浴巾，包着头巾，看来她刚洗完澡。

"老让在吗？"

"什么老让，让·儒勒尔，他今晚不在，回他老家波尔多了。"

"怎么名字这么拗口。"

"因为你不喜欢他呗。"

"不是不喜欢，嗨，不说了。汶汶，爷爷最近失眠了，每天早上三四点就醒，想你啊！"

"暑假马上到了，一放假我就回去看你。"

"我要你永久在我身边，不是仅仅放假回来看我。"

"那我怎么办……爷爷，我喜欢巴黎的教书生活。"

"喜欢是可以改变的，我最近慎重考虑了，决定让你当华鑫集团总裁接我的班。"

"什么？让我当华鑫集团总裁接你的班？爷爷，你发疯了！"

"我很正常，怎么发疯了？我跟周爷、龙爷商量了，也跟你父亲、叔叔、哥哥、姐姐商量了，大家都一致同意我的意见。你一定要回来！"

"爷爷，我离不开巴黎……"

"你是离不开巴黎那个老男人吧！"

"爷爷，什么老男人，人家才50岁。"

"告诉你，我已决定向你发出最后通牒，你必须了断和让·儒勒尔的关系回国，如果你不听我的话，那一切后果你自己负责！"

他关上手机，气呼呼地坐着。他心想汶汶也太不听他的话了。30年的哺养之恩，居然换来的是这样的结果，太不值得了。

万能手机蓝光闪烁，发出提醒声音：注意，血压有点高，注意，血压有点高……王华堂摁了摁太阳穴，朝客厅外守候着的机器人喊："拎清，我想喝茶。"

机器人秘书拎清步履蹒跚地出现在客厅门口。

"红茶还是绿茶？"

"早茶应该是什么茶？"

"绿茶。雪峰云雾。"

"对。"

拎清转身走了。

他有3个秘书，男的叫余桑，女的叫黄丽，这个机器人秘书叫拎清。机器人秘书可以昼夜值班，不用休息。

他对白驹过隙的白氏人工智能公司给他开发设计的拎清还是比较满意的。前两个机器人秘书不是反应迟钝，就是言辞错乱，拎清除了步履还有些迟缓外，反应迟钝和言辞错乱的缺点改了，而且有超强的记忆力和推理能力。

王华堂在十年前一次老夫聊发少年狂时学习骑马摔下来，得了记忆缺失症，即有些事记得十分清楚，有些事过后就忘。从此以后，他再不骑马了。

拎清提茶壶进来，给王华堂斟茶。王华堂啜茶，拎清感应他，提醒他。

"真的，血压有点高。"

"没法不高。"

"我想，这回汶汶小姐会考虑。"

"你有何根据？"

"这回让她回来又多了一个条件。"

"什么条件？"

"让她当华鑫集团总裁。"

"也未必。21世纪出生的青年，跟我们那个年代的青年不同了，金钱、名誉、地位对他们已不是重要的追求，他们要的是自由、自身价值和快乐。至于延嗣添丁、结婚生孩子，更是不屑一顾。"

"如果未必，你为什么还要进行？"

"我会成功。"
"你考虑过汶汶小姐会接受吗?"
"让生米煮成熟饭,她不接受也要接受。"
"那会伤了她的自尊心。"
"伤就伤,有什么了不起,大不了,她背叛我!"
"其实,你没必要这样做。"
"为什么?"
"你深知中国哲学,天遂人愿,贵在自然。"
"嘀,拎清,你有两下子。如果我硬要做呢?"
"在劫难逃。"
"哈哈哈,我王华堂什么劫难也难不倒,拎清你等着瞧。"
"好。"
"但是,在这之前,你不能对汶汶透露我的计划。"
"我知道。"
"如果你透露……"
"你就停我的电。"
"不,我要毁灭你!"

二、东方号章鱼飞船

王华堂紧盯着天际那个金星般的亮点，亮点在幽蓝幽蓝的浦东上空越来越大，越来越亮，转瞬间变成一朵祥云。晴空一碧如洗，他的心情如晴空一样爽朗。经过几个月的交流沟通，汶汶听他的话离开巴黎回国，又碰上这样的好天气，他觉得这是一个好兆头。他的计划，不，应该说他的谋划，一定会成功！

东方号章鱼飞船飞临吴淞口上空，中国海军航母——排水量十万吨的喜马拉雅号，照例向它鸣放12响礼炮。这两个巨无霸孪生兄弟，在21世纪30年代，在世界海空两界的话语权是说一不二的。当然，更神的是它们均披着神秘的激光罩，魔力无穷地保护着自己的安全。

王华堂把喜马拉雅号的12响礼炮看成专为汶汶，他的华鑫集团新总裁、接班人、掌门人放的。华鑫事业永远兴旺，王氏家族万世不竭。

东方号章鱼飞船飞临上海机场上空。它是飞碟、飞机的组合，又配上章鱼的触角，乍看起来，像一只史前的巨兽。章鱼飞船头部是环形机舱，触角是飞船的轮胎。旅客坐在机舱里，就像坐在巴黎红磨坊剧场，看完一场精彩演出，就到了目的地。触角既是辅助机舱，又是各种服务设施，还是降落起飞的起落架。这触角是用特殊的智能纳米材料做的，有弹性，可伸缩，具浮力，能调温。章鱼触角是东方号飞船独特的技术，全世界只有中国掌握。章鱼飞船只有中国能制造。世界航空界现在不是波音、空客的飞机时代，而是上海飞机总厂的章鱼飞船时代。

银灰色的飞船在艳阳下金灿灿的，像五彩云朵在机场上空盘旋。章鱼的触角慢慢延伸，微微地上下舞动。船底下喷出一阵白色云雾和水汽后，开始降落。它不用跑道，可以垂直上下，这是它的安全所在。无论在哪种环境下，它都能自如起降，在水中能漂浮，这是让所有乘客青睐信赖的亮点。它的能源是固体氢，碳是零排放，是世界航空界追求的环保目标。

王华堂打开万能手机，视屏上立即出现汶汶的留波波头的俊美小脸，这个发式流行了近两个世纪，现在还惊世骇俗地流行，真叫人不可思议。

"爷爷，你干吗来接我呀，拎清来不就行了吗？"

"我想你呀，恨不得早点见到你！"王华堂看到汶汶仿佛对旁边一个人说着什么，"怎么？降落了吗？"

"正在降。"

"你旁边有朋友吗？"

"是。你说巧不巧，碰到一个中学的同学，从美国回来，也从巴黎上机的。"

"谁？"

"给你说，你也不认识！"

"蛮说。"

"施逢春。"

"施逢春？我记得你的同学中有这个名字，好像来我们家玩过。有十多年了吧！"有些事王华堂记得清楚。

"爷爷，你真是好记性。逢春，我爷爷还记得你。"

视屏上出现一个披着长发，脸色略显苍白的小伙子。

"王爷爷，我是施逢春，有十多年没见到您了，您都好吗？"

"好，我都好，你看，我还健壮，只是头发全白了！"

王华堂鹤发童颜，脸色红润，神采奕奕。

"头发灰白，这是我们的时代特点，电器用多了，放射性污染。"

"我可没用什么电器，我还不会用计算机。"

"爷爷，你手上的万能手机，就是电器。"

"可不是。逢春，汶汶回来了，你常来玩。有人接你吗？没人接，我们一起走。你出贵宾通道。"

"有人接，白氏人工智能公司。"

"爷爷，是白驹哥哥的公司聘请他来帮助工作的，跟他签了一年合同。"

"啊……那好，那好，一会儿见！"王华堂关上手机，紧蹙眉头。

"这么巧？要白驹过隙！"

王华堂对手机说。手机自动接通白驹过隙。

"小驹子，你怎么搞的，怎么把他们两个弄在一起了？"

视屏上出现了白驹过隙的影像，一个白皙书生模样的30多岁青年。

"爷爷，这是我有意安排的。"

"要是他们旧情复萌怎么办！"

"要的就是让他们旧情复萌。你懂中药，什么叫药引子你肯定知道。"

"你小子还想考我，我要开一剂泻药泻泻你的花花肠子！"

"哈哈哈……这叫欲擒故纵。"

"万一出了差错怎么办？"

"别说万一，就是亿一也不可能，一切尽在我掌握之中。"

"功成之日，我要大大地犒劳你。"

"我研发基地你投资就行了。"

"小意思……"

王华堂关上手机。他特别喜欢乖巧的白驹过隙，因为喜欢，给了白驹过隙许多投资，当然这也有白驹过隙的父亲白昼是他的好朋友的缘故。白氏人工智能公司现在是华鑫集团下属的一个公司，每年都给华鑫集团带来巨额利润。

通道上走来一群人，汶汶拎着小坤包走在最前面。

"爷爷——"

"汶汶——"

汶汶飞奔过来，爷孙俩紧紧拥抱。

汶汶一身上下阿玛尼名牌服饰。王华堂中式丝绸对襟便服，布鞋。爷孙俩仿佛两尊中西合璧的雕塑矗立在迎客大厅，吸引着过往旅客行注目礼。

"汶汶，一年没见，你好像老了。"

"爷爷，刚见面你不会拣点好听的说。"

"30岁了，还在异国漂泊，巴黎有什么好，上海会输哪个国际都市？"

"爷爷，不是你说的那么简单……"

"还有那个法国人，让·儒勒尔，多别扭的名字，他有什么好？老男人，已婚，你为什么迷恋上这样的人？"

"爷爷，他离婚了，他是好人。"

"好人？当导师勾引弟子，什么好人？我真后悔让你读文学。"

"这次，他同意我回来，支持我回来。"

"同意也好，支持也好，反正我不会认这个账。你们这次一定要断绝。"

"现在国际婚姻司空见惯。"

"反正我反对。"

"小姐，你好！"

一个清纯磁性的声音在汶汶耳边响起，汶汶转身一看，是拎清。拎清今日西装革履，脸色红润。

"啊，拎清，你变得年轻漂亮了，我差点认不出来了。"

汶汶上前抱住拎清，在他脸上重重一吻。

"小姐，你也越来越漂亮了。"拎清的眼睛闪着亮光，但缺点灵气。

"你也会拍马屁了？"

"我刚换代升级。"

"现在他不但会拍马屁，还会谈情说爱。"王华堂说。

"我很规矩。"

"白驹子正考虑给它们装上必要的硬件，让它们会做爱。我不让拎清装，不然，我们家女人们会遭殃，你说对不对，拎清？"

"我拒绝回答。"

"真邪门！"汶汶剜了爷爷一眼。

"哈哈哈……"王华堂忍俊不禁大笑。

"老板，小姐，上车。"

拎清引领两人向大门走去。

拎清虽然帅气，但它行动缓慢，一步一迈，不够潇洒，无法做到跟人一样敏捷灵动。汶汶把这个感觉告诉爷爷，王华堂说白驹子正在考虑改进，他聘施逢春就是要让施逢春解决这个难题。施逢春在美国一家军工部门研究战争使用的机器人，对机器人的动作很有研究。王华堂问汶汶这几年为什么没与施逢春联系，汶汶说，高中时两人好过一段，大学时在不同城市，联系少了，留学时在不同国家，施逢春一头扎进技术，成了技术呆子，缺失生活情趣，后来碰上导师让·儒勒尔，就和施逢春断了来往。

"爷爷，你这一生是成功的一生，应该给我们留下一些世代相传的故事。要不，以后我们的子孙说起那个开山鼻祖，说起福建闽东北山区跑出来的小伙子，只有一本灰白的经济账，那多遗憾呀！"

"也是，不过，不能过分渲染。"

"你知道，我在写小说，以后你多给我提供素材。"

"可以呀，只要你不走，我什么素材都提供给你，不提供，带去见上帝也可惜。拎清，以后我有什么素材，可以无保留地提供给小姐。"

"知道。"

"拎清贮存了我好多故事，嘻嘻……"王华堂附耳悄声对汶汶说，讪笑着。

海陆空三用汽车麒麟停在大门口，拎清打开后座车门让汶汶和王华堂上车。拎清坐上驾驶座熟练地发动引擎。

"拎清会开车？"

"这次升级后会了，而且还很熟练安全。"

"老板，怎么走？"

"陆上走。"

麒麟滑动几步就立刻提速上了高速公路。美丽的浦东出现在眼前。

"一年没回来，上海又变化了……"汶汶无限感慨。

"我们集团十多年前开发的浦东新城，看来又落后了。"王华堂说，"上海是一年一变，目不暇接。拎清，你说说那个规划。"

拎清说，上海提出"高新兴市，科学发展，和谐为魂"，变化日新月异。为了给中心市区留出空间，打造出崭新的上海，许多企业和社区主动搬迁到浦东新区和新规划的"一城九镇"，即淞江新城和安亭、罗店、朱家角、枫泾、浦江、高桥、周浦、奉城、堡镇。通过打造浦东新区和一城九镇，调整产业布局，又通过产业带动，将人口从市区疏散到郊区。经过20多年的发展，上海实现了由单核到多核的转变，实现了新城市扩张，成为国际金融、贸易、航运中心，有中国特色的一个社会主义现代化国际大都市。现在的上海有"高大全"之称，高即产业的高精尖，大即制造业的大体量，全即国民经济重要行业齐全。

上海的一城九镇，各具特色。安亭建成德国式小城；浦江镇以意大利式建筑为特色，结合美国城镇风格；高桥建成荷兰式现代化城镇，融入法国和意大利风情；朱家角既凸现本土水乡风貌，又有现代化城镇格调；奉城建成西班牙风格小镇；罗店、枫泾、周浦、堡镇建成欧美特色的小城；淞江新区则建成英国风格的新城。中心市区，现在再也看不到压抑、逼仄的钢筋森林。除了耸立的风格各异的现代派和古典派、后现代派和未来派结合的高层建筑外，留下了巨大的公园绿地、宽敞道路。你简直认不出这是 20 多年前的上海，而是一个蓝天碧水、绿荫如盖的上海。

"爷爷，那是什么？"汶汶指着远处两个耸立入云的螺旋状塔形建筑问。

"那是通天塔，也叫上海天梯，现在上海的地标，全世界最高的建筑，去年你走时刚下基础，今年就落成了。"

"通天塔，有啥用？"

"这是高空发电站的控制和固定的双缆塔，也是雷电发电站和对流层风力发电机站的导线塔，利用风能和雷电能发电，能解决上海居民 1/4 的用电负荷。这个技术好几个国家都拥有，真正能实际应用的只有我们中国。"

"为什么呀？"

"他们的材料没过关，我们的智能纳米材料过关了，就是你父亲的上海材料研究院攻关成功的，有望获得诺贝尔奖。"

"通天塔那么高，有没有危险？9·11 时，纽约的世贸大楼不是给炸了？"

"你问得好！我怎么回答你呢？告诉你，这是军事秘密、国防秘密，你不能向外国人说。"

"真有，外国人也知道。"

"也是。我们国家现在发明了激光罩。"

"什么叫激光罩？"

"就是激光保护罩，是一种战略防御武器。一有情况，激光启动，形成保护罩，任何进攻性武器一触动激光线，立即化为灰烬。北京、上海、南京等大城市都布防了。加上我国独特的智能远程'天钻'拦截系统，现在真可以这样说，撼山易，撼中国难。"

"那是谁发明的？"

"你白夜阿姨和她的丈夫比尔发明的。"

"比尔姨公不是美国人？"

"巧就巧在这儿。比尔在美国发明了激光炮，误伤了中国一个卫星，中美双方在外层空间打了一场全世界人很少知道的世界大战，结果一比一，不分胜败。双方激光武器专家坐下来切磋，上海论剑，比试对阵，白夜阿姨技高一筹，因为她掌握了激光罩武器，比尔认输了，就'嫁'到中国来了。"

"哈哈哈，真是小说好素材。"

"但是，他们所用的材料，离不开你父亲的人工智能纳米材料。"

"父亲真是伟大。"

"我为他感到骄傲。没想到我一个农民，居然会生出这么一个优秀的人才。我这基因不错吧？"

"不错。"

"我要让我的基因传下去。"

"你不是传了？你有之光哥哥了。"

"你之光哥哥是我的一块心病。我不求他挣钱发财，也不求他出人头地，也不愁他大把烧钱，什么登月行动计划，什么星光俱乐部，他爱玩什么就玩什么，我只求他正常恋爱结婚，生儿育女，一定要给我生个男孩！"

"要生女孩怎么办？"

"继续生，总会生出男孩！"

"为什么非要男孩呀，你不是说男女都一样吗？"

"男人的染色体上据说有一条染色体只能传给男孩，不能传给女孩，传宗接代，血脉相传，就靠这条染色体。"

"我没听说过，你是为封建伦常辩护吧。那我跟你一点也没有血缘关系，我这孙女你还会理我吗？"

"怎么不理你呀？我把你从巴黎叫回来，不但是理你，而且还要把总裁位置传给你。就因为你跟我们没有血缘关系，我才更看重你。"

"什么意思，我怎么越听越糊涂？"

"噢，不，可能是我糊涂了。爷爷老了，老想着我的血脉怎么相传。"

"爷爷，你放心得了，依你的声名地位，依我们王家的富有显赫，依之光哥哥的人才相貌，上海多少名门闺秀、巨富明星都想攀这门亲事呀。"

"是有人攀，也有不少人介绍提亲，可你之光哥一门心思扑在登月上，对女性毫无兴趣。他说他是不婚族、丁克族。他要是婚活族就好了。"

"爷爷，看来你对我们年轻人还懂得挺多的。"

"我最近开始研究你们年轻人。我发现很多提亲、介绍、攀附的人是冲着我们家庭的资产。资产到什么时候会没有人兴趣？"

"资产是人类赖以生存的条件，怎么会不感兴趣呢？"

"如果有人不是冲着做王家传人，而是冲着我们王家资产，那这样的孙媳妇我要慎重考虑。"

"说了半天，还是担心你的资产安全。你就不怕我谋取?"

"你……"王华堂心宽地摇头，"你要当孙媳妇那是最佳人选。"

"啊，原来你说的看重我没有血缘关系就是这个意思！我可告诉你，我跟之光哥是兄妹，我没有那种思想准备，更没有非分想法。"

"我知道，我是把你当作亲孙女对待。无论出什么事，你都不能背叛我。"

"什么意思?"

"没什么意思。"

"老板，走大桥还是走水面?"拎清问。

"走水面！"王华堂突然声调僵硬起来。

汶汶看了看爷爷，他的表情十分严肃。汶汶在想，刚才的谈话有什么不妥？没有嘛！

麒麟离开高速路驶向黄浦江边，冲向水面。车两旁激起的白色浪花，不断地轻吻着两边的玻璃窗。杨浦大桥与卢浦大桥之间的黄浦江水域已形成一条水上步行街，停泊着世界各地会聚来的奇光异彩的游艇和邮轮。航道从250米扩到400米再扩到1000米，为世界上最宽的城市航道。黄浦江的定位从航道运输变为旅游观光。为确保水上安全，天空有直升机巡逻，水面有管理部门船艇游弋，水下有声呐监控网络。黄浦江兼具莱茵河的通航能力和塞纳河的美丽风光，成为世界第一美河。

"我非常喜欢在这里漫游。晚上睡不着，经常叫拎清开麒麟到这里来。我常想，上海这座城市要能回到开埠前那样水网交错、亲水而居，那多好啊！"

"那不成了威尼斯?"

"威尼斯下沉了。"

"我们造个不沉的威尼斯，比意大利的威尼斯更大更美。"

"好大的气魄啊，汶汶，那样我要把一半的资产投进去！"

"那上海市民会永远记住你的名字!"

"你倒果为因了，应该是我记住了上海，因为先有上海才有今天的王华堂。"

"嘿，还挺有逻辑的……"

"没有逻辑，爷爷能成为亿万富翁?"

"哈哈哈……"

爷孙俩大笑，刚才的严肃和凝重一扫而光。

麒麟驶到江心，王华堂问汶汶："肚子饿了吗？想吃什么？"

"唔……"汶汶努着嘴思忖，她知道爷爷最喜欢她这个娇憨姿态，"我要吃当前上海最好吃的、最贵的点心。"

"那是什么呢？拎清，你搜索一下。"

拎清"嗡嗡"地响了两声，眼睛闪着蓝光。

"酸菜面，大肥肠……"

"哈哈哈……"

王华堂和汶汶放声大笑。

"这小子！"爷爷伸手敲了一下拎清脑袋，"白驹子真坏，把我所有糗事都输了进去。"

"好事不出门，丑事走千里。"

"哈哈哈……"

两人被拎清逗乐。汶汶多次听爷爷讲过他的酸菜面、大肥肠的故事。

三、酸菜面、大肥肠

1982年夏天的一天，王华堂走出上海火车站时口袋里只剩18元钱。一张10元，一张5元，一张2元，一张1元。那年头时兴广东话，18是要发，后来真应了这句话。50多年过去了，王华堂从怀揣18元钱到上海闯荡的乡下人，变成身价几千个亿的亿万富翁。

王华堂后来想起来，他是在福州火车站买火车票时钱财露眼的。周老师借给他的300元钱，他存在父亲的遗物——一个带着一颗乳白色石子的黑色皮烟袋内，当他掏出50元钱买火车票时，250元还静静地躺在黑皮烟袋里。买了32元的慢车票，找回的18元放在上衣口袋里，准备路上零用，黑色皮烟袋放在屁股兜里，上车后不翼而飞了。

他慌神了，一路上是怎么过来的他一点都记不清楚。两天一夜，他只喝了点水，只听见火车"咣当咣当"的铿锵声，偶尔一两声的汽笛长鸣，鼎沸的人声，喇叭里播放的邓丽君甜腻腻的歌声，还有一路上列车员的报站声：南平、邵武、鹰潭、江山、衢县、金华、杭州、嘉兴、上海……

上海给他的第一印象简直就是一锅大杂烩。南腔北调、人头攒动、摩肩接踵、五味杂陈。他拎着周老师送给他的蓝色提包走在马路当中，车鸣人喊，左躲不是，右避不是，闹哄哄、灰扑扑、逼仄仄、路茫茫，他一时不知所措。

"同志，侬去哪里？"

王华堂身边响起亲切的招呼声。他一转身，见是一个戴着红袖章的老工人，他记不得红袖章写的是什么，只觉得老工人像相声演员马季，乐呵呵地笑。他掏出乡政府给他开的介绍信和周老师写的找人的地址。

"啊，你是福建省焦岭县人，来上海找熟人打工？"

老师傅指着马路对面的公共汽车站，掏下夹在耳朵上的短铅笔，在周老师开的地址纸背面写下几路转几路，在什么站下车，就能找到虹口与杨浦交界处的亦仙路。谁也没想到，王华堂就在这条路上发迹了。后来，他多次来火车站，想邂逅这位来上海碰到的第一个恩人，但始终没碰到。50多年后，火车站迁走了，现在此地是一片绿地森林，跑着野鹿和山羊，飞着丹顶鹤。

　　王华堂找到亦仙路时已是天快黑了，下班的女工正挎篮买菜打油准备回家做晚饭。风吹来，王华堂打个寒噤。他三天三夜没换洗过衣服，汗水把衣服浸透，汗水蒸发又把衣服烘干。他饥肠辘辘，两眼昏花，全身起鸡皮疙瘩，就斜倚在路边一根电线杆上。

　　电线杆旁是一家饮食店，燃烧蜂窝煤的炉膛内闪着蓝火焰，王华堂这时真想跳进炉里烘暖。但更吸引他的是大铁锅上吐冒的蒸气，葱花卤汁的浓香直灌他鼻脑，他觉得必须先吃点东西，才能去找龙哥。口袋里还有18元钱，也有粮票，粮票也是周老师给的，周老师说福建不用粮票了，上海还在用，就给他10斤全国通用粮票。他走向饮食店，一块木牌上写着什么国营第几饮食店，他没看清楚。

　　"想吃啥？"一个约50岁的慈眉善目的阿姨手擦着围裙问他。

　　"什么便宜？"

　　"便宜？酸菜面最便宜。"

　　"一碗酸菜面。"

　　"侬是外地人？"

　　"福建人。"

　　"现在福建人、广东人最有钱，还吃酸菜面？吃点好的！"

　　"我没钱。"

　　"没钱？"阿姨上下打量一番王华堂，"没粮票还要加钱。"

　　"我有粮票，全国通用粮票。"

　　"那就便宜了。不过，阿拉上海马上也不要粮票了。"

　　那碗酸菜面是王华堂一生记忆中最好吃的面条。面条是粗糙的阳春面，咬起来有劲道，酸菜是雪里蕻，又酸又鲜又甜，阿姨在面条上加点卤汁，又香又柔又滑。王华堂最后用舌头舔净碗底犹觉不饱。阿姨说再来一碗，王华堂摸了摸口袋摇了摇头。他还想吃，还能吃五大碗，但是他得全面安排这仅剩下的18元钱，这是他来上海闯荡仅有的资本了。

阿姨大概琢磨透了王华堂的心事，就走到卤味品盘子前，夹了一个大肠头放在砧板上，用刀快速地剁了几剁，摞在一个盘子上，浇了几滴酱油，端到王华堂跟前。王华堂迟疑地摇头，阿姨笑了，说这大肠头太肥、太油，还有点尿骚味，没人买，就送给他吃。王华堂不由分说，狼吞虎咽，三下五除二，就把一盘大肠头扫进肚子。那香、那油、那爽、那味，是他从未品尝过的。

王华堂终生都在寻找那酸菜面和大肥肠的味道，但他已无法找到了。到上海50多年后，他成了亿万富翁，旗下已拥有五六家五星级饭店，却没有一个厨师能做出那样的酸菜面和大肥肠。有一次，在著名的上海本邦菜名店阿山饭店用餐，他花5万元钱要大厨师做酸菜面和大肥肠，也没能做像。那个大肥肠的味道有点接近，但还欠缺，大厨师问他什么欠缺，他哑吧几下说洗得太干净。从此，洗得太干净成了上海财经圈子内的经典笑话。

阿姨姓朱，大家都叫她朱阿姨。20世纪60年代死了丈夫，带着一个女儿，母女相依为命艰难地生活着。王华堂后来与朱阿姨家人成了世交。

朱阿姨看了王华堂找人的地址，说这人的家离她家不远，不用乘车就能找到。饮食店打烊后，王华堂随朱阿姨走街穿弄，在一个石库门的里弄里，在昏暗的灯火下，找到了那个门牌号。朱阿姨说她有事先走了，王华堂就举手敲门。

王华堂敲了半晌没人应声更没人开门，他开始焦急。弄堂里乘凉的男女老少都不住地往他这边看，那是些摇竹扇子的老头老太，露着胳膊的中年女人，穿着花花绿绿短恤短裤的少女和穿着小裤衩光着上身的小男孩。他们有的躺在竹床上，有的坐在小马扎上。前排厢的后门，正对着后排厢的正门，这是石库门的一道特殊风景。由于虹口一带曾经是日租界，石库门房子特别多。很多人不知为什么叫石库门，原来是用石板箍着做门框，所以才演变成石库门。

"这户人家长久没开门了……"

"听说犯官司了……"

"侬大声喊喊……"有人教王华堂。

"龙哥……龙哥……"还是没人应声。王华堂不知哪里来的机灵，仰脖朝天喊："龙哥，龙哥，我是福建周老师介绍来的，我是周老师亲戚……"

这一招果然灵，门里有了动静，不久门开了一道缝，一个半老徐娘露出半张脸，低声说："告诉周老师，龙哥出事了，被抓进去了……"话说没完，门就关上。

王华堂愣神了。弄堂里的人鸦雀无声，相互间指指戳戳，比比画画。王华堂只好拎着小提包往外走，所有的人给他行注目礼。

那个晚上，王华堂一个人拎着小提包拖着疲乏的脚步在亦仙路上走，他不知道怎么办。上海没有一个亲戚朋友，周老师也就提供这么一个地址这么一个人名。龙哥叫黄江龙，是宝山县计委的一名司机。人被抓了，总不能再到宝山县计委去找龙哥。龙哥为什么被抓，周老师肯定也不知道，要知道，他不会介绍他来。周教师只说龙哥在做钢材生意，需要一名忠诚老实、手脚勤快、头脑灵光的外地人做帮手，周老师就推荐了他。龙哥是周老师战友，在部队服役时编在同一个班，周老师是班长，龙哥是战士，他们是好朋友。

后半夜，他实在撑不住了，睡意一阵阵地袭来，他拧眼皮、拧耳朵、敲胸膛也无法制止。有一次他站着就睡了，一条狗一吠把他吓醒了。他实在疲惫不堪，想总不能睡在马路边，就拐进一个小弄堂。走着走着，看到一个大围墙边有个小门，小门居然开了，他钻进小门。小门边搭着一个窝棚，窝棚里堆着什么他也没看清，他躺下，把小提包往头下一垫，头还没着地就睡着了。

那一觉王华堂睡得昏天黑地，鼾声如雷。那只野狗闻声而来，在他身边绕了几圈，就去舔他的嘴巴。王华堂有个习惯，睡着了会流口水，他一辈子没治好这个毛病。那晚上的口水特别香，口水里有酸菜面和大肥肠的味道。尤其大肥肠是没有洗干净的带着尿骚味的，野狗还能不陶醉？野狗不仅舔了他的口水，后来大概口水舔干了，就开始舔他的脸面，王华堂睡梦中不断抬手回应，呓语着"别开玩笑，别开玩笑"，也没能赶走野狗。再后大概什么味道也舔没了，野狗就悻悻地走了。

第二天一早，一个老头推门进来，发现镀锌管上躺着一只黑熊，吓了一跳。仔细一看，不是什么黑熊，是一个蜷曲着睡着的人，只是他的头、脸、胳膊、双脚，凡是裸露出皮肤的地方都密密麻麻地叮着蚊子。大概蚊子也被酸菜面、大肥肠的美味所陶醉，见人也不飞，紧紧地一层盖一层、一团抱一团地敷在王华堂的身上。老人大概一辈子也没见过人会沉睡到这种程度，既诧异又怜悯，顺手拿过一个水泥袋，朝黑熊一挥，"嗡……"蚊子飞起后反扑到老人身上，老人咿呀呀扑腾着跑出窝棚，只见天光下窝棚中，飞出千万只蚊子，似千军万马奔赴战场，那壮观是老人一辈子难以忘怀的。

王华堂抓着挠着，拎着小提包，睡眼惺忪地从窝棚里出来。脸上、胳膊上、双脚上，凡是露出皮肤的地方却布满了密密麻麻的血点子。老人估计，这一夜，这个小伙子起码被千万头蚊子吸去100CC血。王华堂无奈地傻笑着，看到墙边有个水龙头，过去就着水龙头洗脸。洗完脸他不知说什么好，对着老头呆呆地站着，等候着老头训斥。

"侬是外地人吧！"老头用上海话，之后他也觉得不对，用普通话又问了一次，"你是外地人吧？"

"是，我是福建人。"

"你来上海做什么？为什么会睡到我的仓库里？"

王华堂一五一十地把到上海的前前后后事讲了一遍，老头边听边点头，边上下左右左三圈右三圈端详王华堂。王华堂觉得自己被人当牲口看，当年乡村牛市，大人们买牛就是这么看的。老头看完了，踱着方步，沉吟了半天才开口。

"我也倒腾点钢材生意，我也需要一个帮手，我的条件也是要忠诚老实、手脚勤快、脑袋灵光的外地人，你愿意在我这里干吗？"

"我愿意，我愿意……"

王华堂差点没跪下去。老头把他扶住。

"今后你就住我家，吃我家，我每月给你50元工资，生意做好，我还给你奖励。"

"没奖励也可以，没奖励也可以……"王华堂心里想，公社书记一个月也才50元工资。

"看来你是个老实人，跟我好好干，说不定会有奔头。我们这里靠近宝山，宝山在建全国最大的钢铁厂，我们是靠在金山银山边，不发财才怪呢，哈哈哈……"

那时的王华堂没有发财的概念，有饭吃，三餐管饱就可以了，有地方睡，三尺铺板，头一着枕就睡了。他一早起床，给老头端茶、打水、倒尿壶。老头是鳏夫，租三间平房，只有一个人住。早餐大饼、油条、豆浆，中午晚上白米饭、红烧肉、豆腐汤，对王华堂来说等于天天过年。上午他按老头的指令，蹬着三轮车给客户送货，数量不多的钢筋、螺纹钢、角铁、镀锌管。王华堂吃饱喝足有的是力气，吭哧吭哧来回蹬，三轮车蹬得"哐当哐当"响，好像会歌唱，没有一句怨言。老头看在眼里，喜在心里，客户也赞不绝口，因为王华堂有时还帮客户干些零活，从不斤斤计较。第一个月干下来，老头发给王华堂50元工资，外加10元奖励。王华堂傻眼了，工资居然有60元，比公社书记还多。手里拿着60元钱，王华堂这才记起家里还有奶奶、母亲、两个弟弟和儿子。妻子难产去世了，那个女婴也夭折了。这一个月，他把家忘了，他只顾自己有无活干，有无饭吃，有无地方睡，老头和客户满意不满意。拿了钱，他才想起自己还有一个大大的家。他出来原来就是为了这个家。他问老头哪里有邮局能寄钱，他往家里寄了50元钱，自己留下10元零花钱。他给周老师写了一封信，把自己来上海前前后后发生的事告诉他，还告诉他借的钱慢一步还。他看来有奔头，他要在上海干下去，在上海只要有力气就能赚到钱，在上海赚钱比在家乡容易。他感谢周老师，千恩万谢。信投进邮筒，他回到老头家，美美地睡上一觉。

老头姓方，宁波人。他对王华堂说你叫我老方就行了。王华堂从没听他说过自己的家庭、老婆和儿女，他对自己的身世讳莫如深。他不赌不嫖，平时就爱喝点小酒，喝着酒就爱说话，而且就爱说上海、宁波人的事。他说话，必须有听众，王华堂就成了他唯一的忠实听众，再困再累王华堂也要听下去。老方说得兴起，还和王华堂对酒，一来一往，王华堂就学会了喝酒，而且酒量日益长进，不久就能喝倒老方了。

起先王华堂把老方说的当成闲聊，聊多了就变成听故事，故事多了就引起王华堂思考，久而久之，王华堂把老方讲故事当成老师给他上课，他觉得老方所讲的故事让他悟出好多为人处世做生意的道理。

老方讲，宁波人在上海发了财。世人都说上海人精明，其实当年的本地人精不过宁波人。老上海人恐怕还得师从百多年前移居上海的宁波人。

"宁波人在上海出名的大老板多得数也数不清！"老方扳着指头如数家珍，"叶澄衷，五金大王；刘鸿生，煤炭大王、火柴大王；虞洽卿，商界领袖；项茂松，五洲皂药厂老板；俞芝卿，大中华橡胶厂老板；周祥生，祥生汽车公司老板；黄楚九，大世界老板；周宗良，颜料大王；朱葆三，上海商会会长……近百年来，中国有哪个商帮好比宁波帮？呒没宁波帮商人，旧上海市面会鸽相模（如此）繁荣？"

王华堂渐渐地开始听懂宁波话和上海话了。

翻开中国近代史，山西商帮、徽州商帮在清朝道光年间衰落之时，正是宁波商帮开始发展之时。特别是鸦片战争以后，宁波帮在上海一步步崛起。到了民国时代，宁波帮已压过闽帮、广帮、洞庭帮、徽帮等各路商贾，成为商帮巨擘，其势力覆盖了金融、商业、航运、工业等诸多领域，在旧上海，可谓名噪一时。到了20世纪，在港澳的巨商，还有不少就是当年在上海的宁波帮后代，譬如船王包玉刚，就是1949年移民香港的宁波人。

宁波帮在历史上的含义是指旧宁波所属的鄞县、慈溪、镇海、定海、奉化、象山6个县民形成的商人集团。"宁波帮里，又算镇海帮结棍、着力。"老方说，"侬看，这些人都是镇海人：叶澄衷、虞洽卿、盛丕华、黄延芳、李云书、金润庠、俞佐庭、方液仙、方椒伯……我就是方家的后代！"老方为自己的宁波血脉、方家血统感到光彩。

王华堂听老方讲的故事是支零破碎、断断续续的。晚上他躺在床上，像演电影一样把这些故事重温重温，觉得很独特，很有意思。在上海成为富翁的宁波人，几乎都有共同的起点：少时家贫，生活所迫，出门赚钱。叶澄衷，6岁丧父，兄妹5人全靠母亲种田织布养活。14岁那年，母亲借了2000文钱，托同乡把他带到上海，在杂货店当学徒，每天划着小舢板在黄浦江兜卖。虞洽卿，也是6岁丧父，15岁时由寡母托同乡把他送到上海瑞康颜料号学生意。朱葆三，14岁时父亲重病卧床不起，家中的日子难过，又是母亲托同乡把他介绍到上海协纪五金店当学徒。从上面三个人的经历，又可以看出一个共同点：都是同乡帮同乡，同乡把这三个人带到上海谋生，以后这三个人发迹了，成为宁波商帮中的重要人物，念念不忘乡情，经常为宁波同乡效力，是很自然的事。

老方还说，宁波人同乡帮同乡还不够，同乡还要结成帮，这样同乡帮同乡才能有力量，才能帮到底。1911年初春成立的宁波旅沪同乡会，是宁波帮在20世纪头几十年迅速发展的基础。宁波人结帮的性格很突出。上海开埠后的1874年和1898年，曾经发生过两次震惊上海的四明公所流血事件，冲突双方的主角都是宁波同乡人和法租界当局。尽管一方手无寸铁，处于弱势，另一方出动军警，强悍凶猛，但是宁波同乡之间为捍卫自己的利益而爆发出的超级的凝聚力是传遍天下的。宁波旅沪同乡会正是在四明公所的基础上进一步大规模发展的。[①]

[①] 关于宁波帮资料引自《海上洋泾浜》一书，姚克明著，学林出版社2004年版。

王华堂绝对没想到，老方所讲的故事和酒后戏言，居然成为他后来建立钢材市场，帮助同乡谋生，成立焦岭县上海商会，组建华鑫集团，应对世界金融危机，以及之后的产业结构调整和产业升级换代的最原始的经验。

四、宝庆路花园洋房

麒麟渡过黄浦江驶上市中心区高速路。

上海现在已全部拆除高架桥,留下的是宽阔畅通的市区高速路。车过老城厢时,汶汶突然想起绿波廊酒楼的上海点心。

"爷爷,我想吃绿波廊点心,绿波廊酒楼还在吗?"

"怎么不在,上海的旧城改造,新城新镇的建设,从没破坏传统。古建筑、近现代建筑,古文化、近现代文化,各式风味菜肴小吃全保留下来,而且还创新发展了。你想吃什么?"

"嗯,我想想,桂花糯米年糕、三丝眉毛酥、枣泥酥、火腿萝卜丝饼、鲜肉小笼……"

"都有、都有。前几天我和你周爷、龙爷还特地去吃过。老城厢呀,现在改造得更像真正的老城厢,连旧城墙也修复起来,重现当年小刀会抵抗外国兵和清兵的情景。"

"是吗?什么时候我也去看看。"

"今天不去,我叫外卖,以后我陪你去。"

王华堂对万能手机说接绿波廊酒楼,马上就接通,绿波廊酒楼服务生记下他点的点心,问送什么地方,他回答送宝庆路花园洋房,服务生说知道,华鑫集团老总家。王华堂说,他现在已没有什么私密了,走到哪儿,哪儿的人都知道他,现在什么都好,就是这点不好。

王华堂自搬出老方租的那三间平房后,住过很多地方,有工棚、仓库、简陋的棚户区、粗糙的平房、单身公寓、高级套房、连排别墅,最后定居在两处:一处是宝庆路花园洋房,一处是老家新民居。前者是买的,后者是自建的。王华堂说再也不搬家了，要死就死在这两个地方。

在上海，拥有花园洋房是高端人士的身份标志。

宝庆路花园洋房位于市中心，从马路上看进来，只能看见宽阔的草坪和草坪尽头几十棵高大的香樟树。王华堂说，在上海市中心，这几十棵香樟树就值1个亿。整个花园面积有4000多平方米，矗立着5幢法式建筑风格的小洋房。据说当年的主人、颜料大王周宗良喜欢法国风格。汶汶从12岁上初中开始在这里生活、学习，对这里的一砖一瓦、一草一木十分熟悉，从小她就钟情法兰西，所以，出国留学她选了法国巴黎索邦大学。

5幢洋房中有幢专门的用人楼，汶汶来上海后，王华堂作了改造，把它改装成小姐楼，配了保姆专门伺候汶汶。其他楼当年分住着王华堂、大儿子王家英、二儿子王家雄。王家英、王家雄结婚后，王华堂都为他们买了房子，让他们搬出去单独过日子。偌大的5幢洋房，现在只住着王华堂和为他服务的男女服务生。最近多了一个拎清。

麒麟开进宝庆路花园洋房大门，男女服务生在门口迎接。麒麟缓缓地滑到主楼前，周书贤、黄江龙缓步走出来，他们身穿丝绸中式便装，足蹬白底黑色布鞋。汶汶向他们飞跑过去，嗲声嗲气地叫着"周爷、龙爷"，和他们紧紧拥抱。她知道这是爷爷的两个情同手足、生死与共的朋友。她了解他们之间为了生存艰难奋斗、百折不挠、发家致富的经历，她把他们当作爷爷一样的亲人那样对待。她为他们晚年还能幸福地相知相亲相往而热泪盈眶。

"点心送到了，差点没被我们吃了。"黄江龙说。

"我要不喊口下留情，他早把鲜肉小笼一扫而光。"周书贤说。

"好胃口、好福气，二位爷爷，长命百岁！"汶汶朝两位老人鞠躬。

"长命百岁还要加上你爷爷，若没他，我们活着也没意思。"黄江龙说。

"哈哈哈……"三位老人放声大笑。

王华堂吩咐服务生送汶汶上小姐房，洗漱休息后再吃点心。

三位老人走进主楼。

2030年汶汶大学毕业后到巴黎留学，这里彻底地冷清了下来。除了周书贤、黄江龙两个老朋友外，再也没有什么人光顾这偌大的花园洋房。三位老人一走进这主楼大厅，就有说不完道不清的感慨和悲叹。他们都有一个共同的感触，钱再多，房再大，没有人，没有子孙后代，都是徒劳！

"这回汶汶回来，我发誓再也不让她走。"王华堂说。

"这笼外鸟，我怕你是圈不住她的。"黄江龙说。

"圈得住、圈不住，就看你这'基因计划'完美不完美，如果完美就能留住，如果不完美，一扑腾就飞了。"周书贤说。

黄江龙还是那样单刀直入，周书贤还是那样字斟句酌。人的脾气和性格，一辈子不会改变，或难以改变。但王华堂是例外，从32岁闯上海到现在88岁，除了人生有了巨大变化外，他的性格也起了很大变化。这是令周书贤、黄江龙两位好朋友惊讶不已的。

"我今天请你们来，就是帮我再推敲推敲这个计划。我知道只要有一个环节露馅，就前功尽弃。"王华堂说。

"我还是那种估计，胜算不大。"黄江龙说。

"我看你是越老胆越小，心越怯，先前那个龙哥到哪里去了？"王华堂说。

"我看你是越老胆越大，心越贼！"黄江龙反唇相讥。

"龙弟，你说说为什么胜算不大。"周书贤说。

"你们以为亿万家财、华鑫集团总裁职位能吸引汶汶？这个时代过去了，改革开放那些日子，年轻人想的是钱，事业是钱，理想是钱，未来是钱，要钱不要命，你王华堂就是最典型的代表。现在年轻人要的是什么？追求的是什么？他们要的是自由，干的是高科技，实现自身价值，寻求快乐生活。万贯家财，视为粪土！你的两个宝贝儿子不正是最好的证明？况且汶汶在法国生活，那个法兰西老搞革命，全世界的年轻人都跑那儿动乱去，示威游行烧汽车。这些外国佬对年轻人有迷惑性，你的汶汶能不受影响？据说那个让·儒勒尔就很激进。"黄江龙说。

"那个让·儒勒尔是干什么的？"周书贤问。

"是文学教授、博士生导师。"王华堂说。

"文学是捣乱的科学，很多革命都是文学作品引导起来的。"黄江龙说，"我可是一篇文学作品也没看过。我不是说汶汶就会去革命，去巴黎街头游行示威……"

"这个周哥最懂。"王华堂。

"日熏月陶，潜移默化，她会形成自己的个性和自尊的。"周书贤说。

"周哥，你说到点子上了，就是她会有自尊。这个计划最大的软肋是伤人自尊心。在自尊心和亿万财产面前，汶汶会选择什么？"黄江龙设问。

"当然是自尊。"周书贤说。

"所以，华弟，你会失败的。"黄江龙说。

"但是，如果怀上孩子，她会把孩子做掉吗？"王华堂说。

两位老人默然了，无言以对了。

"说呀，说呀！怎么到关键时候不说话？"王华堂不无得意地诘问周书贤和黄江龙，"所以我有胜算，起码有50%的胜算。我有撒手锏，实在不行，我会搬出家雄，她一生最尊敬的人。"

"家雄会听你的？"周书贤和黄江龙同时问。

"家雄虽然不会听我的，但什么是大局他最清楚……"王华堂说。

"老板，汶汶来了……"拎清走进大厅说。

"不说了，不说了，你们要装作没那回事。上点心……"王华堂装作坦然地坐下。

周书贤和黄江龙啜着余韵无穷的安溪铁观音茶，挤眉弄眼地窃笑。

王华堂白手起家创建了华鑫集团，创造了富可敌国的财富。然而，他的第二代、第三代对财富寡欲，对名利淡泊，对香火延续、血脉相传轻视，给他内心造成深沉的隐痛。王华堂的前妻后妻给他留下两个儿子。大儿子王家英从小品学兼优，麻省理工硕博连读，回国主攻材料研究，是一个技术迷，现在是上海工程院院士，他主持的纳米材料研究取得国际领先成果，并已得到广泛应用，为华鑫集团、为国家取得了惊人的经济效益。王家英媳妇欧阳索微，教授家庭出身，哈佛医学院遗传学博士，现在上海遗传研究院工作，是一名痴迷科研的女学者。二儿子王家雄，上海财经大学硕士生，曾被公派到哈佛研修班学习，是中国改革开放富二代的风险投资家。他所创立的华鑫创新投资公司，其规模在上海甚至在全国名列前茅。40多岁后，他因对政治改革感兴趣转入政界，现在是致公党上海市委主委，上海政协副主席。王家英和欧阳索微生了个儿子，叫王家之光，复旦大学毕业后，沉迷登月探索，建立了星光俱乐部，自任主任；王家雄和妻子廖莉生了个女儿王家之星，后来廖莉卷入一个腐败案，突然从人间蒸发，至今不知下落。王家雄和廖莉感情甚笃，带着女儿鳏居。他发誓这一生再不婚娶。按说王华堂有子有孙，没什么可遗憾的。但长孙王家之光性情特别，从小痴迷科学，不解男女风情，一心投入探索星空的研究。在这个领域，按他父亲的评价，他已达到登月工程师水平。王家雄的女儿，从小痴迷气候变化的研究，高中毕业后考上上海气象大学，毕业后走遍世界各地，搜集研究世界各地气候变化情况，现在是上海气象学会副会长兼秘书长。她跟王家之光一样，对男女风情也一概不解，行为做派像个男孩子。王华堂为孙子孙女焦心苦虑，气急败坏。王家英和王家雄却觉得很正常，他们尊重儿女的选择，至于是否延嗣添丁，则顺其自然。

王华堂认为这是隔代遗传问题，他把孙子和孙女毫无性趣归结为他的前妻和后妻。他的那个用姑换嫂形式娶来的妻子，骨瘦如柴、脸如菜色的深山里的姑娘，在短暂的几年婚姻生活中，从来没有体会到性的欢乐和激动，她的缺陷在孙子辈上体现出来了。

王华堂也怪他的后妻，这个后妻给他生了王家雄后就再也没生育过，她一辈子的兴趣全在对天对月对星空的观望上，她这种举动使王家之光和王家之星从小受影响，从而也对星空、对气候发生兴趣。他多么希望她能给他生一个女儿啊！

如果说两个祖母对子孙们的影响是间接的，那王家英和妻子欧阳索微的"生命设计"，在王华堂看来就是造成王家之光性冷淡的直接原因。

欧阳索微的家庭中有人患过结肠癌。王家英和欧阳索微决定要孩子时都在美国工作。那时人类一号染色体基因序列已公布，也预示着基因医学进入黄金时代。欧阳索微是研究基因组的，随着研究的深入，一份越来越长的清单显示很多不幸与基因相关：结肠癌、皮肤癌、骨质疏松症、习惯性流产、白发多、衰老、嗜毒品和酒精上瘾，连性欲强弱也源自基因。于是两人接受了胚胎植入前遗传诊断（PGD）技术，即取欧阳索微的卵子和王家英的精子进行试管授精，当胚胎在试管中长到第三天，提取出一个细胞进行DNA分析，确定没有携带缺陷基因后，才植入欧阳索微的子宫。

王华堂事先不知道王家英和欧阳索微对王家之光进行过"生命设计"，接受过PGD技术的检测，待王家之光高中毕业上了大学后发现他性冷淡，青春期对异性没有兴趣，才开始追究。他知道自己的基因绝不会有性冷淡的缺陷。一次王家英无意中透露曾做过PGD技术检测后，王华堂大发雷霆，他认为是PGD技术破坏了王家之光的正常发育，是戕害生命没有人性没有人道的做法。

欧阳索微一直辩解说，卵子受精14天以后，人的系统才开始形成，这时胚胎才具有"人"的法律和道德地位。为此王华堂也翻了许多科普材料，请教了一些专家，专家们众说纷纭。最新的PGH技术可发现6000种疾病基因，已在遗传诊断中广泛采用。但这些事实无法改变王华堂的看法，他下令他的家庭成员再也不许采用这种技术，王家的传代一定要用人性的、天然的办法。

他为此煞费苦心，策划了"基因计划"。

汶汶卸去西式正装，换上中式的丝绸便装，一身素白走了进来，三位爷爷争着给她倒茶递点心。

"干吗呀，应该我给你们服务才对。"汶汶说。

"你将是华鑫集团总裁，我们要巴结你才对。"黄江龙说。

"要不然，我们以后要被你扫地出门。"周书贤说。

"你们放心，我要终生聘用你们！"汶汶说，"不过，我还不是股东，我还得听你们的。"

四人在欢怡逗笑中用点心。点心还没吃完，门外响起一片喇叭鸣声和嘈杂的人声，拎清进来报告说亲朋好友来了。王华堂说开门迎接，大门刚开一道缝，人未到喊声就扑了进来。

"汶汶，想死你了！"楚楚动人说。

"怎么没通知我们上机场接啊？"婷婷玉立说。

"汶汶，我看看，一年不见啦！"楚楚说。

"哎呀呀，有法式沧桑感！"婷婷说。

先进来的是两对母女，楚楚和楚楚动人，婷婷和婷婷玉立。这四个女人一进来，王华堂立即亢奋起来。

"婷婷，你说清楚，什么是法式沧桑感？"王华堂问。

"沧桑感就是沧桑感，还什么沧桑感。"婷婷瞪着眼回答。

"沧桑感就是说必须上我的美容美体馆美容健身。"楚楚动人拥住汶汶。

"脚刚落地就向我推销生意，你也太会算计了。"汶汶说。

"本姑娘是免费服务，王老爷埋单，对不对？"楚楚动人问王华堂。

"啊，你落个人情，我埋单，我是呆头呀！"王华堂用一句上海话，逗得众人笑起来。

"人家说三个女人一群鸭，今天一来就四个我可受不了！"黄江龙装作受不了的样子站了起来。

"龙爷，你别走，你看又来两个了！"玉立指着门口，两个女人款款地走进大厅。她们是欧阳索微和王家之星。

"这两个不会吵，她们都是学者。"周书贤起来说。

"学者也会吵，在学术会议上吵……"王华堂纠正说。

"哈哈哈……"众人朝欧阳索微和王家之星笑。汶汶冲上去和欧阳索微、王家之星拥吻。

"妈，之光哥呢?"汶汶问欧阳索微。

"在登月训练营封闭训练。他这辈子算是迷到底了。"欧阳索微说。

"不是迷，是理想追求，你要支持他!"汶汶说。

"汶汶，只有你能同情我，我有什么办法呢?"欧阳索微瞟了王华堂一眼。

"之星姐，你忙吗?"汶汶问。

"忙啊，正在准备一场学术研讨会，研讨气候变化对上海城市规划的影响。随着海平面上升，上海将来是引水入市还是筑堤防水最近争论十分激烈。爷爷，这次学术会你可要参加，大家十分看重上海学学会专家的意见。你是上海学学会名誉会长，一定要出席!"

"什么名誉会长，是出钱会长。反正我会出席的。"王华堂说。

"这次开会会议经费没问题了!"王家之星兴奋地抱住王华堂亲了他一口。

"之星姐，看来晚上你得请大家吃饭了。"玉立说。

"没问题，我请客，爷爷埋单!"王家之星说。

"哈哈哈……"大家又乐成一团。

婷婷和楚楚虽然都五六十岁了，但看上去都还只有四五十岁，依然身材窈窕，雍容华贵。她们不时透过人群和王华堂交接着意味深长的微笑。

"汶汶，我可想死你了……"门外一个人高声喊。

大家寻声看去，一个白色西装革履的年轻人翩翩而来。

"白董……白驹子……"

众人为他让道，他是华鑫集团下属的白氏人工智能公司执行董事长兼总经理白驹过隙。董事长是王华堂。

汶汶上前和白驹过隙轻轻拥抱。

"哎哟，这名花有主了吗?"白驹过隙说。

"一来就没正经!"汶汶装作嗔怒地推开白驹过隙。

"见名花也得有个见面礼呀!"楚楚动人说。

"啊，我一激动就忘了带，以后补……"白驹过隙指着楚楚动人说，"生意人就是生意精!"

"不是补，加倍罚!"汶汶说。

"好，小的照办，小的照办……"

"哈哈哈……"白驹过隙一副阿谀奉承相逗得众人呵呵乐。

"怎么样？白驹子，我这个掌门人选得怎么样，厉害吧？"王华堂问。

"什么厉害，有我们公司机器人厉害吗？"白驹过隙朝四下看，"拎清，过来！"

"是，老板。"拎清迈着大步走来。

"拎清，找一段形容美人的词！"白驹过隙说。

拎清双眼闪烁了几下就背诵："手如柔荑，肤如凝脂，领如蝤蛴，齿如瓠犀，螓首蛾眉，巧笑倩兮，美目盼兮……"

"哇，真不简单……"围观的人啧啧称道。

"什么不简单，眉毛像蚕蛾的触角，用来描绘今天的汶汶不对，我看用一个人来形容就行了。"玉立说。

"谁呀，快说呀……"

"嫦娥。"

"啊……"大家鼓掌喝彩，"那还要上月宫?!"

"嘿，我们的之光不正准备登月！伯母，"白驹过隙对欧阳索微说，"什么时候你让之光把嫦娥娶回来？"

"要能娶回来，我要大摆酒席3000桌，不过，还是爷爷埋单！"

"哈哈哈……"笑声像春雷一样爆响。

"喂喂喂……听你们这么一逗乐，好像把我跟之光哥联在一起，别弄错了！"汶汶撒娇地依在欧阳索微怀里，"他是我的亲哥哥。"

白驹过隙踱到王华堂身边悄声说："爷，看来有戏。"

"嗯，兆头很好。"

"要趁热打铁，不让她头脑有空白。"

"对，我明天就开新闻发布会，过几天就带她回老家走走。"

"新闻发布会我筹办。"

"不用，你通知浦新回来，他来筹办。"

"是。"

浦新，上海人，48岁，由黄江龙介绍进华鑫集团，先当王华堂司机，后当秘书，曾出任华鑫集团下属一矿山总经理，现任华鑫集团办公室副主任，兼任王家管家。

五、名门之秀

第二天晚上，风清月明。宝庆路花园洋房彩灯明灭，各种投影灯把5幢洋房、巨大香樟、碧绿草地、名贵花草渲染得斑斓绚丽。宝庆路上停着名贵的小轿车，男宾西装革履，女宾晚装缤纷，优雅地下车，挽臂走入花园洋房大门。浦新在大门口代表主人迎接宾客。

男女服务生穿梭往来，迎宾接客，应接不暇。

主楼大厅灯火耀眼，金碧辉煌。明亮的灯火下，顶级香槟、干邑葡萄酒、威士忌、黄酒、啤酒、汽水可乐、蛋糕、面包、各色香肠、水果、蔬菜和上海名点琳琅满目，珍馐美酒诱人胃口。

宾朋满座，宾至如归，客人们兴高采烈地举着杯在寒暄议论，服务生托着托盘，在客人中自由地穿梭，给客人们倒上饮品，送上佳肴。

"上午才通知，怎么来了这么多人？"

"你忘了，王老板早有吩咐，一通知都要到。"

"比他集团开年夜饭还重视。"

"今晚的意义对王老板来说比什么都重要。"

"王老板儿孙都有，为什么单挑汶川地震捡来的孤儿当接班人？"

"怪人出怪招嘛！"

"王老板要不怪，他能从一个乡下人变成亿万富翁？"

"听说他嫡出儿孙对继承资产当掌门人都没有兴趣。"

"这又是一怪，其中什么原因谁也说不清楚……"

王华堂请的宾客主要有：华鑫集团下属的房地产公司、物业管理公司、创新投资公司、新材料公司、人工智能公司、酒店集团、东方美容美体馆、蓝磨坊、星光俱乐部的同仁和上海学学会、气象学学会、旅沪焦岭同乡会、商会的头头脑脑，以及和华鑫集团有业务往来的金融界、投资界、建筑界、政府经济管理部门的领导们。王华堂为人处世一直低调，像今晚这样高调作秀，令所有的受邀来宾暗暗地吃惊。

2008年之前，王华堂已积累了几十亿资产，社会上没有多少人知道。他不捐资、不赞助、不做慈善家，给人的印象是个守财奴。鲁迅先生曾说过："从生活窘迫过来的人，一到有了钱，容易变成两种情形：一种是理想世界，替处同一境遇的人着想，便成为人道主义；一种是什么都是自己挣来的，从前的遭遇使他觉得什么都是冷酷，便流为个人主义。我们中国大概是变成个人主义者多。"王华堂便是这个"多"者。他不接受媒体采访，不宣扬自己发迹，不炫耀于大众，他相信钱财不可露眼这句古训。钱财露眼会招来祸害。至于社会弱势群体、贫困人口、救援义举，他不是不同情、不支持，他觉得那是杯水车薪。真正要救，要靠自己，要像他这样去拼搏、去奋斗。他相信"从来没有什么救世主，也不靠神仙和皇帝"。至于一些到处做慈善的富人，他总觉他们动机不纯，无非是为了耀富，为了博取政府和民众的信任，给自己更多的方便和照顾，以后从政府和民众手里赚更多的钱。

改变他这一想法的是2008年5月12日汶川8级大地震。当时，王华堂正在成都考察，打算拿地造城，建五星级宾馆。他终日守在电视机前，不放过每一个细节的报道。天崩地裂，湖堰路塌，楼倒屋坍，命丧人亡，自然伟力太神奇暴烈了，生命太脆弱娇嫩了……男女老少、鳏寡孤独、领导干部、工人农民，都义无反顾，同心救援。子弟兵的壮举，老百姓的义行，感天动地。王华堂看着看着，热泪盈眶，放声恸哭。他不知道自己为什么而哭，为谁而哭。他只觉得愧疚，觉得与崇高的差距，觉得那亿万身价的轻渺。

他的第一个举动是捐资1亿人民币用于汶川地震的救援。几天后，通往灾区的公路打通后，他调集重庆、成都公司的路虎和悍马汽车，带上救助物资进汶川。

他第一站到达映秀镇，这是一个已经被灾害覆灭了的乡镇。当解放军战士从一幢坍塌的房子的水泥柱下，抢救出一个气息尚存的女婴时，王华堂双手接过孩子，热泪滚滚而下，他抽泣着对瓦砾下死去的女婴父母说，他收养这孩子，让他们放心地走吧！

这个女婴就是现在的汶汶。王华堂让王家英做她的养父，他做她的爷爷，因为他毕竟已经58岁了。

今晚，汶汶穿了一件王华堂去法国时为她定制的由法国著名时装设计师设计的镶满珍珠的白色晚礼服。汶汶袒肩露臂，人珠相映，在她最要好的两个姐姐玉立和动人的陪伴下步入大厅。

宾客们为她们让道，热烈鼓掌欢迎。

汶汶是典型的小脸美人，五官非常符合"三庭五眼"的标准。眼睛不是特别大，但细长，很有东方特色。嘴唇比较薄，但嘴开得比较大，常露出一口洁白整齐的牙齿。西方人以嘴大为性感，更何况一口好牙。汶汶脸颊有些瘦，不够饱满，这是减肥引起的。玉立穿一式黑色丝绸长裙，动人穿一式白色丝绸长裙，像两位花神陪着主角汶汶。说也奇怪，这三位都是不婚族。

主持人浦新上台讲话："各位领导，各位亲朋好友，各位华鑫集团同仁，新闻发布会现在开始，请王华堂先生讲话……"

在热烈的掌声中，王华堂站在汶汶身旁朝宾客们鞠躬行礼。他今晚一身黑色西装，皮鞋锃亮，白发红颜，健康富贵。小小的扬声器别在他的上装口袋上，大厅回荡着他苍老而磁性的声音。

"尊敬的各位亲朋好友，尊敬的各位同仁，尊敬的各位领导，女士们、先生们，大家晚上好！今晚我把我的孙女王汶汶隆重地介绍给大家，她将接替我担任华鑫集团总裁职务，她将是我们集团的掌门人。也许大家会奇怪，为什么我们选择了这么一个年轻的女子，没有丰富的经济工作经验和阅历的人来承当这么重要的一个职务。我郑重地告诉大家，这是经过深思熟虑的，不但集团董事局一致通过，我们王氏家族成员也一致通过。今晚华鑫集团董事局成员都来了，唯一引起大家关注的是王氏家族几个重要成员没有来……"

王华堂看了一遍大厅，所有来宾也都左右环顾，的确没有王家几个主要男性成员。

"现在，我们现场与他们通话。浦新接通家英、家雄、之光……"

浦新朝万能手机呼唤。不一会儿大厅的宽大屏幕上出现了王家英的影像，一个清秀消瘦黝黑的学者，他微笑地朝大家挥手说："各位亲朋好友，我是王家英，我现在在北冰洋的邮轮上，我与我的同事赴斯德哥尔摩瑞典皇家科学院陈述我们研发的人工智能纳米材料特点，瑞典皇家科学院已将此项发明列入诺贝尔化学奖的备选项目。说实在，我的一生兴趣在于科学研发攻关，不在乎继承王氏家族那些资产，再说这些资产就是有几百亿、几千亿，跟我们研发的人工智能纳米材料的价值相比，也是小巫见大巫。人工智能纳米材料不仅为华鑫集团创造巨大财富，更为国家赢得了巨大声誉。它为节约地球资源，保护地球环境做出巨大的贡献。相比之下，华鑫的资产对我们科学攻关者来说是不值一提的。选我亲爱的女儿汶汶当华鑫集团总裁，我是没有意见的，再说了，对我来说，这是肥水不流外人田呐。如果我父亲偏爱我这个长子，那是不公平的。要听听我弟弟家雄的意见。"

大厅响起热烈的掌声，不少宾客对王家英的一席话跷起大拇指赞扬。

王家英挥了挥手消失了，屏幕上出现了王家雄的影像，这是一个和王家英截然不同的形象，人高马大，皮肤白皙，帅酷幽默。

大厅响起一片赞叹声和掌声。

"我父亲从一个乡巴佬到亿万富翁，这是时代造成的。社会财富向一个人有序地集中，这只有改革开放后才能做到。我想得更多的是今后如何把他的资产有序地向社会分散和回馈。我现在在北京开政协会，我们正讨论这个问题。改革开放60年后的今天，我们还是有很多公平和正义的问题亟须解决。我不希望华鑫集团的资产今后由我哥哥家雄或我掌握。由汶汶来掌握是再合适不过的，我举双手赞成。我女儿王家之星在现场，之星你也表表态！"王家雄说。

"我也赞成让我妹当掌门人！"站在王华堂身旁的王家之星跳起来说，"不过，她要像我爷爷那样，继续支持解决全球气候变暖问题，不然，我会投反对票！"

大家朝王家雄和王家之星鼓掌。

屏幕上王家雄隐去，出现了王家之光的影像。

"妈妈，我爱你！"王家之光一出现，就朝欧阳索微飞吻。这是一个清秀阳光带着稚气但又非常壮硕的白白净净的青年。

"爷爷，你怎么老提这些没有意思的话题。中国民间登月活动远远落后于西方国家，你要帮我们实现这梦想，为中国人争光！我在登月训练营封闭训练，你别老骚扰我！"

大厅里响起了一片哄笑。

"之光，我支持，我哪天没支持呀！"王华堂说。

"汶汶妹，叫你当就当，反正不能少了对我们星光俱乐部的捐款！"

"哈哈哈……"大家哄堂大笑，拍掌叫好。

"之光哥，我回来还没见到你，我好想你呀！"汶汶朝王家之光飞吻。

"我在封闭训练，等上了月亮回来，我第一个就去看你。你要我给你带什么月亮礼物？"

"给爷爷带长生不老药。"汶汶说。王华堂感动地抱住汶汶，热泪盈眶。

"活那么长干什么？活个100岁就够了，你看爷爷，越老越糊涂，整天操心掌门人、继承人，王氏家业，血脉相传，万世不竭，叫他看看《时间简史》，或者看看《未来总统的物理课》，哪一天太阳熄火了，地球变冷了，看他还血脉相传。爷爷，对不起啊……"

大厅里的人也跟着笑起来。

"孩子，我一定要看这两本书……"王华堂朝王家之光说，擦着喜悦的眼泪。

欧阳索微嗔怪地戳屏幕上的王家之光。王家之光从屏幕上消失。

参加酒会的人交头接耳，议论纷纷，赞扬、感慨、嘘叹不绝于耳。

"各位，王家的男人就是这个德行，你说我怎么办？我只能靠这个汶汶了。汶汶你说说……"王华堂已失去刚才的矜持，居然推着汶汶前进了几步。

汶汶朝宾客鞠躬，她的装束和美貌惊艳全场，所有人都屏息静听，杯盘碰撞的声音一下子消失了。

"各位前辈，各位领导，各位王家亲朋好友，王家那么多人，选上我这个抱养的异姓孙女当华鑫集团接班人，连我自己也感到意外。我确实没有任何思想准备，从巴黎回来也十分仓促，既然我爷爷、父亲、叔叔、哥哥、姐姐信任我，那我就试试，何况现在还是栽培期，如果不行，我自愿下台！"

"好！"

"干脆！"

所有来宾朝汶汶喝彩鼓掌，汶汶朝来宾们挥手致意。

"唱歌，喝酒，干杯！"王华堂朝宾客挥手。

大厅里响起江南丝竹乐器，传来吴侬轻语歌声。

舞蹈演员翩翩起舞，穿插沪剧、越剧清唱。觥筹交错，杯盘叮当，喧声酬语，不绝于耳。

王华堂带着汶汶，举着香槟酒向宾客们一一敬酒，接受来宾殷勤问候和热情祝福。汶汶颔首微笑，彬彬有礼，获得满堂喝彩。

敬了一圈主要来宾后，汶汶看见白驹过隙正和玉立、动人对敬，就走了过去。白驹过隙向她迎来，汶汶示意他走到人少的地方。

"你没请施逢春呀？"

"啊，你知道他来了？"

"跟我坐同一趟班机，说是你公司请他回来帮助解决技术问题的。"

"咳，什么事都瞒不过你。说是我公司请，其实是军方请，他是机器人专家，这回请他回来，是帮助解决机器人的几个动作问题。从现在起，他不能自由行动，与外界联系要断绝一段时间。"

"难怪我拨他电话没人接。"

玉立和动人走了过来。

"你们在秘密聊些什么？"玉立问。

"我说这酒会无聊极了，这音乐、这舞蹈，只有爷爷这些老人喜欢，年轻人不感兴趣！"白驹过隙说。

"我有同感。怎么样，我们搞一个派对欢迎汶汶，单请年轻人，不请这些老爷老娘。"玉立说。

"我同意，玉立，你策划，我出资。"白驹过隙说。

"就以为你公司有钱呐，我们蓝磨坊办不起呀？"玉立说。

"好、好、好！办得起、办得起！你办、你办！"白驹过隙摊手、努嘴、耸肩。

"汶汶，你说什么时候？"玉立问。

"我得回去看奶奶，好像爷爷给我安排了好紧好紧的日程，我得看一看日程再定。"汶汶说。

"汶汶还是先上我东方馆美容美体，洗尽巴黎铅华，还我一身洁净，怎么样？"动人问。

"我就不洁净呐？"汶汶嚷起来。

"嘘……"

玉立、动人朝汶汶伸指嘘气。

"我怕你身上有外国人的体臭。"动人说。

"儒勒尔有狐臭。"白驹过隙说。

"白驹子，你最坏！"汶汶嚷着要打白驹过隙，白驹过隙抱头鼠窜跑走了。

王华堂走了过来，身后跟着两个人。王华堂给汶汶介绍："汶汶，给你介绍两个人，这位是焦岭县诸葛县长，这位是焦岭旅沪同乡会和商会会长周孔廉爷爷，我的老对手。"

"汶汶，我代表老家人民祝贺你，以后你还要像你爷爷一样关心家乡建设。"诸葛县长说。

"不是都建设很好了吗？"汶汶说。

"是很好，不仅提前奔了小康，还开始建设富裕社会。"诸葛县长说。

"什么是富裕社会？"汶汶问。

"就是比小康社会前进一步。"诸葛县长说，"你爷爷出资在鼾村做试点，你有空回去看看。"

"我是要回去看奶奶的。顺便看看。"汶汶说。

"旅沪的乡亲响应你爷爷的号召，在焦岭县投了许多钱建设。下一步怎么办，还得听听你的意见。"周孔廉说。

"爷爷，你又搞什么花名堂了？"汶汶问。

"不是花名堂，是试点。"王华堂说。

"头脑发热，烧钱呀！"汶汶说。

"钱不花，留着干什么？鼾村的试点我们继续做，建设富裕社会。就这么定了，过几天，我带汶汶回去看。"王华堂说，"孔廉，你也回去！"

"好。"周孔廉说。

"我们在县上等你们。"诸葛县长说。

浦新走过来朝王华堂耳语，王华堂一看，两眼发光地迎上前。

戴着金丝眼镜、两鬓银丝、西装革履的陆根宝挽着穿着浅绿嫩黄旗袍的朱银娣款款走来。

"老弟，怎么来迟了？"王华堂回头招呼汶汶，"见过陆爷和朱姨婆。"

"陆爷、朱姨婆，你们好！"汶汶上前亲昵地问好。

"汶汶，对不起，集团有急事，我迟到了。我现在是替你爷爷打工，不敢怠慢。今后就是替你打工了，不知道你要不要我？"陆根宝握着汶汶的手，很绅士地轻吻了一下。

"要、要，怎么不要？陆爷的精明，全上海出名，好多公司争着聘，还是我爷爷捷足先登了。谁让我们有渊源呢？"汶汶说。

"说出的话掷地有声，滴水不漏，华堂兄，这孩子有水平。至于我们两家的渊源，别提了，羞死我了，你说是不是，银娣？"陆根宝先看王华堂又问朱银娣。

"你别哪壶不开提哪壶噢。当初要没你，我就是今晚的女主人了！"朱银娣说。

"哈哈哈……"大家都笑起来。

汶汶知道这几位前辈，在 20 世纪年轻的时候，有过浪漫的故事。而汶汶自己也有浪漫的故事。

六、两个恋人

汶汶爱恋的男人有两个。第一个是她的同班同学，就是在巴黎飞上海的飞船上邂逅的施逢春；第二个就是她在索邦大学的法国文学导师让·儒勒尔。除此之外，汶汶真没遇见过她心仪的值得她追求的男性。当然，王家之光除外，他们从小一起生活，一起上学，一起长大，但他们的情感一直局限在兄妹之间，从来没有超越一步。

她和施逢春是在高中二年级时相识的。汶汶在班里属于个子高的，坐在最后一排，她的邻座暂时空缺。高二上学期，从外地转来一个男生到他们班，坐在她邻座。他个子高高的，脸色白白的，头发长长的，神情颓颓的，引起班里所有女同学的注意。汶汶起先没太注意这个身体羸弱的邻座。在这所上海最有钱人的子女上的民办私立中学中，汶汶爷爷的身价名列前茅，她从小就养成自尊、矜持、孤傲、冷漠的性格。施逢春转来后，下了课，班上所有女同学都围拢到汶汶座位边嬉戏笑闹，弄得汶汶莫名其妙。当看到女同学们一边同她高声嚷嚷，一边不断地拿眼瞟施逢春时，她明白了原来她们醉翁之意不在酒。施逢春很拘谨，好像有点自卑，他不敢抬眼正视，更不像其他一些男同学那样颐指气使。他总是规避着什么，倒是这种拘谨和规避引起汶汶的注意。女同学们开始羡慕汶汶，嫉妒汶汶，因为唯有她可以近距离地接触施逢春，和他默契地交谈。这种羡慕和嫉妒引起了汶汶莫名的骄傲，她认为这种骄傲是施逢春给她带来的，是生平第一次在家庭外面带来的骄傲，她感谢施逢春。在家里她众星捧月般受人溺爱，掌上明珠般受爷爷呵护，那种骄傲是天生的，自然的，而现在这种骄傲是施逢春给予的，她对施逢春另眼相看。

施逢春文史知识欠缺，成绩不好，但他数理成绩优异，思维敏捷，动手能力强。他常常遭到文史老师的批评，却常常得到数理老师的表扬。一次回答软件编程的一个问题时，他的回答使授课老师瞠目结舌，老师说施逢春的回答已经超越了软件工程师的水平，他还鼓励施逢春好好地钻研下去，今后必有成就。从那天起，全班男女同学就对施逢春刮目相看了。

施逢春总是默默地来，默默地去，像一只孤独的仙鹤，他的默然和孤独引起同学们的议论和猜测。这所中学可以说是贵族学校，学生们是没有忧愁和苦恼的，有的是欢乐和希望，因为任何人都不必担忧自己的成绩、生活和未来。父母爷爷奶奶外公外婆都给他们安排好了，他们只要按照学校常规管理，混过三年时间，取得毕业文凭，就各向西东，飞向全国或世界的各所大学。

有一次，一道复杂的平面几何问题把汶汶难住了，她想了一个晚上就是解不出来。晚自修下课铃声响了，教室马上就要关灯了。这所管理严格的寄宿学校，是不许晚上加班自习的。汶汶的规矩是当日功课当日清，明天还有新课程。她揣着习题本，站在路灯下继续求解。校园静静的，月光淡淡的，一个人悄悄地走到她背后，伸头看她的习题本。她听到脚步声，感到头颈后轻微的呼吸声，闻到一种熟悉的男性体味香。她并不惊悚，慢慢掉过头，看见施逢春凝重的目光和奥妙的微笑，她霍地羞红了脸，像被重重地敲击了一下，心怦然狂跳起来。她感受到从未体验过的愉悦和惬意。她希望此刻永远地凝固，延续下去。

施逢春避开汶汶的目光，手指习题本，在圆形上比画着做一条辅助线，汶汶起先还不明白，等施逢春再比画了两次，她豁然开朗。那一条辅助线，把求解的方法一下道破。汶汶高兴地跳了起来，她埋怨自己总是这么笨，这么简单的辅助线不懂得做，她感激施逢春给她的指点。施逢春说，他下午就看到她在思考，他不敢帮助她，因为她给人的感觉一向就很自信、骄傲。刚才，在路灯下，他再不指点，她可要彻夜难眠了，所以就冒昧出手。

"啊，原来他的心是这么细。"汶汶想。那晚没多谈。学校规定学生不准在校谈恋爱，更不许晚上约会。他们在幽暗的灯光下挥手道别，各自走向自己的宿舍。

那天以后，他们的交谈多了，课间交谈，吃饭尽量坐在一起，晚自修后回宿舍同路，彼此有了大致的了解。

施逢春告诉汶汶，他是福建省晋江人，祖父是一个农民，父亲文化不高，在一家工厂当保卫，那个中国改革开放后先富起来的地方没有给他祖父、父亲机会发财致富。虽然现在衣食无忧，生活小康，但他们还属于新世纪穷人。穷则思变，就想改变现状，追求公平和正义，就想革命，当然不是过去意义上的革命，而是在网络上闹革命。他从小就和一些喜欢计算机、也像他一样穷的学生，整天泡在网吧里，久而久之，不学自通，成了黑客，组成了黑客团伙，常常违法地入侵政府、军队、科研机构网站。后来被公安机关破获，司法机关因他们未成年，免于追究刑事责任。当地社区想出一个主意，叫他们的家长带他们转学各地，解散团伙，改变环境，规范教育，挽救他们。他被一个私人慈善机构——福建仁爱慈善基金会看中，基金会愿意出资培养，以发挥他的特长，今后更好地为国家服务。基金会征得他父母同意后就把他转入上海这所贵族中学。这所中学不仅在上海，而且在全国，都是出名的，就像英国伊顿公学那样。有了这所中学的学历，今后向世界各国大学推荐就有了基础。汶汶绝对没想到她遇见了一个黑客朋友，又惊又惧又喜。

汶汶也如实地对施逢春讲了自己的身世，这些施逢春已从同学嘴里有了初步了解。两人觉得彼此有一个共同点，都是乡下穷苦农民的后代，都有着坚强后盾的资助，只要自己把握好未来，在他们面前就是一条充满阳光、铺满鲜花的道路。

汶汶给施逢春写了一个字条，录了鲁迅的一句话：人生得一知己足矣，斯世当以同怀视之。施逢春回赠一张他自己制作的漫画，画上一个美女与一个丑男亲热相拥，旁白曰：农夫山泉有点甜。汶汶看后放声大笑，她把这张漫画夹在她最喜欢看的《鲁迅选集》中。

施逢春参加过汶汶高中毕业那年的生日派对，到过主楼的大客厅。王华堂见过他，一经介绍，因为是福建老乡，所以印象特别深刻。施逢春去过汶汶住的小姐楼，那时的小姐楼装修成学生宿舍风格，有起居室、学习室、活动室、音乐室，简朴大方自然。这是汶汶的深闺，她只邀请女同学来看过，邀请男同学，施逢春是唯一的一个，并且是单独邀请。

那天施逢春坐在木凳上，拿着遥控器，挑选着电视节目。汶汶问他要茶还是要咖啡，施逢春说要咖啡。汶汶泡咖啡时，听到电视机里声浪如海潮一般袭来，她端着咖啡出来问怎么了，施逢春指着屏幕让她看，画面是巴黎国民示威、游行，接着发生暴乱，纵火、烧汽车，国民与警察冲突，拳打脚踢，水枪狂喷，画面迷蒙。一个年轻人站上一个花坛慷慨演讲。汶汶问他那人是谁，施逢春说叫让·儒勒尔，一个青年领袖。汶汶问他怎么这样熟悉，施逢春说他天天上网看巴黎新闻，巴黎的网民暴乱，是新世界革命到来的前奏，现在社会的革命不是在工厂、农村，而是在电视媒体上。世界到了2026年，难道还要革命？汶汶问。施逢春说，革命什么时候都需要，看要在什么时间、什么地点发生。巴黎是个有革命传统的城市，巴黎公社太远不说了，就从20世纪60年代说起，也有两三次了。网上可以搜索到信息。

汶汶打开电脑，要了巴黎动乱消息。不一会儿，屏幕上立刻出现清晰的画面、声音和字幕。

画面：

1968年5月30日，法国凯旋门的大游行。香榭丽舍大道上示威游行人群如潮，凯旋门旁，一位黑衣白裤黑皮鞋的年轻人朝示威游行人潮挥舞法国三色国旗。

字幕：

没有哪一年能像1968年那样，叛逆精神激荡整个世界。各处的年轻人都要造反，各种社团层出不穷。这些运动既不是规划好的，也没有组织。这些运动反对权威，没有领导者，或者领导者否认自己是领导者。

1968年5月的巴黎充满了抒情色彩，"从今以后，我们有节日可过，有创造奇迹的时间，有自由讲话的权利"。全世界年轻人获得了节日的气氛和解放的感觉，校园与街道都变成了广场。"人从新石器时代进入了雅典的民主"。这种当时自以为解放来临的狂欢情绪，后人难以体会，但那些话和文字还会流传。

声音：

20世纪60年代的那场学生运动的诉求在于，它鼓励人们去参与那些可能会影响他们生活的决定，而1968年在全世界发生的各种运动中都有这样的诉求。1968年最大的遗产在于留给我们很多的法律和文化标准，而这些在不断推动着人与人之间的平等和人们参与权力的深入。人们把20世纪60年代作为一个标准，一个参照物。民权运动、环境保护还有对社会保障制度的追求，这些都在继续影响着我们的生活。

画面：

2009年3月。法国总统萨科齐走上街头极力安抚罢工者，但这丝毫无法阻挡民众上街抗议游行。

字幕：

法国人发怒了。

2009年3月19日，数以万计的法国人举行第二轮全国性大罢工，要求政府和企业在金融危机下，采取新措施增加就业，提高人民购买力，尽力保障就业和薪酬。

声音：

据美联社消息，此次罢工示威的矛头指向萨科齐。在国际经济危机肆虐、国内失业率攀升之际，总统并没有意识到国家的现状和"民众过着怎样的生活"。此次罢工造成的经济损失达上亿欧元。19日法国全国进行了200场游行，共计有250万人参与。在巴黎，要求萨科齐下台的大学生与警方发生激烈冲突，多人被捕。罢工导致法国交通基本瘫痪，首都巴黎奥利机场部分航班取消或延误。

此前，1月29日，多达250万法国人举行罢工，要求政府为保护工人利益做出更多努力。法国总统萨科齐随后推出一系列社会福利政策，但拒绝做出更多让步，引发工会组织不满。

……

汶汶关上电脑，两人又重新注视电视屏幕。电视在回放几天前的资料。巴黎警察围住枫丹白露森林，拆除在树丛绿荫之中的蛋形寄居屋，乐活族、快闪族、飞特族还有御宅族、啃老族示威抗议。

儒勒尔说，我们来自富裕的家庭，我们不是穷人，更不是贱民，我们喜欢自由自在的生活，得到心灵的自由，我们的宗旨是给每一个人更多的资格和空间去实现他们对社会的参与权，它并不是为了推翻一种体制，而是希望增加个人、社会和体制之间的通路，如果必要，则要采取一些激进的改革措施。这关乎人们在任何一种社会制度下去寻求和创造民主的可能性。

儒勒尔又说，我们将用根植于爱、思考、理性和创造性之中的权利来代替根植于财产、特权和环境之中的权利。我们寻求一种个人分享民主的社会制度，它取决于两个主要目标：个人参与那些决定他的生活特性和方向的社会决策，社会被组织起来鼓励人们的独立性并且为他们的共同参与提供媒介。

儒勒尔穿着风行世界的中国丝绸功夫装，敞开的对襟里露出粉红色的T恤衫。他眉骨突出，眼睛深陷，鼻梁笔直，薄唇大嘴，反背着双手，口若悬河。他的演讲不断地博得人们的欢呼和女人的尖叫。

汶汶说，这个人很有魅力。施逢春说，他的魅力来自诚挚，他不使用花言巧语，就让大家很容易理解他的意图。他不像马丁·路德·金那样有雄辩的好口才，也不如海登那样有律师般的精准。革命总是给男人带来浪漫色彩。

施逢春告诉汶汶，这次巴黎的动乱和过去不一样，是一次网民的动乱，不是纯粹的学生动乱，事情由巴黎市警察驱赶寄居于枫丹白露森林的一群乐活族、快闪族、飞特族、御宅族、啃老族引起。这些年轻人每个人都有一个高性能材料制成的蛋形的寄居屋，汽车一拉，随便放在什么地方，拉上水和电就能生活，主要问题是没有厕所。居住的人必须开车上附近的厕所，这就难免有不自觉随地方便的人。巴黎的枫丹白露森林是最浪漫的地方，那里浓荫遮蔽，空气新鲜，是最适合放寄居屋的地方。但是这大大影响了巴黎的情人们的幽会。双方吵了起来，警察就出动驱赶，乐活族、快闪族、飞特族、御宅族、啃老族组织抵抗，许多同情支持和打算过这种生活的网民起来支援，一场斗争从枫丹白露森林发展到巴黎街头。

那天后，汶汶天天关注巴黎的动乱，但没有几天，动乱就结束了。再也看不到让·儒勒尔煽动性的演讲了，但让·儒勒尔的形象深深地印在了她心上。

高中将毕业时，施逢春突然消失，从汶汶的邻座蒸发了。从老师同学那里问不出所以然，谁也不知道施逢春为什么离开，并且是突然离开。当然，汶汶也不好细究，这毕竟跟她没什么紧要的关联。但她年轻的情窦初开的心，认为施逢春是她第一个心仪的男生，如果他不走，她会爱上他。

高中毕业后，汶汶考上了复旦大学工商管理学院。大学毕业后，她选择了上法国的索邦大学读国际金融。她作这样的选择有多种原因，首先，她12岁上初中起就居住在宝庆路花园洋房，这里的法式风格从小感染她，使她产生了法兰西情结；其次，她还有意无意地从婷婷阿姨和玉立姐姐那里感染了疏远英国、喜欢法国的情愫；还有她在中学和大学阶段的阅读中，十分迷恋法国女性，从圣女贞德到红色圣女路易丝·米歇尔到波伏娃、碧姬、芭铎、萨冈，她们几乎代表了20世纪五六十年代的欧洲女性解放运动。21世纪没有这样的女性，就是男性也没有像她们影响当时世界那样影响当今世界。1954年萨冈写出畅销小说《你好，忧郁》，两年后碧姬因电影《上帝创造女人》让全世界男人疯魔，两部作品都被认为从此颠覆法国女人的生活方式。波伏娃比她们年长20多岁，出版了《第二性》。她们三人的影响几乎发生在同一时期。

　　大学毕业时，汶汶看了一场巴黎博物馆在上海举办的塔玛拉·德·朗皮卡画展，是玉立和动人陪她一起看的，她们怕她受不了冲击和震撼，提出一定要两人作陪。果然，情窦初开的汶汶差点因心情激荡而窒息。半个世纪以来塔玛拉风靡不衰的作品并非男人肖像，而是女人体。《星期日泰晤士报》曾评价它们是20世纪最光彩夺目的裸体。她是著名的双性恋者，她把自己对女人肉体的欲望直接倾泻到画布和油彩，所以她的女人体艳丽放纵，回归到女人最隐秘的内心渴望，那是和男性画笔全然不同的一种表现。女人从被观赏体转变成了欲望的释放主体。看过塔玛拉画展，汶汶才知道女人也可以这样释放自己。

　　她在索邦大学勤勉又平静地度过了两年硕士学习生活。她每年寒暑假回国看望爷爷和奶奶，同时，怀着没有希望的希望探听施逢春的消息，然而两年4次回来都让她失望。硕士毕业后她征得爷爷同意，改为攻读文学博士，出乎意料地碰到让·儒勒尔，他已经40多岁了，是她的法兰西文学博士生导师。久违的心仪的男性出现了，刚成熟的汶汶无法抵御让·儒勒尔更成熟的魅力，掉入了这个中年男人的深井，暂时地忘记了施逢春。

　　让·儒勒尔生于1988年，比汶汶大20岁，是波尔多地区一个葡萄庄园主的儿子。他除具备法国青年的一切优点外，还多了一个一般法国青年没有的优点，即对异性的专一。他以导师和长者身份对待汶汶，除了授业解惑外，还无微不至地照料她，使她在异国有如在家的感觉。汶汶从他身上不但获得许多智慧和知识，而且获得了男女之爱。如果不是爷爷极力反对，她会嫁给让·儒勒尔的。但是，爷爷对她与让·儒勒尔的同居也只能睁一眼闭一眼，无可奈何。汶汶本科读工商管理，硕士读金融，她认为自己天生不是做生意的料，她偏爱文学，想搞文学创作、想写小说、想当作家。王华堂拗不过她，只好答应她读文学博士，但有一个前提，读完必须回国回华鑫集团工作。博士毕业后，汶汶以未写完小说为借口在巴黎继续留下，答应等写完小说再回国。王华堂气得七窍生烟。他知道汶汶是为让·儒勒尔而留下。而要生生地阻断两人的情爱是很困难的，他只好忍气吞声，见机行事。

　　说实在，汶汶没有多大的文学才能，文采更是一般。写作当作家，仅仅是一个女孩的梦。这已经是一个没有小说的时代。早在21世纪初，美国大作家菲利普·罗斯就预言了小说在下一代人中的可悲命运：未来25年内，小说这种艺术形式将成为只有少数狂热信徒膜拜的异教。而汶汶就是这样的异教徒。如今读者加速远离文学，转投互联网和电视的怀抱。菲利普·罗斯说："25年，我还算是乐观的。"他说："我认为小说还会有人读，但也许只比现今读拉丁文古诗的人多些。"问题出在小说本身。罗斯说："读小说得相当大地集中精力，全心投入阅读。要是你读一本小说的时间超过两个星期，那你不算真的读了。所以我认为这种聚精会神是很难做到的——很难找到具备这种素质的数量庞大的人群。"

汶汶一度沮丧失望过，这是由两方面因素造成的，一是以上罗斯所说的现象和现实，二是她的才能和经历，尤其是经历，从出生到读博，平平淡淡、顺顺利利，根本无法采撷到素材，真是巧妇难为无米之炊。让·儒勒尔为汶汶破解了创作之忧：一是罗斯所说的人们远离文学远离小说的现象，随着人类返璞归真的要求会得到改变；二是现代小说的写法可以不同于传统小说的。

让·儒勒尔说，世界经济重心已向亚洲转移，中国已成为全球第一大经济体。在20世纪二三十年代，世界权力的中心从英国转向了美国，是由于一场大的经济危机导致的，现在这种情况再次发生了，2029年由于石油期货危机而引发的新一轮世界金融危机，再次证明了资本主义的贪婪腐朽，说明了中国式社会主义的无比优越，现在世界权力中心又从西方转向东方。中国再次崛起将是21世纪最重要的变化。买中国股票，让孩子学习中文，喝中国葡萄酒，是我们老外的向往。

让·儒勒尔解除了汶汶的顾虑和内忧，使她豁然开朗，增添信心。当王华堂的越洋电话频频打来，要汶汶回国任职，并发出最后通牒，汶汶手足无措时，让·儒勒尔推动了她。他分析去留得失后，建议汶汶听她爷爷劝说回国任职，除了这是华鑫集团的需要外，他认为中国现在是世界上最生动、最有活力、最有前途的国家，她爷爷是中国改革开放60年最生动、最典型、最具说服力的见证者。写中国、写她爷爷这样的人，是中国作家应尽的责任。

汶汶紧紧地拥抱住让·儒勒尔，给了他一个深长的吻。

她决定回国。

七、劳拉教练

开完发布会后,汶汶回到小姐楼。

为迎接汶汶回来,王华堂把小姐楼重新装修了一遍。装修成什么样的风格能使汶汶喜欢,王华堂花了一番心思。他先征求汶汶意见,汶汶说什么样都行,她的心里是不打算长久住下去的。王华堂请了一位在法国学环境设计专业的女博士征求意见,女博士建议从传统的乡村风格中寻找装修灵感。但汶汶不喜欢乡村风格。汶汶还是喜欢她那所由让·儒勒尔设计装修的公寓。那个公寓藏在塞纳河左岸拉丁区的一栋中世纪修道院里。

汶汶想念让·儒勒尔了。离别才几天,她有种渴望与冲动。她打开电脑,上了"镜像世界"。数据显示,在年轻人中,有80%以上主要通过网上即时通信工具网络视频、网络电话和镜像世界享受两性生活。她点击巴黎左岸的自己家,让·儒勒尔正在家中,他正洗好澡,披着浴衣裸着身子出来。他就是这个好,专一,自和她认识后,从没和别的女性有染,专注地关心她、爱她,不是因为工作,从不离开她,从不离开左岸这个公寓。镜像中虚拟的自己向让·儒勒尔走去。让·儒勒尔微笑地向她张开双臂,披在他身上的浴巾脱落了下来,露出他强硕的肌肉和粗黑的毛。汶汶扑上前,投入让·儒勒尔的怀抱。

汶汶穿上可穿戴的传感器,她听到让·儒勒尔的急促呼吸声、怦然的心跳和喃喃的呓语。让·儒勒尔脱去她的衣服,把她抱上床和她亲昵。让·儒勒尔像往常一样吻遍她全身,从头到脚,最后停在那最敏感的部位。她把传感器的一个部件放进自己的身体,屏幕和房间灯光骤灭,她和让·儒勒尔在黑暗的泥潭中呻吟……汶汶想,如果这不是虚构的假设的世界,而能夹杂更多更真实世界的体验和交互，那多好啊！

电话铃响，是楚楚动人打来的。

"在做什么？"

"能做什么呢？"

"上镜像世界？过第二人生？"

天啊，怎么猜得这么准确！看来，谁都有过第二人生的体验。

"子虚乌有的，我才不过呢！"

"呃，明天到我这里，我让劳拉给你按摩按摩，放松放松……"

"劳拉是谁？"

"一个女生，机器人，男人的宠儿。"

"真的？"

"过来试试就知道。"

"好，体验一下。"

楚楚动人开的上海东方美容美体馆在浦东，规模虽说不大，却是全上海最豪华最奢侈的会所，进出的都是名人、富人。时代发展到了今天，贫富的区别仍然存在，不过这种贫富的差别不是中国过去那种绝对贫富的差别，而是小康和富裕的差别，简约和奢华的差别。

美容美体馆的老板是楚楚动人的妈妈楚楚，出资人是王华堂。因为楚楚的活络和才华，美容美体馆给她带来了丰厚利润。

第二天，拎清开着麒麟把汶汶送到美容美体馆。楚楚动人早在馆外等候。这是一幢6层楼的后现代建筑，结构简约，线条柔和，浑然天合，像一个和谐的美体，但说不出是男是女。楚楚动人说先给汶汶美容美发，洗尽巴黎的铅华，还给汶汶一个东方的、脱俗的形象。她带汶汶和拎清上了电梯，到了6楼。

这是一间贵宾厅，落地玻璃窗外是绿地和林木，视野开阔。地面上铺着米黄色的地毯，放着跑步机、拉力机之类的器械，厅的旁边是美浴室，浴室旁边是美体室，都是敞开的间隔。架子上摆放各式各色的化妆品。楚楚动人朝里面拍了两声掌，间隔墙一扇门自动开了，一个打扮成女生的机器人走了出来。她十分美艳。

"这是劳拉，身高160厘米，体重40公斤，黑发机械美女，体内装有400多个执行器和传感器，能行走和移动手臂，会说话，能传达多种表情，她根据美容美体要求设计，还可以根据客户特别要求定制，白氏人工智能公司开发。劳拉是一个理想的谈话对象，亲切和蔼、善解人意，表情姿势丰富，声音轻柔悦耳，而且从不下判断，更不会因为你的忽视而生气。王家之光哥哥很喜欢她，做了一两次后，就把她包下来。他最近去登月训练营，我把她借出来。劳拉，你不要对王家之光说啊！"

"人类会欺骗，机器人不会。"劳拉说。

"哈哈哈……"汶汶忍俊不禁，劳拉第一句话就博得她开心，"真逗，真可爱……"

"有的人在和她聊天时甚至会神魂颠倒，如果她是真人，有人会和她私奔的。"楚楚动人说。

"王家之光就是其中一个。"劳拉说。

汶汶感觉到纳闷，她对楚楚动人悄声说，王家之光哥哥不是对女性不感兴趣吗，怎么……她问劳拉："他爱你吗？"

"他不许我为男性顾客服务，你说他不爱我吗？"

"那你今天为我服务……"

"因为你是女性，并且是他的妹妹。"

"啊，劳拉，你的逻辑推断能力真强。"

"她对正确答案能及时发出鼓励，对错误的答案则会表示同情或者建议，这使人锻炼成绩不断提高。当你愤怒时，她能用平静的声音劝说，使锻炼的事故减少到极低的程度……"楚楚动人说。

"小姐，请跟我来。"劳拉说。

"拎清，你呢？"汶汶问。

"我就不做电灯泡了。"拎清说。

"这位大哥是谁？"劳拉问。

"你们公司同类产品。"楚楚动人说。

"啊，你长得真漂亮，我爱你！"劳拉上前，轻轻地拥吻了拎清。

"劳拉，你不是犯忌了？"汶汶问。

"逢场作戏，假的。"劳拉悄声说。

"老板要知道了，要停你的电！"拎清说。

劳拉做了个张嘴吐舌的死亡动作，汶汶、楚楚动人、拎清哈哈大笑。

楚楚动人领拎清出去。

劳拉先让汶汶在跑步机上慢跑20分钟，跑得汶汶气喘吁吁，然后让汶汶到浴室冲澡。她帮汶汶打上沐浴露，在汶汶背部、臀部轻轻地搓揉抚摸。她的手感十分温柔，她的肌肉是用特殊的智能纳米材料制成的，有弹性，有湿度，还有一定的温度。这种纳米材料也是王家英的研究院研发的，王家英开发的纳米材料可以说无处不有，无所不在。沐浴后她帮汶汶擦拭，她拿毛巾的姿势中规中矩，把汶汶的全身擦拭得干干净净。

劳拉让汶汶躺在床上，给她搽上一层精油，做全身放松性按摩。她的手势特别温柔，该重的地方重，该轻的地方轻，其贴切周到不逊于最好的人工按摩师。汶汶暗自赞叹白驹过隙哥哥这个人工智能公司开发的机器人。据说他们公司集中了全世界最好的年轻软件工程师，他们为顾客定制开发的机器人自然也是贵如天价，一般阶层的人是使用不起的。但愿施逢春在白驹哥哥的公司也能施展才华。

劳拉的手开始触到汶汶的敏感部分，汶汶闭上眼不敢正视劳拉。昨晚在镜像世界的感觉又回到身上。劳拉的手在加重，汶汶微微张开眼看着劳拉，劳拉也在紧盯着她，仔细地观察着她的变化。汶汶突然问："你给其他人按摩也这样吗？"

"也这样。"

"你怎么知道她们有这种需要和要求呢？"

"我内部装有情感计算器，我的眼睛有摄像机，我的手有传感器，我的软件能够识别对象的喜欢、厌倦、渴求、烦躁等迹象，通过情感计算，提供所需服务，准确率在95%以上。"

"我之光哥哥也有这种需要？"

"当然有。不过，这是一个怪人，一个偏执狂。"

"你能给我讲讲他的表现吗？"

"这是个人隐私，我要为他负责，不过，对你可以说，你们是一家人。开始，他对我很抵触，他是楚楚动人哄骗来的，也就是先让他体验体验。他为报名参加登月训练不得不加强锻炼。开始他急于求成，表现得很烦躁。我没有批评他，而是鼓励他，配合他的姿势和动作，使他感到我的真诚和友善。男人有时其实像个孩子，我把之光当作孩子一样呵护和爱抚。他不久就乖乖地落入我的怀抱，以至一天没见我就受不了。"

"你和他发展到什么程度？"

"你指的是什么？"

"指两性关系。"

"我们已经有了性关系。"

"你会做爱吗？"

"他们为我进行了一次调整，就是你们所说的大修，结构上作了改装。"

"怎么改装？"

"增加了女性性器官。我有了这种器官后，王家之光对我乐此不疲。"

"劳拉，你太出彩了！"

"什么叫出彩？"

"就是太时尚，太超前，太出于意料了。现在有虚拟性革命，就是还没有人机性交，你是世界第一吧！"

"听说国外早就有了。"

"但没有成功的。"

"王家之光说，我跟真的一样。"

"难怪……"

王家之光从小表现性冷淡，对异性从不表现出友好的亲近。王华堂把这归咎到王家英和欧阳索微的"生命设计"的PGD技术检测，他一心一意要改变这个孙子的性趣，想尽了各种办法，最终他想到人工智能。他和白驹过隙密谋策划、制造的劳拉果然使王家之光的天然性趣焕发，王华堂感到他成功了第一步，他在考虑第二步、第三步。这一切，汶汶浑然不觉，一丝一毫没有考虑到。

那天以后，汶汶经常来美容美体馆锻炼。现在不是体验，而是锻炼，劳拉成了她的教练，她和劳拉也成了无所不谈的朋友。

"劳拉，有男性的按摩师吗？"一次汶汶情不自禁地问。

"怎么，你想离开我？"

"不，不是，我只是好奇。"

"这个美容美体馆多是女性顾客，不好用男服务生。听说，星光俱乐部有男性机器人服务生。"

"那不是我玉立姐开的吗？"

"她没邀请你参加星光俱乐部活动？"

"说过以后开派对欢迎我。"

"上次，老板让我进工厂做一次试验，让我和一个男机器人做爱。据说是星光俱乐部的，叫共工，不周山下那个共工。"

"我知道。共工怎么了？"

"他做得手忙脚乱，动作一点也不协调，老板说再请专家为他重新设计，让他动作更协调。那个专家叫施逢春，美国回来的。"

"我认识施逢春，他是我的初恋。真有这些事？真新鲜啊……"

八、雪峰道观

过去，汶汶一回到上海，和爷爷吃一顿饭、住一夜，第二天就动身回老家焦岭县鼾村看奶奶，爷爷要多留她吃一餐饭、多住一夜她都不肯。今年怎么了？汶汶居然留恋起楚楚动人的美容美体馆，留恋起劳拉。难道刚被宣布为掌门人就对奶奶情感淡泊了？难道有了劳拉就不想念奶奶了？劳拉算什么，她不过是个挑逗满足情欲的机器人。汶汶想，莫非自己背叛奶奶了？

谁都能背叛，奶奶和爷爷一样是终生不能背叛的人。从四川抱回汶汶，王华堂亲手把她交给妻子时，刚好是晚上，月正从东山升起，奶奶抱着汶汶，走出厅堂，朝着光华满轮的月亮扑地跪下去。她多年祈求、多年跪拜的愿望，突然间实现了。她生养了王家雄后，一直渴望再为王华堂生一个女儿，但一直没能如愿。她拉扯大王家英、王家雄，他们上完小学就离她而去。她没有文化，不去上海，只愿意留在乡下，因为去了上海不能拜月。再说，她劳累一生的婆婆，与她相依为命，也需要她陪伴照料。还有两个小叔叔，都需要她照顾。王华堂依她从她，总琢磨着给她找个伴。现在找到了，这也是天遂人愿吧！

2008年，王家已是鼾村首富，焦岭首富，甚至可以说是闽东首富。汶汶从小过着锦衣玉食的生活。厝有大院，保安保姆成群，但奶奶从不让别人操持汶汶的事，她总是亲自喂抱、亲自换洗、亲自携带，一时一刻也不让汶汶离开自己，就连那拜月的习惯也因汶汶的出现而改变。她把汶汶看成亲骨肉，比亲生孙女还亲密、还疼爱。汶汶离开鼾村去上海上初中时，她们演出一场生死离别的悲喜闹剧，鼾村人至今还传为笑谈。作为对奶奶的孝顺，汶汶总在放寒暑假的第二天就回来陪奶奶，这个习惯直到汶汶赴法国留学才改变。

汶汶提出要回去看奶奶，王华堂心中暗自高兴，他认为汶汶虽然留了洋，找了法国情人，但没有忘记奶奶，没有忘记故乡，说明她的心没有改变。王华堂答应陪汶汶回老家，县里领导也一直在催他回去看看。他也有一段时间没有回老家了。

第二天一早，上海飞艇公司一架小型飞艇就停在花园里。这是华鑫集团向上海飞艇公司长期签约租赁的小型飞艇，可以乘坐 6 个人。华鑫集团的人说这是王华堂最大的奢侈，因为租金贵得惊人。自租了飞艇后，王华堂国内出行不坐飞机，不坐火车，就坐飞艇。飞艇以氦气和汽油为动力，规模大的全长有 75 米，宽 25 米。王华堂租的是小型的，全长 25 米，宽 6 米，相当于一个小游泳池。飞艇可以在 20 分钟内升空到 600 米，时速约为每小时 100 公里，便捷又安全。飞艇在飞行时可借助风力和太阳能，节约燃料，减少温室气体排放，环保优点突出。飞艇上装有视频网真系统，它构建在新一代互联网上，能够传送超高清晰视频画面，并实现几乎无法察觉的延迟，丝毫不逊于面对面的互动。王华堂钟爱飞艇，实际上是钟爱这套系统。他老了，怕孤独和寂寞，怕失去与亲人、与同事、与朋友的联系。特别是在出差的时候，他想要和谁联系就和谁联系，哪怕讲几句话，聊聊天，讲讲笑话逗一逗，也能让他开心一阵子。

临上飞艇时，浦新报告说，周孔廉不能同行，王华堂问为什么，浦新说，周孔廉曾孙感冒了，周孔廉放心不下不去了。王华堂骂了一句，就上机了。汶汶说让拎清也去，王华堂说，拎清不方便去，焦岭的事他比拎清懂得多，记得清，拎清不用去。汶汶说回来短短几天，她对拎清萌生了好感，觉得好像离不开拎清，拎清不在身边，好像缺失了什么。王华堂只好答应，汶汶朝拎清招手，携着拎清上了飞艇。同机随行的还有余桑和黄丽，王华堂说以后这两人就为汶汶服务。社会发展到今天，阶层差别还是无法消除，不过，这样差别已不是建立在压迫、剥削的基础上，而是建立在社会分工不同的基础上。王家的服务生们享受着很高的薪酬和职别，但经常换。从王家出去的服务生，没有不说王华堂好、王家人好的。为此，到王家当服务生，成了刚离开学校，一时没有找到满意职业的毕业生们的首选。

飞艇飞过浙江进入福建时，机组人员告知将有暴风雨，叫全体乘客系好安全带作应急防范。飞艇外黑云滚滚，风驰电掣。飞艇有很好的防范系统，只感觉上下颠簸，左右摆晃，没有太大的干扰。不一会儿飞艇就穿越了暴风雨，迎来晴空艳阳，艇内的人都松松地吐了一口气。王华堂问机组人员到哪里了，机组人员回答到焦岭县境内，快到鼾村了。王华堂说先不到鼾村，先到雪峰道观。汶汶问为什么呀，王华堂说，顺路，你要见见海峡风道士，他是台胞，也是一个怪人，你小时候见过。他是周爷的儿子周谨介绍来的。原是美国雷曼兄弟公司高管，2008年次贷危机后，他看透了金融衍生物的危害，愤然辞职回台湾，但看到台湾党派纷争，钩心斗角，经济衰退，民怨鼎沸，又愤然离台回祖国大陆，踏遍八闽大地，最后看中了雪峰道观，出家当了隐士，潜心研究起国学。

雪峰道兀立在一个耸立的山头上，飞艇很平稳地在道观前空地上停了下来。汶汶小时候和爷爷奶奶一起来过一次，之后就没有再来过了，也有点好奇感。海峡风道长和几个道士闻声早已排列在道观前等候，因为余桑早给他们拨了电话。飞艇停稳后，王华堂第一个走下舷梯，海峡风道长施礼把王华堂迎进观。汶汶发现，这雪峰道观和她小时候来时看到的一模一样，没有丝毫改变，只是屋舍更精致些，环境更干净些，油漆剥落的地方已重新油漆修缮过。海峡风道长比她小时候见过的老多了，也矮多了。

道长招呼众人围着一张古旧的八仙桌团团坐定，道士端上沸水冲泡的雪峰云雾茶。茶泡在普通瓷碗里，那清香甘甜味，让汶汶和余桑、黄丽啧啧称道。王华堂说，道长，汶汶小时候你见过，大了就没见过，今天让你见一见，以后有什么事可以直接找她，她今后就是我们华鑫集团的总裁、掌门人了。道长摆手感叹，连声地说想不到想不到，王老板的举措的确是石破天惊，不过，我相信王老板的选择一定没错，一定没错。王华堂说没错你就要帮助她，辅佐她，她刚出校门，世界金融界的事她知之甚少，这是尤其重要的。道长说那当然，那当然，资金还是第一要务。汶汶诧异地问爷爷，道长在这深山老林，也知道世界金融界发生的事？王华堂说，他怎么不知道，量子计算机每天无线上网，道长不出门，能知天下事。汶汶知道现在进入了量子计算机时代，世界在互联网的支配下，仿如一个村庄，地球村。但道长修身养性，诵经作场，他耐得住寂寞吗？一个年纪比道长稍大些的道士说，开始我们还担心他会觉得观中清苦，待不下去，说让他习惯了再说，没想到他比我们这些年轻时就出家的人更耐得住寂寞。平时就是劳动、读书，要不就是修行、上网，从来没有一点厌倦。汶汶蓦地对道长敬畏起来。汶汶觉得一个在美国金融界奋斗的精英，一下子来到这深山道观修行，真是不可理解。王华堂说，有什么不可理解的呢？这要与30年前那场世界金融危机联系起来看，那次由雷曼兄弟公司引发起来的次贷危机和全球金融经济秩序的变化，使许多学者意识到，社会发展模式可能会由自由竞争的西方发展模式向和谐科学发展的东方发展模式转变。王华堂说，道长，你给汶汶讲讲你研究的体会。道长并不推辞，侃侃地说起来。

那场世界性危机不同于历史上任何一次经济危机，以往工业社会所有危机都是资本主义生产方式造成的，而那场危机则是由西方文化西方生活方式造成的，是人类社会由实体经济进入虚拟经济的第一场危机。如同实体经济的危机宣告了旧的资本主义生产方式的历史局限性一样，那场虚拟的经济危机同样宣告了西方文明的历史局限性。那场危机将造成东西方文化世纪性交替的历史转换，由此形成东方文明主导的新的人类发展进程，从而在客观上提供了中华民族世纪性崛起的历史机遇。

有学者认为，儒家的"仁学"与道家的"道论"都为"文明共存"提供了有积极意义的资源。费孝通先生对此也有一解释："克己才能复礼，复礼是取得进入社会，成为一个社会人的必要条件。扬己和克己也许正是东西方文化的差别的一个关键。"在自然界遭到严重破坏，自然资源被过量开发，环境污染严重威胁人类社会生活的情况下，中华"崇尚自然"的思想无疑对21世纪人类社会有着重要意义。[①] 对于中华民族而言，21世纪是决定命运的世纪。2032年，中国GDP为27.2万亿美元，美国为26.8万亿美元。中国超过美国已经6年了，中国已经重新站在人类文明的前列。

"海峡风，我今天拜访你，是让汶汶听听你对未来的预测，给她以后投资决策参谋参谋。现在，时间过了一半多，你的2050年断想，看看能不能实现。"王华堂说。

"一切皆有可能。"海峡风说，"拎清，你搜索一下《五十年后断想》一书的要点。"

拎清"嗡嗡"地瞪眼搜索，一会儿说："2050年迎面撞来！决定21世纪人类财富分配形式的，仍是科技水平和生活形态。比尔·盖茨和沃伦·巴菲特均已作古。如风度翩翩的大鲨鱼游到金鱼缸，让所有竞争对手惊慌失措的

---

① 关于世界金融危机的评论资料引自《中国经济导报》2008年12月13日的《东方和西方，谁发现了谁》一文，作者成静。

微软帝国风光不再,而被新商业形态所瓦解。各种超越地缘、国家和政治的商业公司的迅速崛起,使人类文明进入一个暂时的狂欢年代。"

海峡风道长预测2050年世界将有十大巨型跨国公司,它们分别是:

1. 能源集团。2040年,地球上石油储量达到了极限,开采量的穷增猛加,使其供应能力呈迅速下滑趋势,但是这家于2032年成立的全球能源联合集团,由于对多种能源的综合利用,很快崛起为全球最有影响的能源公司。其中从水和大气中换取氢取代汽油,将作为最大开发项目占据行业主导地位。

2. 消费门户网站。发起人是全球移动运营商,该网站吸收了全球主要国家的电力、油料、燃气、Internet接入服务、房屋销售和租赁、汽车销售和租赁、旅游和零售业巨头的加入。无论你想买什么,只要告诉你的数字购物员就行了。消费门户网站整合了遍及全球的零售连锁店、金融终端店、加油站、邮电终端店,以及银行、信用卡公司和保险公司等店面资源,最终迫使Amazon和Ebay兼并,形成了网络与渠道高度结合、覆盖全球物流体系的全球零售业的终极霸主。

3. 生命健康公司。生命健康公司不仅采用生物遗传学和分子生物学研发药品,还提供采用纳米疾病治疗手段和保健服务。该公司另一重要竞争力,来自对中国中医药学的重大发现,用分子生物学、人体微生物学和人体生命机理,还原了中国传统的中医药实践理论,而开创一套完全以病理为中心,以恢复并增强体质为目的,以预防疾病为根本的治疗手段。由于成本低,副作用小,疗效更为彻底,生命健康公司成为一家遍布各地的医药健康服务机构,每年营业额高达10万亿。

4. 软件集团。这家跨国软件集团采用收取使用费为主的运营商模式。从2027年起,软件工业已成为一切产业的基础工业,全球有4~5亿职业人口从事软件行业,并且出现了自动编写标准程序的软件机器人。到2050年,80%的软件产品都采用即需收费模式。软件工业基于营销模式简单,基本以网络为主,核心竞争力和关键资源几乎全部集中到了生产层面。

5. 循环生产技术公司。是在环保回收技术逐步成熟并已产业化的背景下产生的一家领导型公司。它拥有该领域超过80%的实用技术,能将超过60%的成品进行回收利用,回收率高达80%。到2050年全球将近40%的生产品都用循环材料生产,预计到了21世纪末,全球超过80%的生产品都有望由循环材料制成。

6. GTS（通用技术服务）。GTS 的前身为 IBM、通用电气和通用汽车。经过 2010 年到 2020 年十年的举步不前，IBM、GE 和 GM 内部都发生了深刻的业务模式的转变，全球有形产品销售模式都已从产权交易转向租赁服务模式。GTS 仅仅是一家全球顶级的技术服务公司和产品租赁公司，租赁的产品无所不包，涵盖能源、电力、房屋、家居、汽车、IT 基础设施、软件、存储空间等。

7. 情绪 Happy 公司。2036 年以后，以 Google、yahoo、时代华纳、微软的多媒体应用部门（包括微软中国研究院）为核心，兼并 Apple 和 Adobe 两公司，发展成为全球最大的虚拟现实提供商——情绪 Happy 公司。该公司提供虚拟现实的解决方案和终端产品，解决所有不必要亲临现场的商务活动，同时提供针对个人用户娱乐和生活享乐的虚拟解决方案。

8. 高潮娱乐公司。由迪斯尼、Sony、暴雷、巨人发起成立的高潮娱乐集团，提供游戏、影视、演艺以及个人虚拟的娱乐节目体验服务。通过有线和宽带网络营运商满足全球用户需求。人们在任何地点、任何时间，都能通过公共场所及随身携带的数码终端点播高潮公司的节目和游戏。公司同时提供新闻免费赠阅，作为长期订户的增值服务。由于未来几十年，纯新闻消费比例越来越低，新闻作为人类信息消费必需品，不再是该产业主要盈利手段，曾经强势一时的各大新闻集团相继破产，逐渐融入娱乐服务商和消费门户。

9. Onestop 移动公司。50 年后人类交通主要通过两种手段，一种是以租赁为主的个人交通工具，一种是全球服务的公共交通。Onestop 不仅提供运输工具，还是用户的交通顾问。通过订购方式，用户只需输入行程和服务需求，无论何时何地，均能以最经济方式准时到达，即便是月球上的广寒宫和吴刚游乐天堂。

10. Toealnutrition（环球营养饮食公司）。2050 年后，人类仍将面临自然环境恶化、森林耕地面积减少、物种灭绝的命运，而地球人口与时俱进，超过了 85 亿，粮食问题仍然迫在眉睫。Toealnutrition 采用生物纳米技术和遗传工程，生产可满足人类日常营养需求的人工合成食品和转基因食品。由 Toealnutrition 生产的人工合成食品，可满足人类连续食用十年而不会出现机能退化，因而成了人类实行外星移民计划的理想食品。专家指出，必须消耗 16 磅谷物，才能制造 1 磅牛肉，而这些谷物可供应 32 个人一天的生活。此外，饲养牲口对环境污染严重，破坏森林并直接影响水资源及地球的造氧能力。屠宰动物行为血腥残忍,遭到宗教组织的反对。出于人类生存的永续性,全营养素食主义理想应时而生,成为人们乐于选择的流行方式。①

汶汶愣愣地听着,十分惊奇。这些言论多少听过些,但都是支离破碎的,这么全面这么具体的预测还是第一次听说。

"好了,天机泄露已毕,这些公司股票马上要上市,大家赶快去买吧!"海峡风道长半善意半调侃地说。

"我最反对股票,资本主义最坏的一招就是发明了股票,你看,多少人在股市上投机,世风日下,世界金融危机都是股票股市惹的祸!"王华堂说。

"恰恰相反,资本主义最成功的一招就是发明了股票,有股票就有了股本,就有推动一切的资本。"

"你看我们华鑫集团没有一个公司上市,我们也搞得好好的,银行争着向我们贷款,我们靠的是实干,凭的是实力。汶汶,其他的听道长的都没错,这点你不要听他。依我看,要把全社会的钱都存进国家银行,国家统一投资,大家拿平均利息。全世界取消股市,消灭人类投机、贪婪心理,人类就公平正义了,哈哈哈……"王华堂说。

"哈哈哈,王老板,你那是世界大同,共产主义。"道长问。

"这是我们的理想。哈哈哈……"王华堂自己也忍不住地笑起来。

不觉已经中午,道长留众人吃饭,当然全是天然绿色环保食品,王华堂、汶汶、余桑、黄丽兴致勃勃地吃着,拎清在一边溜达,它不用吃食,只需供电。汶汶的兴趣还集中在道长身上。她干脆坐到道长旁边,边吃边聊。

道长告诉汶汶,搞管理不一定要到国外、到美国学习,美国在管理文化上的问题是导致30年前那次金融危机的重要原因,也是他愤然辞职回国的原因。那次缘起美国的金融危机,首先就是由于美国的唯利是图。在牛市的背景之下,那些最贪婪的人爬到公司的最高层,因此在美国管理人才的教育以及选拔上,就失去了控制。他们在选人的时候,仅仅把那些唯利是图、以自我利益为中心的人提拔到了高位,而不是把那些真正关心公司发展前景、关心客户的人提拔到高位。选人的时候把那些不顾企业责任、不顾社会的和谐与持续发展的人选到了公司的最高层。还有美国企业的决策体制、问题解决

---

① 关于50年后的断想资料引自《2057年预言:未来50年世界之大变局》一文,作者欧阳谨。

机制也是错误的。很多企业没有去尝试不同的管理方法，就是因为他们认为美国的管理方法是全世界最好的，一意孤行，实际上美国的管理方法是全世界最差的。

　　道长认为美国的管理方法是无根之木，因为美国历史比较短，所以它没有办法和中国等文明古国相比。在中国，如果研究一下《孙子兵法》，很多的管理方法就可以现成地利用，而没有必要再去上美国的管理学院，浪费我们的时间。《孙子兵法》胜过管理学院。

　　汶汶觉得不尽然，但没有反驳。她想，可惜道长不是文学教授，要是文学教授，她写小说就多一个导师。

　　道长告诉汶汶，道教的若干观念是现代社会的一剂解毒药，所以特别注意在生活中发现乐趣。这也是他上山修炼的原因之一。当然还有其他原因。汶汶问他什么其他原因，他支支吾吾不肯回答，王顾左右而言他，说福建是个好地方，好山好水好人民，有五个地方应去走走，一山——闽北武夷山，二屿——闽南鼓浪屿，三楼——闽西土楼，四桥——闽东廊桥，五洋——闽中白水洋……汶汶不好穷追究底，临下山时，问爷爷海峡风道长到底为什么超尘出世，上山修道。王华堂说是商场失意加情场失意，具体他也没细问，反正商场情场失意了，现在道场得意呗。他又问拎清，海峡风道长有两句很经典的话是什么，拎清搜索了就回答，一句是"多情是落后生产方式的产物"，一句是"世界上有那么多精子卵子，差我们一对有什么关系"。汶汶扑哧一笑问，那他怎么解决私生活问题？王华堂说有镜像世界呀！汶汶不由得两腮潮红。

九、天人奶奶

飞艇在鼾村降落时，奶奶正站在大门外一棵大榕树下迎候。飞艇一着地，舷梯刚放好，汶汶第一个冲出舱，跑下舷梯向奶奶飞奔而去。王华堂看在眼里，喜在心里。他自我安慰，如果他不能驾驭这个他抱养的孙女，那么，他的天人妻子一定能驾驭住她。

"奶奶，奶奶……"

汶汶紧紧地抱着奶奶团团转。她奔啊，跳啊，放声大笑，奶奶在她的拥抱下，几乎快昏眩、快窒息了，但她还是让汶汶亲昵摆弄。她知道这个年近三十的孙女，在她面前永远是个不知天高地厚、童稚未脱、天真活泼的小女孩。

奶奶的两个保姆把汶汶劝住了，她们三人搀扶着奶奶走进大门。这是一幢四进崭新的古民居建筑，是王华堂最近几年花重金盖的新居。他妻子不喜欢住洋房，他在鼾村边买了一块地按她喜欢的样式盖好，作为他们俩养老送终的居所。

三人扶奶奶在大厅的太师椅坐下，汶汶就一头扎进奶奶的怀抱又搂又吻又拱。奶奶说，我的心肝，快去生孩子，快去生孩子，生了孩子奶奶替你当保姆，我喂养了你父亲、你叔叔和你，我还没喂养够呢！王华堂在旁边打趣说，汶汶听见没有，奶奶说你早点生孩子，她给你当保姆，保姆费我出了。汶汶娇嗔地瞪王华堂一眼说，就你有几个臭钱，奶奶给我当保姆是免费的。王华堂顺竿子爬说，对对对，免费免费，哈哈哈……爷孙仨闹腾了一阵才消停了下来。

汶汶的奶奶小时是个弃婴，1960年没饭吃的时候被人放在天堂湖村一对畲族老夫妇门口，身上放着她的时辰八字。那对畲族老夫妇膝下无子女，乐得收养她。当那对畲族夫妇一起抱起孩子时，孩子身上发出噼里啪啦响，还会冒火花，吓得两人差点没把孩子扔掉，但过了一会儿就不响也不冒火花了。老夫妇觉得这是天赐的孩子，就取名为天妹，他们不敢给孩子赐姓，因为他们姓雷，如果天妹再姓雷，以后万一有人抱她就更要冒火花了。因此，从户口簿到以后的身份证，天妹就没姓，也有人说她姓天名妹。

　　天妹长得白璧无瑕，漂亮出众，畲族老夫妇视为掌上明珠。天妹从小聪明过人，看图识字比一般孩子掌握得快，可惜因为那对夫妇年老多病，她没读完初小就回家砍柴种田，伺候畲族老夫妇。天妹虽然聪明，但从小单门独户过日子，很少与人交往，所以讷于语词，拙于言表，碰见生人只会微笑，以笑问候，以笑当话。附近人以为她是天生哑巴，所以虽然漂亮也少有人上门提亲。另外，天妹从小还有一种奇特的爱好，看月拜月，特别是风清月明的夜晚，常常一个人登上山顶，对天眺望，对月痴迷，一待就是半夜，仿佛在寻找她亲生父母和自己的故乡。为此，有人就传说天妹有精神病，所以提亲的人就更少了。

　　天妹是王华堂后妻。王华堂的前妻是他妈在他24岁时，让他的小妹妹嫁到深山里一户人家，以姑换嫂形式换回的小姑做老婆。前妻1975年生了王家英，1978年因为身体太虚弱了，流产了一个女婴，流血过多去世了，女婴也夭折了。所以当王华堂在映秀镇接过汶汶时，视如夭折的女儿，但当时，他58岁了，他只能认她为孙女，把她记挂在王家英名下。

　　王华堂娶天妹，是在上海追求朱阿姨女儿朱银娣失败后回乡的决定，带点报复的意气用事。王华堂母亲是天堂湖村人，那个村是畲汉混居，她父母是汉族。王华堂母亲知道天妹的美貌，但不相信她是哑巴。王华堂在上海寄钱回来后，她特意买了海带、紫菜、肉松回了一趟天堂湖。她父母早已去世，她娘家只剩下一两个远亲了。她揣了小礼物上了天妹家，那对畲族老夫妇对她十分热情，她左端详、右察看，天妹笑盈盈地朝她笑，似乎有一种一见如故、亲同一家的感觉。王华堂母亲问老夫妇，天妹会说话吗？老夫妇说会说话，只是很少说。她叫天妹喊姨姨，天妹真的喊了姨姨，那声音如同黄莺，如同画眉，就像王华堂母亲听惯了的深山鸟语。王华堂母亲喜出望外，问她愿不愿意嫁到山下姨姨家，天妹羞涩地点头，连畲族老夫妇都深感意外。以往一说嫁人，天妹总是冰冷地摇头。王华堂母亲连说这是天意。王华堂母亲回去后，让周老师写信给王华堂，叫他回来相亲。那时王华堂在上海打工已三年多了，朱阿姨也承包了那家国营饮食店，朱银娣的街道工厂解散，朱银娣就到饮食店帮工，生意搞得红红火火。王华堂经常上饮食店吃点心，顺便帮助朱阿姨干些力气活，一来是为了报答他来上海的知遇之恩，二来是为了近距离接触她女儿朱银娣。朱银娣长得不高不低，不肥不瘦，不逊不傲，不粗不俗。按王华堂以后的总结，上海女人是全中国最可爱的女人，她们的爱娇和雅致是所有中国其他城市女人所无法比拟的。他发誓下辈子要找上海女人做老婆。

王华堂第一个月给家里寄了50元钱，把他母亲喜得差点没晕过去，后来每个月都增加10元，60元，70元，80元，90元，100元，100元后的每月寄300元，再后来有一个月寄回了1000元，他母亲收到汇款单后吓得心脏差点停了。她拿着邮电所送来的汇票到学校找周老师，周老师告诉她，这是华堂打工挣来的血汗钱，连他借给的300元钱也还了，华堂母亲这才放心地取钱回来。周老师告诉华堂母亲，华堂来信只交代一件事，要让两个弟弟读书，决不能辍学，一定要读完初中，读完高中，上大学，花多少钱都要读，钱由他来供，他就是终身不娶老婆也要供两个弟弟读书。两个弟弟不负哥哥的期望，从小学、初中、高中、大学一路披荆斩棘，勤读苦熬，不但考进重点大学，而且还出国读研，现在一个在日本名古屋工业大学教人工智能，一个在美国麻省理工学院攻材料博士，成了焦岭县走向世界的代表，也成了华鑫集团材料公司、人工智能公司的高级顾问。

王华堂母亲省吃俭用，偷偷地为华堂续弦娶亲积钱，尚不知此时的华堂不但在上海站住了脚，而且还尝试着开始自己的发展。王华堂在外打工赚钱的消息一传十、十传百在鼾村、在乡里传开，上门提亲的媒婆差点没踩破家门槛。但王华堂不许母亲应允，他说再婚的事由他做主。当黄江龙最后向他挑明，朱银娣看上邻家男孩陆根宝时，王华堂才死了心。因为他觉得陆根宝比他强多了，他是上海财经学院毕业生，当时正准备赴英国伦敦就职，是国家公派的干部，而他仅是一个初中文化程度卖钢材的小生意人，且是已婚男人，又有一个孩子了，上海人叫拖油瓶，他自愧不如，才答应母亲回来相亲。

王华堂看见天妹白洁如雪，明眸皓齿，以为天仙下凡，他心里"咯噔"了一下，就说这是天仙，这就是他要娶的老婆。天妹看见王华堂只是笑，仿佛早就认识他，问她嫁不嫁，她点头羞怯地答应。王华堂当即就扔下1万元定金，并表示还要把畲族老夫妇房屋大修一下。黄道吉日，唢叭唢呐，十番锣鼓，八抬大轿，王华堂迎娶天妹，办了30桌酒席，把乡里、村里干部、亲朋好友悉数请来，吃喝了整整一天。副乡长周孔廉，一见天妹就垂涎三尺，酒酣耳熟之时，对同席的乡干部说，王华堂一走，这妞就要向他投怀送抱了。有一天，他下乡到鼾村，见王华堂家只有天妹一人在家，就进门与天妹搭讪，天妹见是乡干部，就热情地烧水泡茶，当周孔廉接过茶杯，想摸天妹雪白如玉的手臂时，天妹的手指手臂发出"噼啪"声响，火花四溅。周孔廉不信邪，想探个究竟，放下茶杯就要搂抱天妹，说时迟那时快，一声巨响把周孔廉击倒在地，周孔廉没等弄清什么就屁滚尿流地逃出屋。后来，周孔廉四处说，什么女人都动得，王华堂女人动不得。一时王华堂女人动不得在乡间广为流传。

　　汶汶有一次问王华堂，当他第一次拥抱奶奶时有没有电闪雷击的感觉。王华堂说没有呀，什么感觉也没有。他还说抱着第一个妻子像抱着一根木头，冰冷僵硬；抱着天妹奶奶时，像抱着一块棉毯，暖和温柔。由于周孔廉的宣传，从此没有一位男人敢于上门滋事骚扰漂亮的天妹，也使得王华堂安心在外打拼创业。后来，周孔廉在其他村犯了男女关系错误，被开除党籍丢了铁饭碗，他和其他鼾村乡亲一样到上海投奔王华堂，王华堂把他收留了，让他负责打理钢材市场的全部业务。周孔廉聪明过人，业务开展得有声有色。组建华鑫集团时王华堂让他当了一个副总裁。他后来自立门户，开办另一家钢材公司，成了仅次于王华堂的焦岭富豪。

　　天妹结婚一年后，生下了王家雄。王华堂的母亲无疾而终。王华堂把母亲埋在他父亲墓旁，同时也把他第一个妻子的墓迁在双亲墓旁，让他们死后在天堂一起安享天伦之乐。墓修好后，王华堂跪在墓前，感慨泣涕。这三个人，父亲、母亲和妻子一生太苦了，他们没有享受到做人的真正幸福，他发誓要让两个弟弟、远嫁的妹妹、天妹和两个孩子，今后过上真正的人的生活。他把两个弟弟寄宿到县城学校，他要天妹和两个孩子搬到上海去，天妹坚决不去，她说要留在家乡，照顾两个叔叔和两个孩子，等他们离开家乡外出读书以后再考虑。

　　天妹的一生，好像就是跟朝拜月亮离不开。每当更深人静，明月当空，她就窸窸窣窣地起床穿衣。汶汶常常"嗯嗯"地抱住奶奶不让她起床，奶奶就轻抚她，哼哼唧唧地哄她睡，然后下床外出拜月去。汶汶常常假装睡着了，看奶奶行动,有一次还偷偷跟踪。她见奶奶蹑手蹑脚下地开门出去,就扶着小门痴痴地看着。只见奶奶站在一块突兀的山石上,双臂伸直,面朝月亮,仰天长望,站了很久很久,也没有发出一点声息。汶汶困了,就回屋睡觉。以后就习以为常,也不跟踪了。汶汶想,大概她的父亲和叔叔还有哥哥王家之光、姐姐王家之星也有这样的体验。他们在寒暑假都会回来和奶奶住上一段,不会看不到奶奶怪异的拜月行动。父亲和叔叔不用讲了,他们是奶奶从小拉扯大的,而王家之光哥哥和王家之星姐姐肯定受天人奶奶的影响而喜欢上登月和天文气象。

　　王华堂觉得汶汶是乡村的孩子,她从小应当在乡村长大,使她不忘乡村是自己之根、自己之源,所以,汶汶在鼾村小学毕业后他才让她到上海。汶汶与奶奶临别的晚上刚好是十五的晚上,奶奶照样起床上山拜月。汶汶想今晚要问个究竟,不然以后机会很少了。半夜奶奶起床,她坚持要跟奶奶上山拜月,奶奶拗不过她,就让她尾随。

　　"奶奶,你为什么要拜月亮?"

　　"奶奶从小就这样。"

　　"为什么?"

　　"小时候没伴,就把月亮当姐姐,长大了嫁人了,就把月亮当母亲,老了孤单了,就把月亮当儿女……"她明亮的眼睛深情地看着月亮,"看久了,月亮会活起来,上面有人,有声音,有人说话,有人演戏,有锣鼓声,鞭炮声,什么都有……"

　　"那是嫦娥和吴刚,桂花树和玉兔……"

　　"你怎么知道?"

　　"老师说的。"

　　"我没上过学,不懂得说。奶奶看得见,听得见,再苦再累再穷,看了月亮就不怕苦,不怕累,不怕穷了……"

　　"奶奶,我们家现在可是大富豪了。"

　　"那是月亮婆婆赐给的。如果我们家有人作恶了,月亮婆婆会收回去的,那时我们家会什么都没有了……"

　　"真的会那样?"

　　"真的,我会觉得,好像有人会提醒我。"

　　"月亮真有这么神秘的力量?"

"奶奶相信有。"

说着奶奶流下两行晶莹的泪花。

到上海后，汶汶偷偷地对爷爷讲起这件事，王华堂对汶汶说，这是天机，不可泄露，奶奶是他们家的福星，他们家的一切也许都是天人奶奶带来的。他从此做慈善，向社会回馈他的所得，大笔大笔地回报国家和人民。

十、舅村不打舅

晚上，王华堂被几个在老家闲居的儿时朋友请去喝酒。因为都是穿开裆裤时好朋友，王华堂就没带秘书去，一个人赴宴。家里剩下奶奶、汶汶、拎清、余桑、黄丽、伺候奶奶的两个保姆。汶汶建议，今晚不煮饭，做鸽蛋圆子吃，奶奶满口答应，亲自下厨布置任务。两个保姆早已学会做鸽蛋圆子的工艺，不一会儿，几碗鸽蛋圆子就端上桌，奶奶、汶汶、余桑、黄丽、两个保姆饕餮一阵，乐得奶奶合不拢嘴，差点没被鸽蛋圆子烫着，馋得拎清瞪眼干着急，大家乐得呵呵笑。

回来这几天，每天不是被人请，就是请别人，忙得不亦乐乎。汶汶能不参加就不参加，争取时间多跟奶奶待在一起。但是县委县政府那次宴请汶汶无论如何推托不掉。临出发时，王华堂对汶汶说带上现金支票。汶汶说现在都是电子支付，带什么现金支票，王华堂说你不懂，叫你带你就带。汶汶只得带上。她知道爷爷又是想显摆，喝几杯酒就当场答应赞助什么的。可是那天晚上，县委、县人大、县政府、县政协四套班子领导都在场，根本没有一位领导提出让王华堂赞助什么，王华堂回来就很失落，仿佛被人冷遇一般。汶汶对他说，现在不是从前，从前地方政府财政困难，总是希望有钱老板出资赞助建设什么项目，现在是省直接管县，财政统一支付，国家财力强大了，说做什么就做什么，从不节外生枝，也杜绝了腐败滋生。再说县级领导，一个个都是高学历高素质，有的还在高级干部进修班学习过，个个温文尔雅，彬彬有礼，满腹经纶。他们向王华堂要的不是钱、资金，而是主意、举措。这使王华堂感慨万分。

"今非昔比啊，汶汶，这改革开放的前30年和后30年，我们的国家、我们的人民、我们的干部真是又起了大变化……"

"你是没花钱烦心吧！我们国家现在不但小康了，而且进入富庶社会了，谁还要你捐资赞助，趁早把钱留给我！"

"给你，给你，不给你给谁呀？华鑫股份15%，怎么样？"

"天啊，我要晕过去了！我怕没有这福分。"

"只要听你爷爷的，还会有更多，我死了，我那份留给你。"

"我会不听你的？"

"现在没有，以后怕难说。"

"爷爷，你放心好了，我倒不是为了你的资产，这辈子，我谁都可以不听，就你和奶奶的话不能不听，这辈子，我谁都可以背叛，就你和奶奶我不会背叛！"

"孩子，爷爷要的就是你这段话。"

王华堂感动地搂住汶汶，眼泪都快流出来。

"再说，现在的科技，人活150岁也不难，爷爷长命百岁是我最大心愿。"

有什么好说的呢？话再说就是多余。王华堂从心底冒出的话是，这辈子最值得的是收养了这孩子。

吃过鸽蛋圆子，汶汶端了一杯福鼎白茶，坐在院子里的青石石桌旁，看着从村子东边树梢上冉冉上升的红月亮，回味着嘴里余留的糖油的清甜。

汶汶小学毕业离开舁村去上海，王华堂第一次带汶汶逛城隍庙，吃的点心就是桂花厅的鸽蛋圆子。这圆子形如鸽蛋，玲珑剔透，咬开香糯软韧的皮子，一股清凉爽口的薄荷水喷入口中，实为老少皆宜的夏令佳品。别轻看这小小的鸽蛋圆子，做起来是有诀窍的，关键就在于熬制糖油，要把白糖熬制成糊状，不能过老，也不能过嫩，看看时间差不多了，再加入薄荷香精后不停地翻炒至完全冷却。这糖油成馅后包在水磨糯米粉里做成形如鸽蛋的圆子，圆子入锅煮熟后馅心就成了液状，但稀奇的是圆子出锅后必须马上用冷水冷却，以确保馅心不结成硬块，故而吃在嘴里会有糖水喷出来。[①] 有一年暑假汶汶回舁村，吵着要吃鸽蛋圆子，奶奶不会做，王华堂就从城隍庙桂花厅请了一个师傅，专车送到舁村教会汶汶奶奶，于是，鸽蛋圆子在舁村也成了天妹

[①] 关于鸽蛋圈子资料引自《上海老味道》一书，作者沈嘉禄，上海文化出版社2007年版。

的专利。想到此，汶汶扑哧一笑。这时，拎清已站在她背后。

"小姐，笑什么，一个人的？"

"我笑我小时候的任性，因为爱吃鸽蛋圆子，爷爷特地从上海请了一个师傅来鼾村传授，就是今晚吃的那个东西。"

"可惜我没有味觉。"

"这就是机器人的遗憾。如果你有味觉、有各种情感，那多好呀！"

"会慢慢地做到的，情感计算机已经在试验了。"

"如果你有情感，我们就谈情说爱。"

"谈情说爱必须有环境，没有环境就不浪漫。"

"那我们到村口廊桥去。"

"好哇，20世纪美国影片《廊桥遗梦》迷倒很多人，看看鼾村的廊桥会不会迷倒你我。"汶汶牵着拎清走出院子，走向村口。

鼾村的廊桥建于清朝乾隆年间，历史久远，属木拱廊桥，俗称"厝桥"，形似彩虹，是中国传统木构桥梁中技术含量最高的一个品类。过去桥上人流穿梭来往，晴天遮阳避暑，雨天挡风避雨。汶汶读小学时，经常和鼾村的小伙伴们来这里休憩做游戏。现在鼾村人差不多都迁往大上海了，廊桥再不是通衢要道，而是成了弥足珍贵受保护的文物。

拎清眨巴着眼睛说，很长一段时间以来，人们一直认为《清明上河图》中那座优美独特的"汴水虹桥"的技术已经失传。20世纪70年代末，桥梁专家在福建闽东崇山峻岭考察时发现了几十座廊桥。从清明乾隆、嘉庆、道光、同治、光绪到民国时期，乃至中华人民共和国成立后还在建造。木拱桥充分发挥了木材轴向抗压的力学特性，是中国运用木结构的突出成就。其采用的"蜈蚣结构"有很好的受压性能，只要两个端部固定，桥就能很好地承受向下的荷载。但是，由于结构特殊，如果桥受到向上的反弹力，就很容易失稳遭破坏，因此，木拱桥上建廊非但不是负担，反而增加了稳定性，廊桥这一形式也使桥更加优美，它除了通行，还可以成为人们休息、交流、交易的场所。在木拱廊桥中，基本上都设有神龛供乡民祭祀。神龛多设在桥中，有的在桥头单独建庙。每年的正月是祭祀最隆重的时候，每当这时，乡民们从四面八方会聚到桥头，依次进行祭祀。虔诚的乡民祈祷廊桥平安，又祈求来年风调雨顺，合家团圆如意。

"你又来显摆了？"

"没有,随便搜索,信手拈来。"

汶汶和拎清走上桥面,抚摸着浸在月光下的靠背椅,相依着坐下。月光如水,河水潺潺,小鸟啁啾,虫蛙长鸣,风吹林梢,树叶摩挲,枝裂杆断,如人私语。

"拎清,你听得见我心跳的声音吗?"

"听不见。"

"你感觉到我的气息吗?"

"感觉不到。"

"你知道我的热血在沸腾吗?"

"不知道。"

"那你还跟我谈什么情说什么爱?"

"谈情说爱是一种表面现象,实质还是性,没有性欲的爱其实是很少的。根据最新调查,世界上有70%的男女认为,相互爱慕实质上是为了性的满足。时代越进步,科技越发达,爱情越减少。"

"为什么一提到爱就会想到性呢?"

"性欲是一种交流形式,人类的性欲不仅是繁殖的手段,更是一种交流方式。几乎所有创造性的行为都是交流行为。歌曲是写给别人听的,画是画给别人看的,性,一种无疑比其他任何艺术都更亲密的行为,也是一种交流复杂思想和深刻情感的方式。意识是性的第一步,而且探索对方的意识是性的目的之一。如果没有这种伟大、神秘而又荒谬的性爱,人类将是不完整的。"

"机器人没有意识,为什么还要发明会做爱的机器人?"

"你说的是像共工那样的我的同类?"

"我没见过共工,是劳拉告诉我的。"

"那是为了满足多重虚拟性体验。研究表明,积极主动和充满激情的性生活,除了可以让人们从消极情绪中解脱出来,还有延年益寿、强健心脏、消除疼痛、增强免疫系统的功效,甚至还可保护人们免受某些癌症的侵扰。"

"拎清,看来你真懂得很多。"

"一般的问题不会难倒我,报刊、互联网上有的我都懂。"

"没有的呢?"

"你考考我?"

"嗯,我想想能不能难倒你一次……"

"你说吧！"

"嗯……嗯……"汶汶思忖着，"好了，就这个问题：鼾村为什么叫鼾村？"拎清"嗡嗡"地搜索着，眼睛不断地闪烁着蓝光，不能回答。

"真的，我不知道鼾村为什么叫鼾村。"

"哈哈哈，你也有被我难住的时候。我告诉你吧，鼾村之所以叫鼾村，是因为它晚上会打鼾。"

"啊，它晚上会打鼾？"

"我是听我爷爷说的。100多年前，他的先祖从长汀迁徙到这里，先祖是客家人，有祖传打铁铸锅的手艺，这里又有铁矿砂资源，就在这里定居下来。鼾村曾经繁荣过，村中唯一一条街两旁开满了打铁铸锅的铺坊。白天打铁师傅伙计很辛苦，晚上睡觉鼾声如雷，过往的商客往往都被此起彼伏的鼾声所震慑，久而久之，人们不叫鼾村的原名，就叫它鼾村了。知道吗？"

"知道了，这段典故没给我录入，现在我记住了。鼾村这几十年变化很大，这点，你可能知道的不如我多。"

"是吗？那你讲讲……"

拎清记录的鼾村60年的变化，是以王华堂为核心的鼾村人改革开放60年的创业史，同时也是焦岭人在上海建立"钢材帝国"的发家史。

王华堂在上海站住脚后，在老方和黄江龙的帮助下开了间小铺，先从卖铸铁管（下水道和自来水管）开始，因为翻砂铸造打铁是鼾村人的传统手艺，再扩展到经营角钢、H型钢、槽钢、螺纹钢、型钢、线材等。由于人手不够，王华堂写信让周老师推荐了几位亲戚到上海帮忙。一传十，十传百，到上海好赚钱传遍整个乡和焦岭县，不少人蜂拥到上海投奔王华堂或通过王华堂介绍做生意。他们一般都是从卖铸铁管开始，随后才逐渐转向钢材贸易。那时钢材属于重要的建设物资，由政府统一调配。钢材货源不好拿，只好觍着脸到企业去要货，只能剩余什么货拿什么货。所幸的是，当时钢材热销，只要有货有门店，就有客户找上门来。

来找的老乡多了，货源和门店成了摆在焦岭人来上海倒腾钢材生意的第一难题。在周老师的启发参谋下，王华堂和第一批闯荡上海的几个焦岭人创建了全国第一个前店后库的钢材现货市场——亦仙市场。亦仙钢材现货市场的创建非常关键，这之前是浙江人掌握了钢材市场的大头，但他们都是通过零散店铺来经营，往往要先开单再到偏远的仓库提货，一般两三天后才能见到货。而钢材现货市场前店后库，可以马上看货交货。这个亦仙钢材市场的建立是焦岭人在上海建立"钢材帝国"的起点。每天早晨，每家店打开店门的第一件事就是看门前"信筒"中各厂家的钢材报价，通过对比各家价格决定当天的价格。而其他各地的钢材市场贸易商都等着参照亦仙钢材市场的报价再定价。随着浦东大开发，焦岭人在上海创办了多达 60 多家的钢材市场。近 6 万焦岭人在上海从事钢材贸易，把持了长三角最大的 60 多家钢材市场，控制了上千亿的建筑钢材交易，占批发份额的 70%，零售份额的 80%。焦岭人的钢铁商帮，已经形成了一个产业金字塔，一家钢材现货商，底下可能有好几层的中间商，而维持这个金字塔屹立不倒的地基，自然是焦岭人建立的钢材市场。①

拎清说，2008 年金融危机后，钢材贸易受挫，焦岭人的钢材贸易受到了重挫。加之钢材期货市场兴起，钢材期货的低门槛吸引大量投机者参与进来，一定程度上削弱了焦岭人所掌握的定价优先权。许多焦岭钢贸商户说不清楚钢材期货市场与电子盘的区别，纷纷退出现货市场或转换行业。这是焦岭钢贸商户的寒冬。但有一人异军突起，成为焦岭人在新一轮的钢材贸易中的领军人物，他就是原在王华堂手下任华鑫集团副总裁的前副乡长周孔廉。

2008 年后，钢材现货交易风险越来越大，周孔廉认为必须走出传统的贸易生意，向产业链的更上游发展。在有了一定资金的积累后，他提出离开华鑫集团，因为他通过关系，成功地拿到两大钢厂的一种螺纹钢、一种钢板的全国销售总代理。这两个品牌的销售总代理，每年交易额就是几十个亿，而且在价格上也有很大的发言权。自周孔廉后，从传统的钢贸转向争取钢材企业的总代理权也成为越来越多焦岭钢材商新的发展方向。他们当中出现多个钢材巨无霸。而周孔廉最突出，他不但成了多家国企的品牌总代理，而且还投资矿山、钢厂，建立产、供、销钢铁产业链。现在周孔廉的企业犹如一艘航母行驶在钢铁企业的大洋上，任凭风浪起，稳坐钓鱼船。就像日本国一样，过去有几千家钢材销售企业，现在只剩下几家钢铁巨无霸。

周孔廉比王华堂张扬、高调、显摆，他说王华堂的成功是靠他的运气和环境，全是外因成就，而不是真正靠自己的聪明才智成功的。王华堂嗤之以

---

① 关于钢材贸易资料引自《东南快报》2009 年 3 月 26 日的《周宁人的"钢材帝国"调查》一文，作者蔡雪萍、陈佳佳。

鼻,说当初周孔廉被开除公职还是自己收留了他,使他才有今天成功的基础。他有什么本事,他只有玩妇女的本事。他玩妇女,敢玩我老婆吗?他敢动我老婆一根毫毛,天雷就会把他打死。由此,他们晚年之后,倒成了一对冤家对头,也成了焦岭富豪的谈资。

拎清正要继续往下讲,廊桥外传来汽车喇叭声,十多辆小轿车,亮着晶莹的车灯从远处驶来。汶汶知道爷爷回来了,就牵着拎清跑回家。

十多辆车在院子外停下,听那骤然的刹车声和"砰砰"的急促关门声,汶汶知道定有什么紧急的事。汶汶上前一看,几个老人已扶着醉醺醺的王华堂下车,这些和王华堂年纪不相上下的老人,个个鹤发童颜,精神饱满。他们都是当年投奔王华堂在上海打拼奋斗的放牛娃和打铁匠,现在个个都成了富翁,把家业传给儿子、孙子,自己或在上海或在老家颐养天年,过着富足悠闲的生活。一个长者把汶汶拉到一边,轻声说,老爷子高兴,喝高了,这班老人,还是当年乡下人本色,一辈子都是农民,这型号改不了。王华堂喝了几口茶后,稍为平静了下来,点着站立在他面前的几位老人说,你们说,周孔廉他有什么了不起,他敢跟我比,嗯?众人说,他怎么敢跟你比,那是小巫见大巫,小鬼比城隍。王华堂说,比就比,比财产,我多少了?近千亿了,他多少?充其量100亿、200亿,跟我有什么好比?比高新,他有什么好比,他还是废钢烂铁、传统产业,我早不做了……纳米智能材料,人工智能机器人,高端软件,基因工程,在上海谁不知道我华鑫集团,调整最快,转型最早,房地产虽说传统了些,但是我是在造城,浦东的新城,苏州的新城,宁波的新城,全国最大,亚洲最大,全世界最大……你牛什么牛,显摆什么?你不就是最近生了个曾孙子?老子也会生,不但生一个,还要生两个、三个……

"这到底怎么回事?"汶汶问那位长者。

"喝着喝着不知谁又提起周孔廉,这家伙最近添了曾孙,在上海大摆宴席100桌,请了你爷爷,你爷爷没去。大家知道他们这几年有些分歧,当然也不好出席。这次你爷爷让他一起回来,他借故不回来,你爷爷一喝高,气就来了。"

"真是,都这把年纪了,还争什么呢!"天妹说。

"争什么?争人,争后代,子子孙孙,万世不竭……"王华堂朝天妹吹胡子瞪眼睛。

"我说了,我们到底都是农民,你爷爷也是,到死都是。"那位长者说。

天妹和余桑、黄丽伺候王华堂睡下后,七八个老人愧疚地告退,汶汶礼貌地一一送他们上车。他们一个比一个精神饱满,小汽车开得灵光活溜。当年他们刚刚起步发财时,个个都把买汽车当作第一要务。有了汽车,特别是有了好车,生意好做,贷款好贷,借钱好借,汽车是他们的名片。每年春节,所有在外打工的焦岭人都开着车回来,最高一年全县达 6000 多辆,把县城、乡镇交通堵塞瘫痪,成了奇观。全省大小媒体,邻近县乡百姓,无不蜂拥而来,争睹焦岭交通堵塞奇观,这使得焦岭交通堵了更堵,塞了更塞,奇观更加奇观。

王华堂在酒后呓语中安静了下来,开始入睡。天妹离开王华堂卧室到自己卧室去。汶汶、余桑、黄丽留下来值夜,看护着王华堂。拎清走进卧室,见王华堂已安静入睡,就把一对耳蜗塞进王华堂两耳,导线接在自己身上,坐在床边的一张椅上静静地感受着。原来,王华堂的脑部装了一个纳米芯片,以接收脑电波。白驹过隙的人工智能公司正破译神经代码。

拎清说:有科学家怀疑,使我们不容易被控制的正是每个人的独特性,即使根据类似人类的神经编码方案,成功开发出有真正智能的机器,我们也没法读到它的思维,我们,甚至我们的机器后代都将无法超越主宰,这正是人类庆幸之处。但白氏人工智能公司还是要干,在王华堂的投资支持和亲身试验下投入大量的人力和财力。王华堂得到的最直接回报,将是白驹过隙掌控的一个阴谋——为王华堂家族增添一个带有王华堂染色体的男性公民,一个小长孙。

鼐村现在不打鼐了,有的只是王华堂酒后安睡中的呓语和记录下的脑电波的波动。一个伟大的发明——记忆器正在酝酿中。

十一、一个篱笆三个桩

　　飞艇升空。清晨的阳光下，九龙漈大瀑布闪闪发亮，不远处，就是著名的风景区鲤鱼溪。王华堂说，今天不看瀑布、鲤鱼，去看看铸铁岭，那是他从小跟着父亲学习翻砂铸铁的地方。王华堂指着起伏的崇山中一个险峻的小山岭，叫飞艇驾驶员找一块平地降落。飞艇悠悠地盘旋，慢慢地找准山岭上一块长满草的空地降了下来。舱门打开，王华堂探头一看，对驾驶员伸出一个大拇指说，真准，就是这个地方。众人下了飞艇，王华堂指着残垣断壁，告诉汶汶哪里是烧炭的窑洞，哪里是熔铁的炉灶，哪里是浇铸的胚模，哪里是过夜的床铺。这就是王华堂当支书的父亲当年给他留下的家业。他父亲知道穷人穷，穷人苦，都是因为没文化，他虽然没读过什么书，但知道劳心者治人，劳力者治于人这句话，虽然不是完全地记住，但意思全懂得。所以他再穷再苦再累，也要供王华堂上学。王华堂天资聪明，上小学成绩总是全班第一、二、三名，上初中是保送的，可惜初中只上到二年，"文化大革命"开始了。初中没毕业，父亲病了，他只得回家帮父亲干活。砍树、烧炭、翻砂、铸锅，挑着铸好的铁锅上乡里、镇里、县城、邻县村庄去卖。父亲死了，他就挑起全家的生活重担，一个奶奶、一个母亲、两个弟弟、两个妹妹，日出而作，日落而息。他不知道那几年是怎么过的。夜深人静，铸铁岭上，山风呼啸，空谷兽吼，他一个人对着高山大声咆哮：山川河野，你们何等肥沃，为何我养活一家人如此艰难？历史英雄，你们何等伟大，如何我出人头地希望渺茫？

　　贫困家庭最无辜的受害者是女孩子。眼看王华堂过了24岁，同村同龄的男青年都娶了老婆成家，王华堂依然光棍一条，母亲逼迫无奈，打了两个妹妹主意。她背着王华堂把一个妹妹许给深山里一户人家，以姑换嫂，把那户人家的女儿换回给王华堂做妻子；把另一个女儿许给城郊一个人家，换回礼金给王华堂筹备婚礼。王华堂埋头打铁铸锅，当生米煮成熟饭后他才知道。他得知消息后，心痛如刀割，一气闷头在家躺了三天。两个弟弟含泪抱着哥哥哭，叫他起来吃饭。王华堂抱着弟弟心里发狠宣誓，我一定要让弟弟、妹妹过上好日子。深夜，更深人静，母子俩抱头痛哭，他们是哭两个远嫁的妹妹。王华堂一次到徐家汇天主教堂听唱诗，教徒唱："母亲啊，我喜欢你流泪，热泪充满了我的心，我的心啊，变成地上天堂……"王华堂说，当时，他和母亲抱头痛哭时，绝没想到今天有天堂般的日子。

有一次他卖锅路过鼾村学校，突然想起去见周老师。他比他大两岁，参军服役了三年，复员回乡，安排当民办老师。他足智多谋，是乡村吴用。他内心有一种朦胧希冀，希望也去当民办教师，除了有一份乡村的补贴，还能有一份国家薪水，可以摆脱终生在铸铁岭上生活的困境。周老师煮了一碗猪肉粉干请他，给他看了一份《闽东日报》头版头条文字，那是中国共产党第十一届中央委员会第三次全体会议公报，是1978年12月22日通过的。王华堂认为周老师特意让他看的文字肯定很重要有名堂，他认认真真、从头到尾、一字不漏地读了近一个钟头，还是有点懵懂。到他离开学校，周老师问他有什么感想，他摇头。周老师说你真看不出来吗，他只好说，我只看到"积极发展农村社队工副业等重要问题，决定采取相应的措施"这句话跟我有点关系。周老师大笑，说王华堂真是实用主义典型，这篇公报的发表，说明我们中国要发生大变化了。告别了周老师，王华堂在铸铁岭上默默地等候这个大变化，等了两年还是没有发生什么大变化。一次，他又路过学校时进去对周老师说，怎么没看到你说的大变化？周老师说，慢慢来，开始要变化了。他说公社的冶金厂要承包，你敢不敢承包？王华堂问什么叫承包，周老师说，承包就是每年上交一定的钱，剩下全归自己。王华堂说，翻砂铸铁打锅我最熟悉，全乡的手艺我王华堂不是第一也是第二，我敢承包。周老师说，你等我消息。过了一些日子，王华堂上学校找周老师，问他有什么消息，周老师无奈地摇头说，冶金厂被副乡长周孔廉的亲戚承包了。王华堂问为什么，周老师摇头不说，苦口难言。王华堂二话没说就冲进乡政府责问乡长和书记，乡长和书记从未见过一个乡民敢跟他们顶撞并当场责问，就叫了乡派出所把王华堂铐起来关了三天。还好周老师与乡长有点远房亲戚关系，通过他向书记说情，书记说，念在王华堂是老支书儿子，才放了他。王华堂第一次尝了关班房的味道。过了几天，周老师到王华堂家说，还有一个乡建筑社，你要不要承包？王华堂说搞建筑我不熟悉，周老师说什么熟悉不熟悉，你先承包试试看。王华堂真的想试试，硬着头皮把建筑社承包下来，但是，半年下来只揽到一个工程，建一个仓库，之后再也没活干，只好散伙。但是这半年王华堂倒是熟悉了一下建筑企业，这为他后来开发房地产做了准备。

王华堂对汶汶说，改革开放30年后，回头看那张公报，觉得是它使中国每一个普通人追求到幸福，获得了快乐；改革开放60年后，回头看那张公报，觉得是它使中国实现了工业现代化，那真是决定当代中国命运的关键抉择。它使我们国家从贫穷落后，到初步发达，到小康富裕，到现在世界强国。60年简直是一场梦！

站在山崖前，王华堂指着山下一幢旧的厂房，说他特意让乡里留着作纪念，那就是当年的公社冶金厂。说是冶金厂，实际是铁锅厂，随着市场越来越多的铝锅、炒锅、砂锅出现，铸铁锅逐渐淘汰，冶金厂也倒闭了。后来，他知道，因为周孔廉和乡书记有亲戚关系，乡书记把本拟答应让他承包的冶金厂转给周孔廉亲戚。王华堂说，这是他人生受到的第一次打击，第一次遭遇不公平的打击。周老师带王华堂回学校，对他说：强龙压不过地头蛇，华堂，有志气男人不局限一遭一时，矮檐下人不得不低头，找机会跳出去到大地方闯荡，这叫此地不养爷，自有养爷处。周老师一说王华堂气消了，头脑也开窍了。他突然想改在铸铁岭上吼过的那两句话：山川沃野，你们何等肥沃，定能抚养万千儿郎；历史英雄，你们何等伟大，后辈自当谱写新篇。

机会真的来了。一天夜里，周老师敲开王华堂家门，在如豆的油灯下，掏出一封上海来信，是他战友黄江龙写的。黄江龙，比周老师小一岁，上海浦东人，复员时安排在宝山县计委开车。黄江龙说计委管钢材、水泥、木材等指标，只要倒腾这些指标就能赚钱。王华堂说他不懂倒腾，周老师说不是让你去倒腾，人家倒腾你去帮忙。他战友来信希望周老师来上海帮他，可周老师走不开。民办教师开始转正为公办教师，周老师想谋个公职。王华堂说让他考虑考虑。母亲说还考虑什么，这是机会，不去就没有了。王华堂说，家里这一摊怎么办？母亲说交给她了！王华堂说，你能撑得住？母亲说撑不住也要撑，到撑不动了，眼睛闭了，就啥事不用管了，你去，也许能有个出头之日。王华堂答应了周老师。周老师临走时叫王华堂保密，因为倒腾指标在当时是投机倒把，逮住了要坐牢的。果不其然，黄江龙被抓了，王华堂到上海第一个找到的却是他不认识的老方。

王华堂给汶汶回忆起老方。他说老方是葛朗台，又精明又抠门，是典型的上海老男人。当然，王华堂把老方比为葛朗台是晚年的事，那时他书看多了，补充了很多知识，加之他到法国旅游，婷婷、汶汶给他介绍了很多见闻，他自然就记住了葛朗台这个人物。一次，老方酒后对王华堂说，你做事我很满意，你好好干，以后我就认你做干儿子了。我死后，这一切财产就归你了！王华堂当时喝得也有些晕乎，端起酒盅碰了碰说，干爹，一言为定！为定，为定……说着，老方醉倒了。王华堂知道，酒后的诺言是不算数的，不过是逢场作戏罢了。

有一次喝酒，王华堂无意之中提起黄江龙，老方有点意外，说他认识这个人，宝山县计委司机，复退军人，倒卖钢材指标被抓。王华堂说，要是没有龙哥这层关系，他还来不了上海，还遇不上方老板呢。老方说也是。王华堂说方老板，你人际关系那么好，能不能想想办法救救龙哥？老方思忖了一会儿，说他认识宝钢一位副厂长，是个女的，她如果能跟有关部门打个招呼，也许黄江龙有救。王华堂当即放下酒盅，倒头跪地拜了三拜。老方说，难得你这么肝胆义气，你这个忙我答应帮。

三个月后，老方兴奋地对王华堂说，有希望了，你那个朋友有救了，要减刑提前释放了。王华堂忙问怎么办成的，老方说，托关系呀，打点呀，上海事难办，但上海也没有什么事办不成的。那个女厂长手里握着指标，代理权限。一吨特价钢指标搞到手，一转手就是几千元，谁不巴结呀！监狱、司法部门，上下打点，花点钱就能摆平。你等着迎接你的朋友吧！王华堂千恩万谢，老方用一句时髦的广东话说，这点事，对我老方是洒洒水喔……

黄江龙出狱那天，王华堂向老方请了一天假，找了一辆桑塔纳专程到提篮桥监狱接他。他从未见过黄江龙，周老师曾简单地介绍，他正想象着黄江龙的模样，监狱的小门开了，一个短小精悍、寸头白发、相貌丑陋的男人拎着手提包出来。王华堂不由分说地冲上去大声叫"龙哥、龙哥"，黄江龙却退一步迟疑地打量他。

"龙哥、龙哥，我是王华堂，周老师介绍我来找你的。"

"啊……"

一听周老师，黄江龙目光变得和善，不然，王华堂总觉得他的目光后面有一道阴森杀气。这就是黄江龙，一个沉稳、机警、精明、果敢的人。以后日子还证明，他是一个在关键时刻出得了手的人。王华堂常说，一个篱笆三个桩，一个好人三个帮。他这一生里，老方、周老师和龙哥是永远忘不了的。

"是你救了我？"

"不是，是我师傅老方，他是宁波人……"

"他为什么救我？"

"他救了我，帮了我，一次我无意中谈到你，问他有无办法救你，他说试一试，三个月后他告诉我你可以减刑出狱了。"

"他有什么门道？"

"他说他认识宝钢一位女副厂长，她手里握着审批权。"

"唔，他算一个门槛精，什么时候我会会他，谢谢他！"

"可以，我跟他说。"

王华堂跟老方说，老方双眼眯缝皮笑肉不笑地回答："我老方可不去惹这些犯过官的人，扯不清的，我帮他，举手之劳，叫他别谢我，不用谢，跟这些人还是少来往的好，我可不上伊老当的！"

王华堂把老方的原话传给黄江龙，黄江龙只说了一句："精明，不愧为宁波人。"

黄江龙祖上是浦东人，据说是黄金龙一脉黄氏子孙。祖父在浦西开当铺，父亲继承父业，公私合营后成了一名职员，拿些定息，日子过得还可以。"文化大革命"中，作为不法资本家被揪斗，被抄家，家里所有值钱的东西均被洗劫一空，父亲心脏病发作，呜呼哀哉。黄江龙初中没毕业就上山下乡到安徽插队落户，不知怎的碰上一个上海人的军代表，帮他瞒天过海，隐瞒了家庭出身，以落实政策为名，参军当了兵。黄江龙和周老师分在一个连队，又是同一个排，同一个班。周老师当了班长后，给这个上海知青很多照顾。在摸爬滚打中，他们成了莫逆之交。按黄江龙这种上海人脾气，连队很少人能与他和谐相处，周老师胸襟博大，性情坦荡，是黄江龙极为佩服的外地人、乡下人。他们成了亲密无间的肝胆朋友。

黄江龙出狱后一时失业在家，王华堂经常找他出去喝酒。喝酒经常去朱阿姨那家饮食店。饮食店已经被朱阿姨承包了，她和她女儿一起打理。她女儿叫朱银娣，王华堂第一次见她时心里就慌乱乱、扑腾腾的，不知为什么。黄江龙看出端倪，问王华堂是不是心仪她，王华堂从实招供，一辈子从来没有这种感觉过。黄江龙说，这就是爱情，你和前妻没有爱情，这次就算有了，但不现实，你可以爱她，但不能娶她。王华堂问为什么，黄江龙说，上海人是很实惠的，做上海人是有成本的。王华堂听得如堕五里雾中。

黄江龙说，上海人有身份概念，看重一本上海户口簿。上海人讨娘子，首先要有房子。成了家，有了孩子，开销更大。上幼儿园了，找名牌的，要赞助费；上小学，找名牌的，要赞助费；上中学了，借读重点中学，还要赞助费。义务制学校之外，还有一条辅助线：幼儿时期，钢琴、芭蕾、绘画、传统家教，上了小学，就是外语家教，上了初中，数理化家教，现在体育也有家教了。至于女人美容、美发，还有搓搓麻将，小赌怡情，这些是小的项目。前卫些，还有健身、游泳、打网球；体面些的，"球鞋比皮鞋贵，球衣比西装贵，短裤比长裤贵，背心比大衣贵，矿泉水比牛奶贵，番茄比水果贵"。在上海，下雨天穿雨鞋，别人以为侬是养鱼的。上海人的行头是"雨天穿皮鞋，冬天穿拖鞋，休息天穿球鞋"。

这些是"潇洒性消费指数"，属于"吃粳米饭，发糯米嗲"。①

华堂，上海老婆你娶得起吗？王华堂自认娶不起，就在内心里偃旗息鼓。他始终眷恋着朱银娣，眷恋着又娇又嗲又精又明的上海女人。

不久，黄江龙开始去走动。一天，他请王华堂喝酒，也是到朱阿姨饮食店。朱阿姨一见两人来，就摆上他们爱吃的小碟和黄酒。朱银娣也很喜欢王华堂，这个壮实诚恳的外地人给了她许多好感和遐想，但她爱上对门的那位男生，那是典型的精明的上海人，她思忖，和外地人结婚不靠谱，上海人当然得嫁上海人。

两杯黄酒下肚，黄江龙对王华堂说："华堂，你要想办法认识宝钢那个女副厂长。"

"我怎么能认识？"

"通过老方。"

"他会答应带我去？"

"动脑筋，想办法，找机会。你做生意一定要记住这三条。这三条也是我父亲传给我的生意经。"

---

① 关于做上海人成本资料引自《上海市井》一书，李大伟著，上海文化出版社2006年版。

王华堂说他记下了。

"还有，你不能老给老方打工，你现在有了点小积蓄，这就是本钱，你要自己开店。"

"我做得来吗？"

"怎么做不来呢？老方他就比你聪明？他天生就是开店的？不见得。他一个采购员，退休时不也是两手空空？他就是动脑筋，想办法，找机会。你有了这几年在老方手下打工的经验，他那一套你边做边看，也无师自通了，有什么稀罕，又不是卫星上天，洲际导弹。低价进，高价出，小学生都会算。更重要的是大机会来了。"

"什么机会？"

"政策！我去原单位转了转，他们给我讲了许多新政策。邓小平要让穷人变富人，要放宽、搞活，下了好多政策。钢铁厂搞大包干，包干外的产品实行浮动价、优质优价、特定价。这里面有多大的油水？赶紧自己做，自立门户，还有赶紧认识那个女副厂长，那是你的摇钱树，宝钢就在我们这里，大树底下好乘凉。"

黄江龙一席话使王华堂茅塞顿开。他由衷地佩服黄江龙，佩服上海人，他们就是头脑灵活，办事精明，他们做事是先看大方向，后打小算盘，合理合法赚钱。但他还是胆怯，犹豫，没有勇气迈出第一步。老方看出他的心事。一天晚上，两人喝酒时，老方一针见血地问："华堂，我看你最近好像有什么心事。"

王华堂是清澈见底的人，老方一问他脸就红。

"我能猜到八成，你说吧！"

"我想自己也开个店……"

"我猜到十成了，哈哈哈……可以，你也该学做小老板了，老在我手下打工没出息。我支持你，现在工商注册也挺容易，本钱不够我还可以借你点。"

天啊，有这样的好人啊！

"怎么啦，不相信？别把上海人看扁了！你是老实人，还不是生意人，你要学会做生意，记住我这四句话：短斤少两，以次充好，偷税漏税，出事就跑。要不然，你永远发不了财。"

王华堂说，当时他张嘴结舌，目瞪口呆，久久说不出话。

"你后来是这样做的吗？"汶汶问。

"当然不是，这不是干大事业人的为人处世。我现在认真总结一下这50多年。前20多年，虽然老方帮了一把，但是靠我、你周爷、龙爷三人抱团打拼出来的；后30年有贵人相助，一个是白昼，一个是你陆根宝爷爷，一个就是海峡风道长，是他们在关键时刻帮助了华鑫。这就是俗语所说的，一个篱笆三个桩，一个好汉三个帮。你要永远记住这条朴素的真理。"王华堂说。

十二、原罪乎

参观一天劳累了。晚饭后，风清月明，王华堂泡了一壶茶，端坐在石桌前，叫汶汶出来喝茶，叫拎清在旁边听着。

"有人说，我们这些暴发的人都有原罪，我不这样认为。"王华堂对汶汶说，"我们焦岭人到上海闯荡谋生做生意，我们的熟语叫'倒江湖'，是有点毛病，但不是罪。我们是吃了国家下的天水。"

王华堂让拎清查了查20世纪80年代有关价格双轨制的情况，有这么几则资料记叙如下。

20世纪80年代初，为解决原油产量长期徘徊的局面，经国务院批准，对石油工业部门实行1亿吨产量包干政策，在包干政策之内生产的原油的价格，执行国家定价，每吨100元，完成包干产量后生产的原油价格可以按照当时国际市场上的价格，在国内按532～644元价格出售。价格双轨制改革从原油价格肇始。

考虑到钢铁的影响面稍微小一些，当时主要是在钢铁行业实施价格双轨制的。一方面是对国家定价进行逐步提高和改革，在价格基本稳定的基础上，通过对部分产品实行浮动价、临时价、优质优价、特定价等多种形式，从而提高和改革价格；另一方面是对计划外产品实行市场调节价，先以培育市场价格为主，以形成价格双轨制，之后又对计划外价格过快上涨加以限制。国家物价局、冶金部颁发了《钢铁产品按质论价管理办法》。临时价格是在国家统一定价不能及时调整的情况下出现的，从一定意义上说，它及时缓解了某些产品价格偏低的矛盾，挽救了一些企业。但它有明显的缺陷，即实际上这些产品以临时价格按个别成本定价，保护了落后，不利于竞争。个别地区还把临时价作为增加地方财政收入的手段，搞地区内外两种价格。在这样的情况下，在全国151个城市逐步建立起182个钢材交易市场和36000多个门市部。

1991年钢铁产品价格改革迈出重要一步。经国务院批准，自1991年2月1日起取消了各种临时价格，整顿"保量不保价"；降低计划外钢铁产品最高限价；在整顿钢铁产品价格混乱的基础上，适当提高计划内钢铁系列产品价格，对两种钢铁实行计划内外价格并轨试点。为此有关部门发出《关于整顿、调整钢铁系列产品价格的通知》，主要内容是：一是调整铁矿石、生铁、铁合金、碳素制品、钢坯等钢铁工业前序产品全国统一出厂价格。如铁矿石以铁精矿含铁品位62%为代表品，每吨由97元提高到115元。二是提高钢材全国统一出厂价格，将1990年制定的全国重点特钢企业优质钢材临时出厂价格转发为全国统一出厂价格，同时对普通钢材实行一、二类全国统一出厂价格，其中鞍钢、本钢、武钢、首钢、马钢、包钢、攀钢、太钢等大型钢铁企业执行一类出厂价格，钢材平均价格水平为每吨1100元；宝钢等其他企业执行二类出厂价格，钢材平均价格水平为每吨1450元。三是下调计划外钢铁产品最高限价，缩小计划内外钢铁产品价差。四是取消镀锡板、冷轧电工钢带（片）价格双轨制，实行计划内外价格并轨。五是重新核定优质加价额和加价幅度。六是取消钢铁产品临时出厂价格。

1993年1月1日起，国家放开了钢材价格，由生产企业根据产品成本、税金和市场供求情况，自行确定价格。至此，钢铁产品价格双轨制的历史基本结束，同时实现了计划价格向市场价格体制的基本转变。[1]

王华堂对汶汶说，他之所以不厌其烦引证这些资料，一是说明龙爷当时说的政策改变是事实，虽然他没有看过这些文件，但他相信龙爷；二是正是有了国家的价格双轨制，以及后来的市场价格体制，才给所有闯钢铁贸易江湖的焦岭人以机会，他们的第一桶金就是在这种情况下掘得的。

王华堂在黄江龙的帮助下，注册了鑫海贸易有限公司，当时注册还必须有单位证明，黄江龙托人在宝山县计委出了一张证明。注册资本20万元，是老方帮助王华堂代垫上的，不久就还了老方。注册地点是黄江龙帮助找的。

---

[1] 关于价格双轨制资料引自《中国经济导报》2008年11月27日的《计划与市场价格管理体制的桥梁》一文，作者童海华。

黄江龙托关系在亦仙路附近租了一家倒闭的街道工厂。王华堂嫌大，租金贵，黄江龙敲了他一下脑袋骂："勿拎清，你嫌大，不会转租别人，到时你就是零租金。"王华堂这才恍然大悟。有人说公司名鑫海不好，三个金都沉到海里去，以后不会发财，倒是王华堂坚持，金就是要在上海淘，"鑫海"绝对没有错。王华堂的预感没有错。以后，王华堂在川沙、奉贤、南汇、浦东等区县注册的钢材市场都以鑫字为头，如鑫沙、鑫贤、鑫汇、鑫东等，都赚得盆满钵满。王华堂说上海不是冒险家乐园，而是创业者天堂。后来王华堂组建集团，就取了一个"鑫"字，取了自己名字一个"华"字，叫华鑫集团。

一日，老方来到王华堂办公室，说他有一批钢材马上要提货，没有堆场，他说鑫海公司租的工厂有一个荒废的篮球场，要借他堆一段时间。王华堂眉头一皱，问他要堆多长时间，老方说起码一个月。王华堂问出多少租金，老方"嗬"的一声，吃惊地看着王华堂。王华堂自知失言，忙说这是开玩笑。老方摇头摆手说："华堂，我不是不高兴，我是高兴，高兴你长进了。老弟，为人提供场地堆场就得收人租金，这是生意场，不是学雷锋助人为乐，这说明你长大了，有希望，有希望，这几年我没白带你！"

老方告诉王华堂，这批货比出厂价更低拿到手，1000吨国家标准HVB352、HVB400，20锰的螺纹钢，这是当时市场紧俏货，一旦出手每吨起码赚1000元，1000吨就是100万元。

一个月过去了，没见老方来提货，又过了半个月，还是没有提货，王华堂、黄江龙觉得蹊跷。黄江龙心生怀疑说，会不会这笔货有问题？他拿了一截螺纹钢到市质检局作了检验，果然是非标产品。王华堂慌了神。当时正在严打，如果被查出假冒伪劣产品，除了没收营业执照、罚款，还要坐牢。王华堂吓得一天吃不下一口饭。黄江龙虽然表面上装作没什么，心里也在暗骂，这老方想嫁祸于人！他安慰王华堂，不着急，继续找老方，万一找不到，出了事，就说是他寄存在这里，一切罪名他来担，反正坐过一回牢，坐二回三回也就那么回事了。王华堂说，龙哥，我不是那样小人，是我答应老方寄存，有罪我承担。黄龙江说，华堂，我们现在都是小人，就看我们运气了！

又过了半个月，老方依然没来提货，两人去了老方家几次，都是铁将军锁门，杳无音信。一天，黄江龙引了一位客户来看现货，那客户说，全上海只有你这一家前店后库公司，我能直接看到货，直接提，1000吨我全要了。王华堂心里不是高兴，而是忐忑不安，一是因为这货不是他的，二是这货是非标产品。他支支吾吾地对客户说，可能质量有些问题，不是那么理想，黄江龙要制止他都来不及。可那客户说，现在上海有几家是合格产品？不过分就行了，我们是大工地，反正一分价钱一分货。

第二天早上，天刚蒙蒙亮，十多辆汽车载着几十个当地公安派出所、工商所、质检所的执法人员把亦仙市场团团围住，说是有人举报，亦仙市场藏有非标产品，三家要联合查封。天啊，如果被查出，不但要罚款几百万元，当事人还要判刑坐牢。王华堂手足无措，不知如何是好。黄江龙心知肚明，知道上了那个客户的当。他叫王华堂别急，先把三家联合查封的头们叫进办公室好茶好烟招待，叫所有在亦仙市场摆摊开店的老乡出来，好好招待检查人员。他自己开车到一个武警部队施工现场找他一位战友，那位战友负责工地材料采购。他对那位战友说，他有一批非标材料被人盯上，叫他过去看看，帮他解解围。那战友说看看可以，我们不会买。黄江龙说你就装装声势。黄江龙带着那位战友赶到亦仙市场时，王华堂急得像热锅上的蚂蚁，他怎么也拖不住那三家头头。黄江龙战友对三家头头说，不劳各位大驾了，那批材料是我们寄存的，不关他们的事，我们今天就拉走。那三家头头不信，说就是部队使用非标产品也是违法。黄江龙战友说，这是部队的事，难道我们还要把部队的军事秘密告诉你们？就这样，黄江龙战友为王华堂解了围。王华堂千恩万谢。从此以后，他再也不敢做违法违规的事。

第三天，龙哥立即把这笔货出手了，王华堂账上凭空多100万现金。

"龙哥，这100万我不能独吞。"

"呆头，我就是要你独吞，你当初跪拜老方救我出狱，我还没谢你！"

"那老方呢？"

"就算我们借他的，以后我们要是发了，就还他，要是没发，就说那是非标产品，给工商、质检、公安抄了。"

"他会相信？"

"他不相信也要相信，谁叫他不来提，我们没要他场地租金就算好了。"

"那这样，我们一人一半，要不然，我一分也不要！"王华堂断然说。

"一半就一半。"黄江龙答应。但是，他始终没把钱提走，一直留在王华堂的户头上。

老方始终没有出现，直到几十年后的今天也没有出现。这始终是个谜，谁也解不开。王华堂想，这100万元钱算是一笔无法了结和冲销的账。说是原罪，又不是原罪。黄江龙说，老方不是认你做干儿子吗？就算是酒后的戏言，这也是事实，你就把它当作是老方有意留给你的。王华堂说，他要健在就好，至少现在的王华堂在全上海无人不知，没人不晓，他要有一天在我面前出现，我要几百倍、几千倍回报他。黄江龙开玩笑说，几万倍你现在都还得起。

这100万元对王华堂来说太重要了。浦东开放以后，全上海简直就是一个大工地，经营钢材生意的人如蝗如蚁，但有店有库的公司太少了。焦岭来投奔王华堂的人越来越多，王华堂用这100万元在郊县租赁了多处场所，开张十多个前店后库的钢材市场，不但容纳了几万名父老乡亲，而且给自己带来巨额收入。周老师也是在这样形势下，应邀举家迁来上海帮助王华堂经营。许多焦岭人闯荡上海，都是经过周老师介绍、推荐的，周老师在焦岭人心目中是乡村的智多星吴用，大家对他是言听计从，一呼百应。主管钢材生意，协调乡亲关系，周老师是如鱼得水，一呼百应，王华堂和黄江龙也一百个放心。

三个人抱团经营，带来了丰厚的利润。光一个亦仙路钢材市场，一年钢材交易额400亿，统一采购，统一运输，节约成本。扣去700间店面的保管存贮、发货吊装、场地租金、物业管理、保卫安全、服务延伸还有纠纷调解、法律咨询援助的成本，一年会有6000万元收入。加上陆续开张的浦东、川沙、奉贤、南汇、松江等市场，财源像黄浦江水滚滚而来。

1998年国家放开房地产开发，建筑钢材供不应求，很多人投资去办钢厂，黄江龙也跃跃欲试。黄江龙给王华堂讲产供销一条龙，王华堂听得迷迷糊糊，不过，几招下来，他对黄江龙是深信不疑，也是言听计从。黄江龙打听到消息说，临湖县有一个小钢厂要出卖，王华堂就和黄江龙赶到临湖县，想尽各种办法，筹集资金准备买厂。县里变卦了，说按县城规划，这块地要开发商品房。土地改变用途，除价格飙升外，还要招拍挂。王华堂想退出，黄江龙的朋友对他们说，开发房地产比开钢铁厂更有赚头，他们经过了一番简单测算，开发房地产利润居然是办钢铁厂的10倍以上。王华堂眼也红了，他从没想过他要从钢材贸易转向经营房地产开发，莫非这是天意？他曾经承包过公社建筑，熟悉一些建筑的程序。黄江龙说，你曾经搞过建筑，这更好，世上无难事，只怕有心人。我们不懂得做，花钱雇懂得做的人做，有钱什么事做不来？他们当即商定在临湖县注册一个房地产开发有限公司，名字叫鑫湖。

黄江龙找了五家公司，私下买通，用围标的办法，一举中标。鑫湖中标，多亏黄江龙的朋友们相助。黄江龙偷偷地对王华堂说，他除了给协同围标公司一批费用外，还把临湖县上上下下大大小小头头脑脑都打点了。王华堂听了觉得像吃了几只蟑螂那样恶心翻胃。

也许这也是原罪，但是他们成功了。

1998年起中国房地产业进入黄金期。房地产开发经营项目的暴利是常人难以想象的。王华堂给汶汶举一个位于上海中心区的房地产开发项目为例，项目包括9幢住宅楼、1幢办公楼和200个地下车位，总建筑面积约为10万平方米。拎清搜索了这个项目的收入情况：房地产经营收入为4.32535284亿元，其他业务收入为98446元，营业外收入为30995元，收入合计为4.32664725亿元。

成本情况是：土地出让金为956.0665万元，土地征用及拆迁补偿费为9342.6489万元，前期工程费为667.7163万元，建筑安装工程费为1.69329543亿元，基础设施费为2430.9503万元，公共设施配套费为4125.9682万元，开发间接费（包括银行借款利息）为1290.1826万元。

房地产开发费用中，销售费用为468.2809万元，管理费用为863.1582万元，财务费用（存款利息）为－181.0260万元。

另外，税金及附加为2419.9680万元，营业外支出涉税滞纳金为13869元。因此，开发总成本为3.71501074亿元。整个项目中，办公楼项目并未出售，而是以租金形式获得稳定的现金流。

按照报表，该项目的利润总额为3948.2168万元，开发商在整个项目中的账面净利润率是10.63%，外加一幢办公楼和200个车位，以及办公楼和车位出租之日起至今的租金收入。

王华堂指着从拎清身上引出的链接到手提电脑上的报表对汶汶说，仅仅从这份静态成本清单上看，这个项目的利润还不算暴利。在这成本清单中，华鑫集团真正从自己口袋中拿出的资金，实际上只有土地出让金956.0665万元，土地征用及拆迁补偿费9342.6489万元，销售费用468.2809万元，管理费用863.1582万元，也就是说，华鑫集团实际投入的资金只有11630.1545万元。以此测算，项目净利润就超过34%。这个项目由集团下属的项目公司运作，而项目公司注册资金只有1000万元，主要资金是集团通过银行融资贷款提供开发资金。这个项目公司自己拿出来的1亿多资金，也不完全是自己的，其中有关联企业的借款，也有银行贷款。按照开发商惯例，他们的自有资金比例一般在30%至50%之间。分别取30%和50%的比例作一推算，这个项目中，项目公司所投入的自有资金就是3489.0463万元或5815.0772万元，产生的利润分别为113.16%或67.89%。办公楼不断攀升的价值，办公楼和车位的多年租金收入，还不包括在内。

王华堂说，这还不代表开发商的"奇招"至此结束。2006年的时候，一块地半年就能升值20%，所以半年前一块地评估下来是6亿元，我可以抵押贷款3亿元，再从别处找钱，把这3亿元贷款还掉，然后再重新评估地价。这时候评下来是8亿元，我再到银行抵押贷款4亿元，多贷了1亿元，再去拿地，再开一个项目。在2004年之前，拿1个亿的自有资金操作一个10多亿的项目，在上海房地产市场中只是"小儿科"。我们拿着钱，流动性地发展，到最后很多时候都搞不清楚自己的资金情况，要把房子卖掉才算得出自己赚了多少钱。所以房子一旦卖不出去，开发商要命的日子就到来了。[①]

华鑫集团在上海做得少，在二线城市做得多，这也是黄江龙的主意，他看中的是二线城市竞争对象弱小，以上海房地产开发商名义，到二线城市发展，有居高临下高屋建瓴之势，能起威慑作用，所以屡屡得手。在很多二线城市，华鑫集团启动一个项目，只需要先交5%的土地出让金，剩余的就类似于分期付款。那个时候，资金周转要精确到天，也许今天从银行拿到贷款，明天就要付土地出让金，这个月底购房款到位，下个月初就还给了银行。银行是开发商的衣食父母。王华堂对汶汶说，我之所以不厌其烦地给你讲资金筹谋，就是告诉你，运筹资金是管理企业最重要的事。汶汶问，怎么运筹？王华堂说最关键的就是和银行搞好关系。汶汶又问，怎么和银行搞好关系？

王华堂说，这里面名堂很多，有信贷员关系，有银行领导关系，当然最重要的是和领导的关系。

汶汶问："银行领导工作怎么做？"

王华堂说："那就复杂了，我也说不清楚。中国银行界，在改革开放几十年中，就有几十个银行行长出了事，这些人的名字我还依稀记得，比如金德琴、朱小华、段晓兴、王雪冰、梁小健、赵安歌、张恩照、刘金宝等。还有

---

① 关于楼市成本资料引自《瞭望东方周刊》2008年第46期《一份楼市成本清单揭开房地产暴利面纱》一文，作者姜智鹏，转引自《每周文摘》2008年11月16日。

上海社保案，就有陈良宇为首的几十名官员，如祝均一、张荣坤、秦裕、孙贻一等落了水，其他的诈骗、官商勾结的案件不计其数。所幸我们华鑫集团没有卷入，这多亏周老师的把关，按龙爷和我的脾气，可能会出事的。"

"你说的是和陆根宝爷爷的关系？"

"是的，陆根宝爷爷后来成了我们华鑫集团的财神爷，但没有一笔违规违法的贷款，这是使上海人扑朔迷离的迷局，查了两年，终究没查出什么，真是天大幸事啊！"

"那陆爷因什么事出问题了？"汶汶问。

"被情所牵、被情所累、被情所害。"王华堂感叹说，"说起来跟爷爷还有关系。这些丑事，白驹子都把我记录在案，以后让拎清慢慢地告诉你。"

十三、失误的反思

王华堂对汶汶说，2008年，也就是她出生的那一年，发生了太多太多的事，他现在也不明白，为什么那么多事都赶在那一年发生。当然也有好事，如奥运会召开，"嫦娥"飞天。但是，灾难很多，先是南方发生雨雪冰冻灾害，接着发生四川汶川八级大地震，灾难过后，又因国际次贷危机，引发了一场金融海啸，导致世界经济危机。哪一个国家都没有幸免，哪一个行业都受了影响。华鑫集团以为收敛步伐，偏安一隅能得以幸免，没想到因为你龙爷和周爷的失误，陆爷被"双规"，华鑫集团资金链面临断裂的危险。

2004年，上海大宗钢铁电子交易中心成立，开展电子化的"准期货"合约交易。交易方式、佣金收取、交割等流程与一般期货交易相近。通过保证金交易，交易者可以放大近十倍资金进行做多做空双向交易。黄江龙跃跃欲试，因为上海人有证券交易传统的熏陶，且黄江龙一贯是敢作敢为敢于冒险。黄江龙征求王华堂意见，王华堂认为这档子业务不熟悉，缺少专业人员，风险大，不同意黄江龙做。周老师一向谨小慎微，不支持冒险。黄江龙说，风险大，收益也大，两人都不支持，他就自己干，得了利算集团，亏了本算自己。开始黄江龙做得很成功。当时电子盘的热卷板合约一次下跌到了一吨2800元，做了十多年热卷板生意的黄江龙看到了商机，凭经验判断，每吨2800元已经跌破成本价，作为固有企业的钢厂不可能让这种局面持续下去。黄江龙有两种选择：一是动用流动资金，在现货市场上购进热卷板，待价格回升时卖出；二是充分利用大宗钢铁交易中心保证金的特点，以有限资金买进大量热卷板合约，快速放大利润。黄江龙选择了后者，他依靠多年的生意经验，最终成功抄底，仅仅3个月后，热卷板合约价格一路上涨到了每吨

4000元。当初建仓价每吨2800元，正是历史最低点。由于保证金交易的特点，黄江龙的资金翻了几倍，他选择平仓了结，这一波行情赚了近1亿元利润。黄江龙兴奋地对王华堂讲了，王华堂搔着开始灰白的寸头将信将疑。黄江龙做电子盘3个月，超过以前做3年。他相信，在这个市场中，上海滩没有几个人能比他更懂得热卷板市场，他相信自己的资金实力虽然不是最雄厚的，但足够在市场中闯荡。于是他对王华堂说，他将把更多的精力投向钢材电子交易，房地产业的业务让周老师多管些。

2008年4月份，热卷板的价格每吨达到了4000元，黄江龙根据他的经验判断，每吨4000元的价格超过了下游买家的预期，价格将下行。他做出了后悔一生的决定，用巨额资金做空热卷板。热卷板价格在4000元一线稍许停顿了一会儿后，直线向上，最高达到每吨4700元。以黄江龙当时十几万吨的仓位，每波动500元，黄江龙就损失3000万元。

一步错，步步错。黄江龙眼看自己判断错误，到了6月份，又在每吨4700元一线重新做多，希望重演初入市场时的辉煌。也许之前透支了太多幸运，在黄江龙建仓后，热卷板急速下跌，一个月就跌掉了1500元。黄江龙将他先前赚的1亿元和自己的流动资金1亿元全部还给了市场。

既然做多不对，那就做空。到了8月份，黄江龙筹集资金再做空，在每吨3400元左右建仓。他筹划着，既然年初时价格可以跌到2800元，现在也应该可以。市场就是和他对着干。热卷板的价格止跌回稳，逐步上行。在上行的过程中，黄江龙又犯了一个致命错误，在亏损的头寸上继续加仓。其实这个时候，他掌握着至少十几万吨以上的多头头寸，是事实上最大的空头，尽快认输减少损失是唯一选择。黄江龙如果在这时止步，仅是自己资产损失问题。但是，黄江龙决定瞒着王华堂和周老师铤而走险。最后一搏，他一方面低价倾销自己的库存，回笼资金，另一方面开始了他的惊天计划。华鑫集团鑫海钢材贸易有限公司在宝山县的仓库内，存在着客户很多钢材产品，经过一番"包装"和必要流程后，黄江龙将这些钢板以自己名义成功抵押给银行，骗得银行贷款3亿元。然而，再多的资金都没有意义了，此时亏损头寸上增加多少仓位，就会输掉多少。作为市场中的空头主力，无论在什么时候平仓，都会引起更大幅度的上涨，会直接封死在涨停板。①

黄江龙回天无力，他准备着进检察院自首。王华堂和周老师此时正在外地谈一个房地产开发项目，得知消息后，立即飞回上海，哭着拖住黄江龙。王华堂在房地产开发资金十分紧张的情况下，调回了3亿资金替黄江龙还了银行贷款，免了黄江龙的牢狱之灾。黄江龙朝王华堂和周老师下跪，失声痛哭。从此，黄江龙一蹶不振了。

周老师和黄江龙相比，是谨慎有余，胆量不足。在黄江龙出事后，他更加谨小慎微。2006年至2007年之间，房价疯狂飙升时，周老师一看再看，捂盘惜售。王华堂主张全面出手，把所有能够销售的楼盘和盘托出，按同比降低5％价格出售，以压过对手，及时回笼资金。周老师不但不同意降低5％，而且要多捂一段时间，等楼市达到最高峰时出手。王华堂历来尊重周老师，心想也许周老师是对的，就没再坚持。2007年10月，香港恒生指数从31958点的历史高位开始回落，绝大部分在香港上市的内地房地产企业的股价也是同时涨至历史最高点后开始下跌。这时，王华堂向周老师提出要立即出手，用同比降低10％的幅度向社会抛售。周老师犹豫不决，王华堂搬出中国奥园、首创企业、北辰实业、绿城中国、上置集团、世茂房地产、富力地产、雅居乐地产、碧桂园、冶海家园、会生创辰等内地在港上市房地产企业市值缩水表给周老师看，周老师将信将疑，他不相信如此火爆的房地产会突然爆冷。他同意抛售，但不同意降价幅度，只想做些优惠活动。风云突变，黄江龙案件刚处理好，内地房价一路下跌，华鑫集团错过了最好的销售期。如果按王华堂的主意，华鑫集团可以多回笼几十亿资金。当世界金融海啸袭来时，华鑫集团面临着资金链断裂和破产的威胁。

王华堂说，危机的时候，焦岭在沪的上千家中小钢贸企业，很多撑不住，走的走，散的散，转行的转行，回家的回家，成鸟兽散状态。焦岭县委、县政府对焦岭县在沪的上千家企业命运十分关心，县委、县长带着县工商联干部来沪走家串户，拜访座谈磋商，大家得出一个结论，面对世界金融危机，面对国内实体经济下滑的严冬，像焦岭县这样上千家在沪中小企业必须"抱团取暖"。县领导要王华堂挑头出面，以华鑫集团的实力和威望，成立焦岭人

---

① 关于电子化准期货交易资料引自《华夏时报》的《亿万富豪巨亏一年成囚徒》一文，转引自《福州晚报》2008年8月11日。

联合钢贸集团,只有做强做大,才能应对危机。曾经热衷于旅沪焦岭商会活动的周孔廉提出一个联合经营的大方案,几经讨论,大家各持己见,争相做头,互不服气,反唇相讥,争论不休,只能作罢。由于出了电子交易和捂盘惜售事件,华鑫集团也陷入了内外交困的境况。王华堂对县领导说,叫我们这些乡下人吃苦耐劳、打拼开拓、艰苦奋斗不难,叫我们这些乡下人联合经营,走现代企业制度之路最难!县领导听了点头说,可能我们还是习惯于用行政手段来解决经济问题,你们还是按市场规律办吧。县领导回去了,王华堂耳边老回响着县领导那句话:你们还是按市场规律。这句话谁都会说,但是怎么办?市场规律是什么?这只看不见的手在哪里呢?谁也说不清楚。王华堂自己更是茫然。为了避免资金断裂,华鑫集团只能采取断腕手段,低价出售积压的房屋,回笼资产,免遭破产命运。谁也没有想到,一年之后,国家刺激经济措施实施,房价又涨起来。前后不到一年,华鑫房地产损失几十个亿。

一日,黄江龙和周老师一前一后地走进王华堂办公室,王华堂看着两人严肃的表情,觉得有些异常。他们两人不像以前那样一进来,自己就在沙发上坐下,这次是在王华堂大班桌前的座位上正襟危坐。

"华堂,我老了……"黄江龙负疚地对王华堂说。他比王华堂大一岁,生于1949年。

"华堂,我更老了……"周老师失意地对王华堂说。他比王华堂大两岁,生于1948年。

王华堂一下子就明白了他们的意思。他把他们拉着坐到沙发上,揿了铃让秘书浦新进来泡茶,那是浓香沁脑的福安名茶坦洋工夫茶。那时浦新刚18岁,是新招的司机兼生活秘书。

三人各端起小茶杯,啜干茶水,轻轻地放下杯子。

"我没想到你俩说出这样的话。我王华堂有哪点对不起你们?"

"小人肚肠才会这样回答我们。华堂,你还没有发现你自己吧!"周老师说。

"我发现自己?我自己有什么可发现的?"

"最近我和江龙经常背着你出去喝茶。这场世界性金融危机和它带来的实体经济危机,使我们想了不少事情,大至世界格局,小至我们华鑫集团。我们的结论是,华鑫这艘船我们两人不能再参与掌舵了。"周老师说。

"无非是出了电子交易和捂盘惜售两件事，都过去了，为什么还耿耿于怀？"

"我有贪性，不宜掌管大事业。"黄江龙说。

"我谨小慎微，不能再当军师。"周老师说。

"啊，这是谁说的？我没有这样说，也没这样想！没有你们俩，就没有今日的华鑫集团和我王华堂，这是不能否认的事实。"

"什么叫与时俱进，我们俩退下来，你一个人担当起来，就是与时俱进。"黄江龙说。

"你这是屁话！"王华堂愤然拍桌，以前他很少这样，"这叫釜底抽薪！现在需要众人拾柴火焰高的时候，你们想拆伙……"

"不是拆伙，我深感我这农村吴用，见识狭隘。"周老师说。

"这是实话，我们这些农民，小打小闹可以，大打大闹学学可以，要打世界大战，应对国际金融危机，真是摸不着脑门。怎么看着价格往下跌，止都止不住？怎么银行说没钱就没钱，说不贷就不贷？就是什么世道，我老弄不明白！"王华堂说。

"华堂，我想起一个人。"周老师说。

"谁？"王华堂问。

"陆行长陆根宝。"

"啊，我有好长时间没去看他了。"王华堂内疚地说。

"家雄和朱银娣每月探他一次。我听家雄说，陆行长在狱中始终关心国际金融动向，他早在2007年就预测到美国华尔街要出事，据说他关于银行的改革意见，连中央都很重视。"黄江龙说。

"要有这样的人当我们的顾问就好。"周老师说。

"只可惜他在狱中。"王华堂说。

"他就是在狱中，还有好多人请教他，有的外国公司还想聘用他，让他当狱中顾问。"黄江龙说。

"与其外国人聘，不如我们华鑫聘。"周老师说，"他是因情惹祸，说到底就是钱的问题。"

"听说，陆根宝表示如能提前获释，他什么也不想干，只想回去和老婆安度晚年，好好伺候老婆一辈子，他这辈子最欠的人是银娣。"王华堂说，"说实在，他给了我、给了我们集团很多的帮忙，但他骨子里看不起我们这些乡下人，我怎么也喜欢不了他。"

"这个人我太了解了，他是不甘寂寞的，他不会退隐。能说服动员他的，唯有你，华堂。"黄江龙说。

"为华鑫集团利益，我就聘他为狱中顾问！"王华堂斩钉截铁地说。

2008年陆根宝被捕判刑入狱后，朱银娣的住处浦江新苑A幢1801室作为陆根宝受贿财产被国家没收，王华堂立即给朱银娣安排了公司新开发楼盘类似的居室让她居住。王华堂和黄江龙经常去看望朱银娣，朱银娣也没想到自己的人生是如此大起大落。她在王华堂的诚恳关心下，愉快地生活了下去。这时的王华堂对朱银娣反而没有先前那样的冲动和暗恋，也许他们年龄都大了，都是50多岁的人了。时过境迁，往日的爱恋变成了王华堂今日的温馨回忆。

20多年前，王华堂邂逅朱银娣后，对她一直怀着暗恋心情。那种的喜欢和爱，一直在他心中涌动。自从他认识黄江龙后，他经常邀龙哥上朱阿姨那家饮食店喝酒，后来饮食店让朱阿姨承包了，母女俩把饮食店变成小酒店，他更是隔三岔五地邀请龙哥，为的是能看到朱银娣。朱阿姨的小酒店极具上海风情，靠墙一个柜上，竖着三排老酒瓮，有好几种黄酒。临街的玻璃冷菜柜，陈列着卤蛋、豆腐干、发芽豆、百叶结、熏鱼、白肚、猪耳朵、酱鸭、白斩鸡还有"大转弯"——尚未斩块的鸡翅膀。店堂里摆了两张八仙桌，挤满了酒鬼。他们呷着酒，热烈地交谈着，通常情况下，只顾自己倾诉，而不在乎别人是否在听。黄江龙一生没什么嗜好，就是好喝小酒，偶尔也赌一把，但金额都很小，他与女人无缘。他看着酒瓮上的红纸黑字，眼睛就发亮，什么太雕、花雕、金波、玉液、善酿、香雪、加饭等，看着看着口水就流了出来。他们俩要了几个小菜，朱银娣总是多给，把小碟装得满满的，各色黄酒来几两，你一盅我一盅地喝到半夜。临打烊时，龙哥已烂醉如泥，王华堂趁机帮助朱阿姨、朱银娣收拾店堂。

有一天，黄江龙告诉王华堂朱银娣结婚了，那个邻家男孩为了获得派遣出国实习的机会，要求和朱银娣立即结婚。当时，组织部门有一条规定，派遣出国人员要已婚，防止发生叛逃。朱银娣愿意嫁那个邻家男孩，二话没说就跟着去办了手续，连婚礼也没举行，只在亲戚小范围内小聚一番就算办了仪式，自然也轮不着请黄江龙和王华堂了。为此，朱阿姨心气十分不爽，王华堂也就不好意思再上小酒店。不久，小酒店转让给别人，王华堂和朱阿姨、朱银娣就失去联系。

　　王华堂再次见到朱银娣时，已是20世纪90年代的事情。那时，王华堂的两个儿子已接来上海读中学。王家英循规蹈矩，品学兼优，带在身边十分省心；王家雄调皮捣蛋，学业荒废，生意一忙，无法管教，王华堂去开家长会，没少遭老师责怪。王华堂和黄江龙商量办法，黄江龙建议花钱找一户上海人家寄居顺便管教，也许换个门庭，能教好孩子。想来想去，他们想起了善良的朱阿姨。王华堂叫手下人打听朱阿姨下落，不久回报说朱阿姨因心脏病发作已去世，她女儿朱银娣住浦江新苑A幢1801室。

　　"天啊……"

　　王华堂和黄江龙愣怔住。浦江新苑正是他们在上海开发的一个项目，A幢1801室当时出售是全额付款，没有按揭，曾引起销售人员的注意，但户主不是朱银娣，而是一个怪怪的名字。黄江龙和王华堂相信朱银娣和朱阿姨买不起这样的豪宅。王华堂决定和龙哥亲自拜访浦江新苑A幢1801室。

十四、老城厢出来的金融家

30多年前的那次拜访，依然历历在目。

"叮咚、叮咚……"

门铃响后，王华堂和黄江龙听到拖沓的脚步声，门轻轻地开了一道缝，一个女佣探头问："你们找谁呀？"

"阿拉找朱银娣。"

"你们是谁？"

"老邻居，我叫黄江龙，他叫王华堂，你通报吧！"

黄江龙用地道上海话回答。不一会儿，女佣拉开门让他们俩进去。朱银娣一边系着衣扣，一边迎出来。

"哎哟哟，今日啥风把你们俩吹来了……坐、坐、坐，咖啡还是茶？"

"茶吧。王华堂这辈子喝咖啡是学不会的。"黄江龙说。

"当了大老板，还老土呀？对，还是茶，小妹，泡茶，最好的武夷山大红袍。老陆就是爱喝咖啡。"

"人家留洋回来，应该说是半个洋人了，眼睛没变蓝吧。"黄江龙说。

"哈哈哈……"

三人大笑。王华堂真佩服黄江龙，一调侃，气氛就活泼了起来。

"哎呀，我们有多少年没见面了……"

"怕有十多年了，当年，华堂想向你妈妈提亲时，是我给捎的。"

王华堂使劲地拽了黄江龙一把，朱银娣看在眼里，莞尔一笑说："没关系，人的姻缘天注定。"

"你呀，还好没嫁我这个烧炭翁、卖铁郎。"这是王华堂自进门后讲的第一句话。

"烧炭翁、卖铁郎怎么了，我现在还是住你们开发的楼盘。"

"当初买房时，怎么不跟我们打个招呼？"王华堂问。

"我知道个什么，都是他底下人办的，说什么浦江新苑滨江亲水，设计独特，住了些日子，还真方便。华堂，你们没骗人。"

"我们还有更好的房子，别墅，以后换一套大的。"

"换什么呀，我一个人住还嫌太大了。平时他基本不回家，就我和这个小妹，太空旷，太寂寞了！你们今天来，怕是有什么事吧？"

"本来，我们想给你凑点热闹，添些麻烦，现在，知道你是中国银行上海分行副行长太太，就不敢说了。"

"什么不敢说，你说，你说……"

"华堂第二个儿子，小学毕业来上海读书，实在调皮，我们想找户上海人家看管，学些上海话，学做上海人，就想到你妈和你，没想到你妈没了，你……"

"我还没孩子呢！老陆不要孩子，我们是丁克家庭，我知道他是不想和我生孩子，我只能听他的，我正想要个孩子做伴，你们叫他过来。我特别喜欢小男孩，我教他，我教他！"

"那怎么行，银行行长太太当保姆。"王华堂说。

"做我干儿子总行，再说，我这儿还有个小妹，整天闲着，她是上海人，会说地道的上海话。现在会说地道上海话的上海人不多了，不过，现在大家都不说上海话了。做上海人有什么，上海都是外地人，真正的上海人太精明了，特别是上海男人，鬼花样多着呢！"

"这么说，我们的陆行长鬼花样也多哇。"黄江龙又开始调侃。

"哼，别说了！因为我是集体工，不能调北京，他只好调回来，他说他是屈居上海，要不然他要当部长了。这种人当部长，中国要亡国。"

王华堂觉得过去的朱银娣不是这样唠唠叨叨的，怎么这十多年，她也变了。

"陆行长是我们的骄傲，报纸上说他是老城厢出来的金融家。"

"什么金融家，都是假的，吹的，捧的，报纸上都是说假话。我当初喜欢他，是看他聪明，但古人说得好，聪明反被聪明误，老陆呀，再这样下去要出事的。"

陆根宝不幸被妻子言中。

陆根宝生于1953年，比王华堂小3岁，出生于南市区一个普通工人家庭。父母住的是简陋的、破旧的老屋，1976年毕业于上海财经学院，是工农兵大学生，先后在北京、伦敦、上海银行工作过。1988年12月任中国银行上海分行副行长，曾获"上海市十大杰出青年""中国十大杰出青年"等称号，号称"上海四大金融家"之一。陆根宝有三项罪：一是利用职务之便，采取转移账户资金、制作假账、销毁账目等手段，单独或与同伙共同贪污23起，折合人民币共计1428万元，其中陆根宝个人所得折合人民币752万元；二是受贿，折合人民币143万元；三是巨额财产来历不明，有折合人民币1451万元的巨额财产不能说明其合法来源。陆根宝最终被判死刑，缓期2年执行，剥夺政治权利终身，并判处没收个人全部财产。后因在狱中表现良好，得到减刑。

陆根宝被发现犯罪，是与一个当时惊爆上海的"高官职业情人"案有关。"性贿赂"掠倒官员一片。在犯罪嫌疑人卢萍萍交出的拍摄的录像中，也出现陆根宝这位杰出金融家的脸孔。陆根宝被组织"双规"审查了。其实，陆根宝与卢萍萍他们没有什么深的关系，他不过作为金融高管成了卢萍萍猎捕对象之一。"双规"结束后，陆根宝成了反腐的调查对象。他后面拖着婷婷这条尾巴，逐渐地暴露了出来。但是，他没有供出婷婷，他把全部罪责揽在自己身上，再推到卢萍萍那边，这是后话。

晚上，陆根宝回家，朱银娣对他讲了白天王华堂、黄江龙来访事，说她欲收王华堂二儿子王家雄做干儿子，陆根宝托了托金丝眼镜，瞪着朱银娣足足有一分钟，没好气地说："你和王华堂旧情复燃了？"

"我和他有什么旧情？人家不过是托人提了提亲，我又没答应他！"

"没答应？一个乡下人，来上海不到几天，竟敢向一个上海女人提亲，没感情才怪！"

"什么上海女人？我嫁给你时还是处女！"

"处女，处女也不能说明感情上没有越轨呀！"

"你才越轨！你以为我不知道你那些花花草草的事！"

陆根宝又托了托眼镜盯着朱银娣看，他突然同情怜悯起这个名义上的自己的老婆，他没有真心地爱过她，但她对他是真心地爱，无私地厮守，他对那么多风尘女子都宽宏大量，为什么对她不能宽宏大量呢？

"这样吧，你太寂寞了，我答应你收养个干儿子，也好陪伴陪伴你，不过有一个条件……"

"什么条件？"

"你不能跟王华堂来往，40多岁的男人，如狼似虎……"

"你以为我是什么人！"

事情就这么简单地定下来，王家雄真的上门当朱银娣干儿子。王家雄这个鼾村小学的调皮捣蛋鬼，第一次由他父亲领到朱银娣家时，被那奢华的装修、高档的家具和朱银娣雍容华贵的气度震慑住了，气不敢喘，步不敢迈，水不敢喝，屁不敢放。按他后来的说法，从一进门开始，富贵就在驱赶穷贱，优雅开始替代粗野。朱银娣送他上一所私立中学，接受贵族式教育。从此，王家雄从一个不守纪律，整天贪玩的乡下野孩子，开始变为一个循规蹈矩的中学生。

开始，王家雄学业基础差，各科功课都跟不上，朱银娣凭着自己高中学业水平的功夫，每天为王家雄补习，没用半年时间，就使王家雄赶上班级水平。朱银娣在中学时，数学学得特别好，王家雄数学成绩也提高得特别快，不久，他居然成了全班数学成绩最好的一个，进了学校的奥数班。除了正常功课补习外，朱银娣还每天教王家雄几句上海话和洋泾浜英语，王家雄语感特强，加上他从小淘气，从不畏生，不懂害羞，大胆尝试，居然一学就会，逗得朱银娣和小保姆呵呵地乐。

有一天晚上，小保姆陪朱银娣下楼散步，王家雄一人留在家看中央台少儿节目。有人揿门铃，王家雄开门，一个陌生的戴着金丝眼镜的中年人出现在门口。

"侬找谁？"

"阿拉是这家的主人。"

"阿拉勿见过你。"

"侬是谁？"

"阿拉是这家的主人。"

"啊，哪有一家有两个主人？"

"阿拉得确定一下你的身份。"

"难道你没见过我的照片？"

"阿妈没给我看过。"

"也没给你谈过？"

"谈过。"

"我叫陆根宝。"

"啊，你老家住哪儿？"

"老城厢。"

"哪条路？"

"董家渡路。"

"兄弟几个？"

"三个。"

"啊，陆叔叔，您请进。"

"侬迪个小子，厉害！"

"我怕上伊老当了。"

"哈哈哈……"

陆根宝第一次在家开怀大笑，他一进门就喜欢上这个精明的小赤佬。他仿佛从他身上看到他的童年和少年。

王家雄还有一件绝活让陆根宝喜欢，那就是会讲一大串洋泾浜英语。陆根宝从小就在董家渡码头、二十里铺学会许多洋泾浜英语。就因为他英语会话能力强，才会被选中派往伦敦当外汇交易员。那段时间是他的辉煌时段，据说十分钟就能为国家赚几十万元外汇。陆根宝十分看重会洋泾浜英语的人，他认为洋泾浜英语是商业英语，从事商业金融贸易的上海人一定要会这种Pidgin English。比如：

你几时到中国来？
How long have you been in China?
哈何 郎 瞎辅 育 皮痕音 却哀那
我来中国已十年了。
It is ten years since I come to China.
一脱一士 吞 夷欧司 新司 挨 开姆 土 却哀那
你发财了吗？
Have you made profit?
瞎辅 育 美叠 波落非脱

王家雄还会背一两首杨勋译作《别琴竹枝词》。"别琴"今天多译作"皮钦",即 pidgin 的音译。如:

　　清晨相问谷猫迎,
　　好度由途叙阔情。
　　若不从中肆鬼肆(贱钱),
　　如何密四叫先生。

"谷猫迎"即 good morning,旧沪语"迎"读 ning;"好度由途"即 how do you do;"肆鬼肆"即 squeeze,敲诈;"密四"即 mister。

进入 21 世纪,上海经过正规学校训练的精通英语的人越来越多,随着海外大学生大批回国,洋泾浜英语在上海的主流社会逐渐淡出,但在普通百姓之中,洋泾浜英语仍有很大影响,不少洋泾浜英语又蜕变为上海的日常用语,如"老虎窗"(roof window)、"拿摩温"(No one)、"枪势"(chance)、"瘪三"(beg say)、"阿飞"(fly)等。[①]

通晓洋泾浜英语给了王家雄以深厚的英语语感,使他的发音有一种地道的英国人气韵,就像北京人说普通话,总觉得意蕴无穷。陆根宝认定王家雄不是朽木,而是可雕可塑的良木。他对朱银娣说,我要把这个小赤佬培养成一个中国未来的贵族,朱银娣不置可否地笑了笑。

"你不信?"

"我信,我信还不行?"

"你不信,我做给你看!"

陆根宝构思了一套培养王家雄的计划,当然不是旧六艺,礼、乐、射、御、书、数,而是新六艺,礼(绅士淑女聚会)、乐(流行乐交谊舞)、射(高尔夫)、御(马术)、书(企业管理书籍)、数(财经知识)。他先让王家雄考他的母校上海财经大学,那时上海财经学院已改名为上海财经大学。他决定等王家雄毕业后送他上伦敦政治经济学院读硕士,硕士之后再送美国哈佛

[①] 关于洋泾浜英语的资料引自《上海陈年往事》一书,作者全岳春,上海辞书出版社 2007 年版。

大学读博士，之后让他在华尔街或伦敦金融街工作几年，再回国发展，让他在上海这个国际金融中心，步他后尘，叱咤风云。

　　但是，不久之后，陆根宝被"双规"，被上诉，被判刑，使这一套计划戛然停止。王家雄从祥云飞翔的天上被狠狠地摔到地下。好在他父亲事业稳步发展、越做越大，他硕士毕业后回到父亲身旁。

十五、富二代脱壳

　　王华堂问王家雄是跟在他身边学做生意还是单独干，王家雄说他要单独干。王华堂就给他注册了一个注册资本为50万元的鑫雄钢材贸易有限公司，让他学习经营。

　　王家雄一心想表现自己的才能，暗下决心，三年之后，成为上海滩第二个王华堂。开始，他依葫芦画瓢，跟所有当初投奔父亲的那些焦岭老乡一样，一单一单，一项一项，扎扎实实地做，半年时间就把50万元注册资本还给了父亲。王家雄的公司，虽然是在2008年世界金融危机后开业，但赶上国家扩大内需，4万亿资金投向市场的好时期，加之有华鑫集团作为背景，生意还是做得顺溜。陆根宝虽说进了监狱，但他的部属、客户对他还是留有情面，对鑫雄公司主客两户，无意之中、或间接或直接都给予支持和帮助。王家雄看着时机成熟，就做起了现货生意。

　　第一单现货钢材合同是与北方钢厂签订的，合同规定货款不得超过三天，否则除了罚款外，今后的供货合同便自然中止。北方钢厂厂长，王家雄接触过几次，是一个十分爽快、十分仗义、十分肝胆的人。正由于此，也是一个十分独断霸道的人，说一不二，在钢铁行业内，是一个名人。北方钢厂当时负责供应京沪高速铁路的钢材，货源十分抢手。货到鑫雄公司堆场后，北方钢厂驻上海办事处人员要求开转账支票，财务人员报告王家雄户头没有多少钱了，王家雄问货款还要几天能回笼，财务人员说顶多三天即到。王家雄让财务人员向北方钢厂人员要求推迟三天付款，北方钢厂人说要按合同办事，不然厂方会处罚他们。财务人员向王家雄汇报情况，王家雄知道北方钢厂的严厉，就让财务人员先开支票，他料想北方钢厂不会及时提款，再说这不是同城汇兑，总有时间差，三天一过，户头有钱，生米煮成了熟饭。谁想到鑫雄公司货款三天内没有回笼，北方钢厂人员去银行提现时发现竟是空头支票。北方钢厂人员找上门，王家雄一再解释，北方钢厂人员不依不饶，双方戗了起来。话不投机，北方钢厂人员说要上告，王家雄一听火冒三丈，拍桌子瞪眼睛，就差点没有吹胡子说，有本事你就告，在上海，谁不知道我们鑫雄的信用，能告倒我，我请客！什么叫年轻气盛，这就是年轻气盛。北方钢厂厂长姓牛，听了办事处人员汇报，牛劲上来了，说我老牛这回告不倒你鑫雄这个小公司，我从全上海人的屁股底下爬过去！我不但要告倒你，我还要你王家雄这小兔崽子关上三年五年监狱！

一场支票诈骗案沸沸扬扬地闹开了。

"低级错误！低级错误！你是一个财经大学硕士生，你又不是刚从鼻村出来的农民哥，你不知道这是诈骗罪吗？"王华堂气急败坏地指着王家雄鼻子骂。

"我以为货款会及时到的，那些人信誓旦旦说没问题，会及时付款的。"

"信誓旦旦？做生意能凭信誓旦旦吗？他信誓旦旦了又怎么样？北方钢厂照样没收到你的货款！"

"这个牛厂长也真是，太不好商量了……"

"他为什么要跟你商量？合同是你签字的，是你认的……现在唯一的办法就是请求对方撤诉。"

"北方钢厂明明知道鑫雄公司的后台是我们，他们为什么发现空头支票不叫我们垫付，而是采取上诉呢？"周老师分析，"我猜想牛厂长八成是想冲你来。"

"北方钢厂的业务过去我们没联系过，这次是家雄自己找的门路，我们与北方钢厂没有什么瓜葛和纠纷。"王华堂说。

"你现在在上海太出名了，他一闹腾，他就更出名了，等于新闻媒体替北方钢厂做无偿广告。这人我见过，人蛮好的，好喝点酒，好出个风头。"黄江龙说，"我去一趟北方钢厂，顶多负荆请个罪。"

"这荆当然我负，你陪我，我去！"王华堂说。

"爸，我也去……"王家雄负疚地低下头。

"关键时候，还是得靠你们两个。"王华堂指着周老师和黄江龙说，"什么退休……"

事有凑巧，天助好人。北方钢厂厂长正接待京沪高速铁路副总指挥白昼。京沪高铁每天的材料消耗，包括水泥、钢材、沙石、混凝土超过几亿元，所有材料供应商都把总指挥尊为座上宾，供为财神爷。王华堂和黄江龙、王家雄坐在接待室，喝着北方人爱喝的茉莉花茶，王华堂突然想起白昼这个名字自己好熟悉。天妹老家天堂湖曾流传过一个舍己救童的县长白佐的故事，他死后的坟墓造在天堂湖，他的妻子退休后就蛰居在天堂湖村，为的是守候他。白佐有一子一女，都是留学美国，每年清明节都来天堂湖扫墓祭奠他，他的女儿叫白夜，儿子就叫白昼。依年龄推算，白昼现在30多岁，和王家英年龄差不多。但30多岁的人当京沪高铁副总指挥不可能。

　　不一会儿，北方钢厂牛厂长陪着一个年轻人出来，王华堂一看那年轻人，完全是老县长白佐的架势，他认定就是白昼。中等身材，也是上身长，下身短，身子架坚实，脸上充满了聪明、睿智的灵光。王华堂暗想，好啦，我一定要认识白昼，攀上他这层关系，不愁北方钢厂厂长不撤诉。

　　"牛厂长，记得我吗？"

　　黄江龙首先迎上前拦住牛厂长。牛厂长上下打量了黄江龙，蹙着眉头想了想："嗯，记得，上海滩龙哥，谁敢不记得？！"

　　"我今天和王老板向你负荆请罪了……"

　　"负荆请罪？我没空……"

　　"牛厂长，我是王华堂，这是在下犬子王家雄……"

　　王华堂拽着王家雄到牛厂长跟前，牛厂长打量着二人，冷淡地咧着嘴说："今天我没空，我要陪白总。"

　　"没关系，我跟白总可以说是小老乡……"王华堂胸有成竹地迎问白昼，"白总，认识我吗？"

　　"啊，"白昼看着王华堂，又看着王家雄，"哎哟，好像在哪儿见过，有些年份了……"

　　"好记性，天堂湖……"

　　"噢，华堂叔吗？"白昼眼睛一亮，紧紧地握住王华堂手，"世界怎么这么小……"

　　"我也是这么想。有没有回天堂湖？"

　　"回，每年都回一次，我姐也回，连她那个老外丈夫都回。天堂湖，真是一个美丽的地方，我老了，退休了，可能也要到那儿隐居！"

"你年富力强，风华正茂，离退休时间还长着呢！"

"是的，是的，先要把身心献给国家，干上几件有价值的事。怎么这么巧，我们会在这儿见面？"

"说来话长，犬子家雄，家雄，过来见过哥哥……"

"哥哥……"

"喔，好一表人才！"白昼跟王家雄握手，"我怎么一见就喜欢你，在哪儿做事？"

"在父亲旗下，自己搞了一个钢材公司。"

"我知道，你们是来要货的。这个牛厂长可牛了，当心他刁难你们！"

"你这跟他们一握手，我还敢刁难呀！"牛厂长说。

"呃，牛厂长，今天我不走了，你要赶我走我也不走，旅馆费、伙食费我自己出，我要跟我爸我妈第二故乡的人叙叙旧。"

"这是我们北方钢厂的荣幸……你说，喝什么？怎么喝？"

"你看你看，还没上桌就说喝。"

"哈哈哈……"众人哄堂大笑。

那一席酒，喝得天昏地暗，首先是白昼高兴，大家都尽力奉陪。按牛厂长的话说，机会难得，能请得动京沪高铁副总指挥，而且是分管材料采购的。据说白昼难请，难于上西天请释迦牟尼，他的廉洁奉公是上下知名的。那天一开始，白昼先说对天堂湖的美好印象，随后一一打听天堂湖他熟悉的乡亲。他去过天妹家，知道天妹嫁给王华堂，和王华堂见过三次面。他记忆力极好，记得当年王华堂的形象，说他像鲁迅笔下描写的闰土，那么憨厚、朴实，长得跟山上一根木头一样，壮实且粗陋。他感叹王华堂的命运变化。他喝多了开始出言不逊了，说他要找那个写《男人的另面》的作者算账，那个作家以他父亲为原型写了男人的另面，诋毁歪曲他爸爸的光辉形象。王华堂记得有这件事，县里是有一个作者以他的父亲为原型写了小说《男人的另面》，但是他没有看过。牛厂长见白昼有些失态，连忙扭转话题，只见牛厂长装出醉态十足的样子，轰地捶了一下酒桌，杯盘跳跃，汤羹瓢泼，厉声喝道："王华堂，你要我撤诉，可是，我说过，我要是告不倒你鑫雄这个小公司，我要从全上海人的屁股底下爬过去的。"

"那怎么能要你爬呢，要爬也是我去爬。"黄江龙站起来说。

"你龙哥算什么，你再能耐也不过是条混江龙，要爬就得王华堂爬，那才有戏，头版头条，哈哈哈……"牛厂长说着又喝下一杯。

"那怎么行，错误是我犯的，要爬我去爬！"王家雄站起来掷地有声地说。

"有种，有大家风度。"牛厂长伸拇指，"做人要能屈能伸，孩子，你有前途。这样吧，我老牛是个不认输的人，我就以酒代罚吧，你们当中谁能喝下这30杯白酒，小杯的哇，这一劫算过了，喝不下去，别怪我老牛来牛劲！"

30杯白酒，虽说小杯，也有两斤多，说得众人目瞪口呆，张飞拿耗子，大眼瞪小眼。

"嘿嘿，30杯，这有何难，我喝！"王华堂端起酒杯，连啜3杯。当他再端第4杯时，王家雄双手捺住他。

"爸，你不行！"

"我不行？男人不能说不行……"王华堂说着又连啜两杯。

黄江龙发现，这是王华堂第一次说带色的话。从那天王华堂骂他和周老师后，他发现王华堂变了，开始入俗和荒唐。他不知道是喜还是悲。

王华堂又连啜7杯，白昼跟跟跄跄地站起来，说："我说，说，你，牛厂长要从全上海人，屁股下爬过去，你能全爬？1800万人啊，我马上要去上海当副市长了，我今天偷着告诉你们，任命已经下来了……"

白昼的话让在场的所有人震惊。

"我代表市政府，命令你牛厂长政策放宽，就喝10杯，后20杯，用爬桌子代替……就算打扑克输了。"

"好！"众人鼓掌欢迎。

"谁爬，谁爬？"牛厂长问。

"当然我爬了……"王华堂也开始口齿不清了。

"不，爸，我爬！"

王家雄掀起桌布，跪了下去，绕酒桌爬起来，众人给他掀桌布，餐厅几个服务小姐抿着嘴笑，众人吆喝着。

"好，好，好……加油、加油、加油……"

王家雄爬了一圈站起来，脸红耳赤，气喘吁吁。牛厂长走到王华堂身边，拍着王华堂肩膀说："王老板，你有福气，有这么一个能屈能伸的儿子，你的事业一定会兴旺发达。"

"牛厂长，你过奖了，刚出山就犯这么大的低级错误，谈何前途啊！"

"年轻人啊，谁没失败过？就说像我，还不是摸打滚爬出来的，犯错要尽早，年轻时你的教训越惨痛，日后就会越少犯错。但是，人生仕途，明枪易躲，暗箭难防。"

"这话用意匪浅啊！"

王华堂试探牛厂长，牛厂长告诉他一个秘密：空头转账支票开出后，他接到一个神秘电话，是从上海打来的，用的是电话亭电话，说鑫雄户头没有钱，开的是空头支票。牛厂长告诉王华堂，底下人要看好、管好，堡垒最容易从内部攻破。

回上海后，王华堂立即组织人调查，果然是鑫雄公司一个部门经理，因工作拖拉，受到王家雄几次批评，怀恨在心，寻机报复。王华堂和王家雄立即把这个部门经理开除，杀一儆百，总算找出了这桩公案的原因。

去北方钢厂前，王华堂决定撤销鑫雄公司，让王家雄回到自己身边工作。北方钢厂之行后，他改变了主意，不但原谅了王家雄，而且决定培养家雄，把华鑫的重担让给王家雄承担。一是他看到了王家雄能屈能伸的气度，这在他这样的年纪，从小是在陆根宝贵族式培养教育之下成长起来的80后的年轻人，一般很难受此委屈。既然他能受得，说明贵族式教育并没有改变他身上能忍辱负重的农民血统，具有好汉不吃眼前亏、甘受胯下之辱的农民式的狡猾。二是他看到白昼对王家雄的喜欢和赏识，而白昼马上就要走马上任上海市副市长，这是最大的最可贵的人脉资源，这对于华鑫今后的发展很重要。看得出白昼也是一种性情中的人，前途无量的白昼当然不能和他这样农民出身的古板的老板经常打交道，而可以和王家雄这样受过贵族式教育的年轻人打交道。有白昼这条线，不愁王家雄走不通，走不好。

回上海后，他把这层意思和盘托出跟周老师和黄江龙商量，两人迟疑不决，犹豫再三，他们并不看好王家雄，而看好王家英。但王华堂坚持，他们也不好反对到底，说让王家雄试试，试半年一年再定。他们三人依然做看守内阁。王华堂也同意了他俩的意见。

王华堂找大儿子王家英商量。王家英说，现在人类已经进入科技突破的第四波，这一次以纳米技术为核心并与信息技术、生物技术相互融合与渗透，对社会和经济发展会产生陀螺效应。他的智能纳米材料攻关正处在关键阶段。智能纳米材料的成功，会给世界材料科学带来一场革命，它的价值和意义不亚于两弹一星、"嫦娥"登月，它还会给国家带来无法比拟的经济效益。再说，他这个人天生注定是搞科研的料，做不了公司老板和经理，而且市政府将推选他当上海材料研究院院长，他更适合当院长，华鑫的事让弟弟做，他没有意见。

王华堂迅速任命王家雄为华鑫集团副总裁、董事局副主席，他自己乃任董事局主席，当然周老师、黄江龙还留任董事职位。王家雄的任命在集团上下、在上海滩发生了强烈的反响。这一举措，得到了新上任的上海市副市长白昼的赞扬和赏识。但这一举措，却使副总裁周孔廉满心里充满疙瘩。他开始觉得这个家族企业容不下他。他得准备离开。

白昼对王家雄的支持不是建立在权力的利用上，王家雄对白昼的敬重也不是建立在行贿回报上。他们像一对真挚的朋友，又像亲密的兄弟。王家雄从白昼那里获得比别人先知一步的信息，使他能很好地把握宏观经济形势，这就足够他获得竞争的优势；而白昼能从王家雄那里获得第一手经济动态和企业家心理状态，辅助他做出正确判断和决策。

华鑫集团力压群雄，以巨额标的，争得了浦东新城的综合开发权，斥资400多亿，三年时间，打造中国、亚洲乃至世界规模最大的单项房地产开发项目。单这个项目为华鑫集团赚下近200亿元。

后来白昼调任江苏省委书记，王家雄带华鑫钢贸杀向江苏。江苏是民营钢铁企业集中度最大的省份。以从事钢材贸易起家的华鑫集团，在世界金融危机爆发，钢材市场继续震荡的情况下，内部产生两种不同意见。一种意见是"继续干"，因为是老本行，放弃可惜；一种意见是"关停转"，早放弃，早主动。三个老人也有两种意见，周老师赞同"继续干"，黄江龙支持"关停转"，王华堂犹豫不决。王家雄想放弃，但又考虑这是起家行业，不但放弃了广大员工熟悉一个行业，而且也伤了所有来上海闯荡的焦岭老乡的心。集团内部，副总裁周孔廉反对最强烈，他说如果华鑫放弃钢贸业务，他就退出华鑫自己另立门户继续钢贸业务。因这事，王家雄登门请教白昼。白昼表示，目前全国共有钢材经销企业20万家，一定规模的钢材市场千家以上，钢材贸易服务业需要一个提升集中度的过程。据悉，上海正在宝山打造钢贸集聚平台，这要比你父亲开发的亦仙钢贸市场等大得多，强得多，会成为中国钢材价格指数发布、钢材交易及服务的主要中心之一。

钢材流通领域集中度过低，在这样的产业格局中，遇到经济增速较快，投资增长持续，市场行情渐进上升的情况，钢贸服务企业不论大小强弱，均可在经济增长、市场扩大和行业发展中获益。然而当经济和投资增长受到不确定因素干扰时，钢材市场行情和价格就有较大的起落，会对各类钢贸企业带来风险。

据宝山区政府人士介绍，全国钢材交易量的 1/5 是在上海完成的，上海市把宝山地区发展成中国钢铁价格指数的权威发布中心和钢铁交易平台，同时也成为中国钢铁金融服务的高地和钢铁文化及会展的重要展示平台，为全国钢铁产业链上的各类企业服务。

目前上海宝山地区有钢铁服务企业 2800 多家、钢材配送中心 86 家，还有 45 家大型钢材仓库、14 家大型钢材交易市场和 7 家钢铁电子交易。而华鑫集团在全上海只有钢材配送中心 10 家、大型钢材仓库 8 家、大型钢材交易市场 2 家，电子交易网没有。以这样的阵势不可能取得钢材市场的话语权和定价权。

"我下决心退！"王家雄对白昼说。

"这不是我替你决策的啊！"

"你看退哪儿好？"

"退，当然往高处退，才能居高临下。"

"我知道。"

"改革开放 30 年间，中国经济高速增长，GDP 年均增长率为 9.8%，中国经济还将有高增长期，我们进入了实现中华民族伟大复兴的新 30 年。家雄，你要好好干，大有前途，大有作为！"白昼说。

王家雄的胸有成竹和信心来自白昼对他的鼓励，而具体策略措施却是来自陆根宝的教导。

陆根宝在狱中研究认为，全球经济危机的影响尚未散去，世界各国在努力治理危机的同时，也都在致力于寻找新的科技创新，并寻找在此基础上展开大规模的创业活动的机制，以求在下一轮新的增长中占据更为有利的位置。中国在此次危机中表现抢眼，但是总体来说，拉动经济复苏的仍然是传统产业。因此，加快科技创新，培育新兴战略产业仍将是今后一个很长时间内国家战略的重要内容。而要实现这一战略，仅靠国家投资是不够的，更需要发挥包括民间资本在内的各种资本方式。在国外有关机构的研究中，其最为突出的功能就在于发现经济发展中的战略机会。由此，可以说，中国经济发展需要 PE。

所谓 PE（Private Equity），在我国通常称为私募股权投资。从投资方式角度看，是指通过私募形式投资于非上市股权，或者上市公司非公开交易股权。PE的资金来源，既可以向社会不特定公众募集，也可以采取非公开发行方式，向有风险辨别和承受能力的机构或个人募集资金。曾有人将PE的本质形容为，"富人过剩的资本和聪明人过剩的智力结合在一起的产物"。①

陆根宝说，我国发展PE正是时候。我们需要有这样一批积极的投资者奔走于世界，去寻找好的代表未来的产业，去寻找科技和产业结合的方式和机制，从而使我国在未来获得一个长期可持续发展的科技基础。

王家雄决定做PE的实践者和推动者。

王家雄向华鑫集团董事局提出，趁着现在钢材市场在调整重组机会，卖掉华鑫集团下属的10家钢材配送中心、8家钢材仓库、2家大型钢材交易市场的全部钢材贸易资产，用所得资金组建股权投资机构——华鑫创投。

董事局所有成员沉默了，这个建议不仅太突然，而且太激烈。谁都知道，钢材贸易是华鑫集团的起家业务，而且至今开展得有声有色，虽说后来集团的主要收入来自房地产，但抛弃这主流业务，会给集团造成什么影响谁也说不清。再说搞风险投资，谁能熟练驾驭，谁敢担当风险，都是未知数。但是这个建议又是未来华鑫集团掌门人想出，他刚上任，难道能给他当头泼冷水？所以，沉默、一言不发就是除了王华堂外众人的最好表示方式。

王家雄也沉默，他知道过多的解释没有用，人的认识不能90°转弯的，他也想从这样的局面中，看看谁能支持他，谁是他今后能推心置腹的合作伙伴。

大家把目光聚焦在王华堂身上。王华堂对每个人的心思心知肚明，他已经酝酿很久了，但他不说出。他让周孔廉先说。

"孔廉，你说说，你自来华鑫之后，一直主管这块业务。"

"我的看法其实大家都知道了，我从不隐瞒自己的观点。我反对出卖钢贸这块资源，我说的不是业务，而是资源，华鑫的珍贵的资源。如果少东家坚持要卖，我也没办法，最后还是听华堂大哥。"

"我支持家雄，我同意出卖钢贸转搞创投。这是求新、创新、先走一步。可能会失败，最坏结果再掉几十亿，几十亿华鑫还是输得起的！"

"华堂大哥，这样吧，我跟你做钢贸少说也有30多年了，我对这块有感

---

① 关于PE的资料引自《中国经济导报》2009年11月19日的《PE的中国猜想》一文，作者潘晓娟。

情。我想办法筹集资金，你把这块让给我。省得焦岭的子孙几十年后问，焦岭人靠钢贸起家，怎么到了我们这一代，钢贸一点踪影都没有，他们找资料，会说原来是那个钢材大王王华堂把它卖掉了，你说能留下这个遗憾吗？"

"孔廉，我也拿我师傅老方那句话套过来，孔廉你长进了，你说的完全有道理，你想办法筹资，我们全套转给你，你也该分灶吃饭了。"

"大哥，这是你同意的，董事会上定的，你可不能说我背叛你。"

"嘿，背叛谈不上，反正你抱过我老婆总有吧？既往不咎！"

"哈哈哈……"众人大笑。

一场严峻的决策在谈笑中决定了。

"如果资金一时不能到位，先让孔廉欠着。家雄，你同意吗？"王华堂表现出特别的宽容。

"同意，按老爸说的办！孔廉叔，我们一起做转让方案。"王家雄说。

周老师和黄江龙暗暗佩服王华堂为人处世的方法。

转让钢贸业务顺利交接，在狱中的陆根宝指导下，由王家雄出面，动员了在上海的许多富二代精英加入，华鑫创投集中了许多资金和优秀的管理人才，取得令人意想不到的业绩。

华鑫创投投资领域包括太阳能、风能、新材料、软件、人工智能、生物制药、基因工程，都是国家鼓励发展的新兴产业，它推进了上海工业结构调整，同时也给华鑫集团带来新的利润来源。

陆根宝说中国现在每年新建的房屋面积占到世界总量的50%，其中不少是城市豪宅和别墅。在世界金融危机之后，国家投入了4万亿刺激内需，其中有不少的资金流入了股市和楼市，楼市价格一度上扬，又刺激了房地产商拿地建房。但是国家注重民生政策，又投资建设了许多普通商品房和廉租房，住宅的刚性需要、投资需求，还有恐慌需求，都得到了平抑和满足。当投资者大量抛售手中的房产，房地产危机一触即发。王家雄征求了白昼意见，白昼认为陆根宝的分析不无道理。王家雄把陆、白两人意见向董事会转达，要求退出房地产市场。这回王华堂没有听他的，周老师和黄江龙也没支持他。华鑫集团依然大量投资房地产，而且都是打造城市豪宅和乡间别墅。当房地产呈现不景气现象时，华鑫集团已无法抽身，又损失了几十亿。

王华堂觉得，自己无法把握华鑫这艘大船了，他决定彻底退出华鑫，过起隐居生活。但是谁也没想到王家雄说什么也不愿意接手华鑫集团第一把手工作。白昼后调任中央重要部门。在白昼的影响下，王家雄对国家的政治改革感兴趣，他认为，对中国来说，经济建设、社会发展做得再好，如果没有政治改革的配套，还不是对世界文明的卓越贡献。使政治制度化，进而形成政治秩序的不二法门，形成特色的社会主义政治制度，才能彻底改变人治的旧窠，走出"历史三峡"。

　　王华堂不明白也想不通，为什么如日中天的事业他不干，而偏偏去考虑政治问题。

　　恰在此时，陆根宝得到了减刑，提前出狱，当了华鑫集团的财务总监。在陆根宝的运筹下，华鑫创投项项成功，笔笔生利。面对像黄浦江水滚滚而来的财源，一度不明白、想不通的王华堂，深深地叹了一口气，自愧不如。这是后话。

十六、人生祸患高调始

陆根宝出事后,王家雄和朱银娣坚持每个月去探狱一次。这使陆根宝十分感动,他从他们两人身上发现了人间真情,一个是自己结发的妻子,一个是自己倾心培养的不是亲儿子胜过亲儿子的干儿子。王家雄起先只是同情怜悯,后来他逐渐地了解陆根宝犯罪的历程,开始注意收集的资料,进行分析研究。他发现陆根宝走上贪污、受贿犯罪之路是始于他的高谈阔论、忘乎所以。也许这就是性格决定命运的佐证。

陆根宝挂在嘴边的故事有三:一是他赴日本竞选"世界十大杰出青年"的成功;二是他的平凡出身,出生在上海南市区老城厢工人家庭的他觉得自己是从那"简陋、破旧的老屋冲了出来","搏击人生";三是他在伦敦做外汇交易员期间的光荣历史,"那是我最辉煌的时刻","10分钟,为中国银行赚了许多许多"。

一位曾经采访过陆根宝的记者说:"他机会特别好,上海发展成全了他。他不能算天才,但是他总对媒体宣传自己是天才。""他太得意了,就没有了忌讳,总是吹嘘自己的成功和才能。我觉得他的悲剧,就是一个小人物得志后肆无忌惮造成的后果,忘记了自己的真实身份。在银行系统里面工作,就是掌管钥匙的,可拿钥匙拿久了,有人误以为库房是自己的。"他这样解释陆根宝大肆索取贷款回扣和侵吞小金库的行为。

陆根宝的精明体现在他一贯的处世方式中。他其实心里不太喜欢朱银娣,但他表面上不外露,他在等待机会,也可以娶她,也可以不娶。当他为了出国需要结婚时,他就突击和朱银娣结婚,结婚时的新房还是租用老城厢一间亭子间。当他从伦敦回来,发现朱银娣因是集体工不能调往北京时,他只好屈从，暗暗叫苦。

陆根宝开始迷上花花公子的生活，开始和很多房地产商人走得很近。他在上海、北京、杭州都有别墅。虽然他是王家雄的教父，但王华堂没有和他亲密接触，王华堂在中国银行上海分行的几笔贷款均属于正常贷款，遵规守矩，没有丝毫违法。陆根宝后来发生了婚外情，正是这婚外情把他拖向泥潭深渊。荒唐的是他所结交的这个女人居然是王华堂引发的。

王华堂在50岁前，对女人还没表现什么特殊兴趣。那时他顶多有心猿意马的冲动，没有什么具体行动。50岁后，他功成名就事业如日中天，除号称上海市的钢材大王外，他的华鑫房地产与当时的华远、世茂、万达、万通、SOHO、海子当代、复地、富力、新城、今典、经纬、侨鑫、星河湾、碧桂园、裕号等房地产商并列在全国工商联地产商会名单上，王华堂也成为媒体追捧目标。但是他很低调，除媒体特别报道外，几乎没有什么人认识他，当然更没有名女人追求他。

一次，他坐飞机到昆明。那时他还没包租航空公司的私人飞机，通常是买两张头等舱机票一人坐。他不喜欢与其他旅客紧挨着，秘书浦新只能坐他后排，他说这样可以不妨碍他飞行时思考。飞行时思考问题是他的习惯，效率非常高，效果十分好。王华堂在开发北方的一个新项目时，就是在飞机上思考出一个点子，打了规划规定的一个擦边球，把地下一层提升半层高，让窗户露出地面，按比地面一层楼房便宜的价格售出，由于适应工薪族的消费水平，卖得十分火爆，刚开盘就一抢而光。单这个点子就让他额外多赚了5亿。

那天昆明的航班时间到点还没起飞，机组人员也没有发布什么消息，旅客们等得有些焦急，问空姐，空姐说正等待通知。又等了十分钟，一个空姐急匆匆走向头等舱，走到王华堂跟前，鞠个躬，轻声说："王老板，我代表机组人员和您商量一件事可以吗？"

"你说吧。"

"一个旅客家里发生了意外，她急于飞昆明，但这个航班票全卖出去了，只剩下您多买的这个座位，跟您商量一下，您能不能让出这张票？"

"她是什么人，这么派头？"

"她是一个学生，一个复旦女生，家里人出事了，她母亲在昆明自杀未遂还在抢救，我们也是出于同情……"

吴侬细语，缠缠绵绵，无法拒绝。

"学生？啊，我同意……"

5分钟后，登机门打开，一个高挑俊雅的姑娘出现在头等舱，所有的人都抬头看，都情不自禁依呀赞叹。这姑娘犹如名模，比世界小姐有过之而无不及。她冷艳骨感，目空一切，把机舱的旅客震慑住了。当那位空姐引她坐在王华堂旁边时，她惊鸿一瞥地看了王华堂一眼，似谢非谢。王华堂心想，这半生见过的女人也不少，但从没见过这样冷艳绝伦，这样骨感魅人的女性。

"婷婷，侬要谢谢王老板，是他把座位让给你的。"

空姐说，婷婷这才回头看了王华堂一眼，紧抿的嘴唇微微轻咧，两个酒窝明晰凹显，就算感谢了。王华堂微微地欠了身，回眸一瞥，她肌肤白璧无瑕，头发光泽如丝，曲线波谲云诡，纤腿如玉修长。似神、似仙、似妖？天生一个尤物！难道她要来魅惑我？空姐殷勤地走过来，这个空姐王华堂比较熟悉，在上海到昆明航班上常遇见，只不过不知道她的名字。

"王老板，要茶要咖啡？"

"茶。"

"婷婷，侬呢？"

"咖啡。"

空姐低头附耳，用上海话对婷婷说："这位王老板侬不知道？上海吓人有名的，华鑫集团董事局主席……"

"啊，"婷婷转过头，面朝王华堂莞尔一笑，"王老板，谢谢你，真的……"

她的眼睛是溢着光，还是溢着泪，王华堂不敢正视。后来，他们就搭讪起来了。

"家里出事了？"

"嗯，妈妈自杀，吃了许多安眠药……"

"能说说为什么吗？"

"因为生意上的事，我也不太懂，她搞边贸，进的货被人骗了，是假货，对方还是认识多年的朋友，她想不通。我也想不通，为什么好朋友还要骗人呢？"

"你爸呢？"

"老早就离婚了，妈妈带着我长大，她一心要培养我出人头地，没有钱，就跟朋友去做生意。"

"你爸妈是上海人?"

"我爸是上海人,我妈是福建人。"

"福建人?那我们还是老乡呢!"

"是吗?我妈是福州人,我还会讲福州话。"

"啊,难怪……"

"难怪什么?"

"你爸给你一副好身材,你妈是福州人,福州女孩子很漂亮,所以你也这么漂亮。"

"人家都这么说,我从来没有这样认为,学校推荐我参加模特大奖赛,我没去。"

"那你喜欢什么?"

"我喜欢当播音员,我现在是复旦大学节目主持人,平时嘛,就喜欢看点书。"

"啊,那是一份高尚的职业。"

"可我是学心理学专业的,当时,怕进不了复旦,我报了个冷门专业。"

"可现在不冷门。"

"是,可我喜欢搞新闻,想想挺后悔的。"

"那有什么好后悔的,再去学!"

"谈何容易。"

"北广、北大新闻学院领导我都熟悉,他们都买我开发的房子。"

"那跟我又没有关系……"

婷婷突然收起刚才的冷艳和桀骜,现出上海女人特有的娇憨和做作。

"我打个招呼就可以。"

"我才不会做第二个我妈,又上当受骗!"

婷婷故意转了转身,装作远离王华堂的样子,憨态可掬。

"哈哈哈,你很可爱,又很精明,的确,不应该这么轻信人。"

"啊,那你不帮我了?"

王华堂觉得整个谈话好像被婷婷掌握着,他觉得这女孩不可小瞧,他喜欢上了这个复旦女士。

后来,一路上谈笑风生,两个人都把婷婷妈妈自杀的事忘得一干二净。

飞机降落时,王华堂问婷婷有人接送吗,婷婷摇头,王华堂说让他送她。

王华堂的奔驰600已开到飞机的舷梯下,送婷婷下机时,那空姐目瞪口呆。婷婷告诉王华堂,那空姐是她的表姐,叫楚楚。王华堂不由得回头看了一眼,觉得这空姐十分养眼。他不由地说了一句,婷婷、楚楚,两个名字都很好记。

王华堂把婷婷送到抢救婷婷妈妈的医院,婷婷问他进不进去,王华堂为难了。婷婷说,看看老乡,师出有名。王华堂想也对,既然老乡有难,到了医院门口不上去看,有点不近人情,他就跟了上去。王华堂刚到急救室门口,婷婷已经扑在母亲身上恸哭不已,旁边没有一个亲人。王华堂一看那张苍白、消瘦、清丽的脸,跟婷婷一样冷艳漂亮。他总觉得婷婷的美来自这个福州人的妈妈。福州女人与上海女人大不相同,有一种说不出来的独特美。后来他带着这个问题请教了许多学者,谁也说不清楚,倒是认识了婷婷以后的陆根宝对他说,这一点,1936年郁达夫先生在一篇文章《饮食男女在福州》中说过。陆根宝是记忆天才,他能把那段文字背出来。

"因为福州人种的血统,有这种种的沿革,所以福建人的面貌,和一般中原的汉族,有点两样,这一种面相,生在男人的身上,倒也不觉得特别;但一生在女人的身上,高突部为嫩白的皮肉所调和,看起来却个个都是线条刻画分明,像是希腊古代的雕塑人形了。福州女子的另一特点,是在她们的皮色的细白,生长在深闺中的官家小姐,不见天日,白腻原也应该;最奇怪的,却是那些住在城外的工农佣妇,也一例地有着那种嫩白微红,像刚施过脂粉似的皮肤。大约日夕灌溉的温泉浴是一种关系,吃的闽江水,总也是一种关系。"

陆根宝背得头头是道,王华堂听得如堕五里雾中,因为他毕竟是福建闽东北山区人,而不是省会福州人。

王华堂到护士值班室了解了情况,护士说婷婷妈妈在这里举目无亲,怪可怜的,医院已尽力抢救了,至今她们一分钱也没交。王华堂交代昆明公司来接的人负责付款,全部费用记在他个人账下,又叫秘书浦新接通市政府办公厅,与一个熟悉的副秘书长通了电话,拜托他关照。他见婷婷还在伤心恸哭,也没跟她打招呼就走。

王华堂在昆明视察自己公司办完事后,坐飞机回上海,刚好又是坐空姐楚楚的航班。楚楚向他款款走来,王华堂说:"怎么,又要我让座位?"

"不是,王老板,哪能每次都打搅您?您真厉害,您一交代,婷婷妈妈就在医院享受上宾待遇,连市政府副秘书长都来看她。"

"小菜一碟。"

"婷婷正愁怎么还您钱呢!"

"老乡,不用还了,告诉她,钱对我来说只是个数字。"

"真雷!我们整天忙忙碌碌,就是为了钱辛苦奔忙。"

"当然,不辛苦怎么能赚到钱!我刚到上海时,身上只剩18元钱,18,要发,还真发了!"

"那我什么时候也揣上18元钱,看看能不能发?"

"那要看你的运气了。"

"运气,我哪来的运气呀?"

"我们老板身上就有运气。"坐在后排的秘书浦新讨好地说。

"你别拉皮条啊!"王华堂朝背后浦新挤了挤鬼脸。

"哎哟,这皮条要拉还拉不上呢!王老板,说正经的,婷婷交代我要您的电话。"

"她知道你能要得到?"

"美女吧,还怕您不给?"

"我看你更漂亮!"

"真的?"楚楚惊讶地圆睁双眼。

"楚楚动人呗!"

"啊……"楚楚情不自禁一声长叹,那声音又喜又悲,又酸又甜,绕舱三匝,意蕴无穷。

"浦新,把那个电话给她。"

楚楚浑身微微颤抖地记下那个号码。

王华堂看着那双纤手,手指上有小窝。他顺着楚楚手臂往上看,目光抚摸过她的全身,一个比朱银娣更妖娆、更妩媚的上海女人兀立在自己眼前。依这形势,只要他伸出手,这个女人就会温情脉脉依偎进他的怀抱,他完全有这个信心。楚楚觉察到王华堂的灼灼目光,仿佛是两双手在抚摸她全身。她脸潮腮红,轻轻地对王华堂说:"我叫楚楚。"

"我知道。"

楚楚抿了抿嘴,转身时回眸一瞥,把王华堂的心深深地画了一道痕。

十七、婷婷和楚楚

一天，王华堂正在他的金茂大厦20层办公室办公时，他的那个私密电话铃响，秘书浦新放大音频，一个女声自报名叫婷婷要见王华堂老板，王华堂示意浦新接见。当王华堂走进豪华会客室时，婷婷领着她妈正走进来。

"王老板，这是我妈，她叫白淑珍。"

"坐……"徐娘半老，风韵犹存，王华堂心里说，"身体都恢复了吗？"

"都恢复了，王老板，不知怎么感谢你。"

"别客气，谁叫我们是老乡。虽说我们焦岭离福州很远，但在上海，我们就是离得很近。"

"我十分钦佩你们焦岭人，五六万人闯荡都有好归宿。"

"应该说是大部分，小部分也破产了。联合起来做强做大谈何容易，人心叵测啊！"

"是啊，我这次破产也把人看透了，好朋友骗得我倾家荡产……"

"你一个女人家闯荡商场不容易，过去了就算了，生死由命，祸福在天。"

"你也信佛？"

"我无定信，佛也信，道也信，我的子孙们，有的还信天主基督。"

"我信佛，我想是我前世造孽，今世报应。"

"这个你就不要真信了，佛的事，有些可信有些不可信，真真假假。"

"啊，我可从来没听过信佛的人说这种话。"

"要不然我怎么能发财？光信佛，不信共产党，不信改革开放，你能发财吗？"

"王老板，我要早些遇到你，早听这席话，我也不至于给人骗了。"

"这就要随缘了，这时就要信佛了，佛提倡随缘，人生不能强求。今天我们相遇相见相识，也是缘分吧！"

"阿弥陀佛……"

白淑珍虔诚地合掌，婷婷一直打量着王华堂。王华堂似有觉察，转问婷婷："你妈以后有什么打算？"

"她已经万念俱灰了，她只想出家为尼，吃斋念佛，修身养性。"

"如果是这样，我倒有一个建议，不知你们会不会采纳。"

"你说……"

婷婷迫不及待看着王华堂。王华堂对白淑珍说："我开发的一个小区内，有一个庵观我们不敢拆，至今没有修复，我给你几万元，你去主持把它修复起来，以后我每年给你些维护费，你把它管理好，打造成社区内一道景观，让修身养性的人有个好去处，怎么样？"

"哎哟哟，这是哪来的福气啊！"白淑珍一副上海女人的腔调娇滴滴地嚷起来，"王老板，我一定把它管理好，保证不亏，还会盈余。我每天烧香、祈福，保证你老人家事业兴旺，长命百岁……"

"我那么老呀？"王华堂打趣地问。

"不老不老，一点也不老，鹤发童颜，神采奕奕……"

"妈，你用词不当，鹤发童颜还是老，要用容光焕发，神采奕奕。"

"对，还是婷婷有水平，不愧是复旦女生。"王华堂兴奋地站起来，"中午我请你们吃饭，蒲新，给云中餐厅打个电话。"

"是。"浦新在外应道。

侍应生把他们领到小雅间。透过宽大的落地窗，黄浦江和世博园一览无余。王华堂请客，亲密的就固定在这间。自来上海后，他对山对岭的留恋逐渐淡泊，对江对海的眷恋日趋浓厚。他指着窗外对白淑珍、婷婷介绍外滩景观。

白淑珍兴奋地东张西望，婷婷默默地听着，突然问："王老板，听说你在外地开了许多星级宾馆，为什么在上海不开一家？"

"没有好地方，没有像建半岛酒店那样的黄金地段。那里是'世外桃源'，是西风东渐的登陆点，1846年，那里是第一块成为英租界的土地。"

"我有一个亲戚在管城市规划，可以向他咨询咨询。"

"并不是所有的人都能拿到的，况且，我们是一群农民哥，哈哈哈……"

"依你看还有什么地段才算黄金地段?"

"当然是靠着黄浦江。十六铺改造时,我曾经想过,但拿不到,那是上海黄金之中的黄金。"

白淑珍说,她刚来上海时就住在董家渡附近一个亲戚家,每天过十六铺,熙熙攘攘,人挤人,车碰车,好猥琐好庸俗。

王华堂说,刚开始做钢材生意时,给客户送货,经常穿梭十六铺,他对十六铺十分熟悉。黄浦江西岸开发的第一个目标就是十六铺。在世博会前夕,这片上海滩的发源地正在进行历史上最彻底的改造时,他曾经想要块地建一座上海滩大酒店,或者叫十六铺大酒店,以作为一个历史碑石永久纪念。

"王老板,看不出你还是一个有文化底蕴的人。"婷婷说。

"我初中还没毕业,谈不上文化,来上海久了,听得多些,搞了房地产开发,对地理、历史知识有了需要,多留点神。可能,关于上海的某些知识比你们上海人懂得还多,信不信?"

"当然信!"白淑珍嚷起来。

"我不信!"婷婷故作矜持,"你知道十六铺为啥叫十六铺吗?"

"哦,你想考我?这道题我还真能回答。反正菜没上来,我说说,看看能得几分。"

王华堂还真懂得十六铺前前后后的历史。清朝的咸丰、同治年间,为了防御太平军进攻,地方官员搞起了团练,联合上海县城厢内外的名商号,建立了一种联保联防的铺,由铺负责铺内治安,公事由铺内名商号共同承担。实际上当时只划分了16个铺。十六铺是16个铺中区域最大的,包括上海县城大东门外,西至城壕,东至黄浦江,北至小东门大街与法租界接壤,南至万裕码头街及王家码头街的广大面积。1909年,上海县实行地方自治,各铺即被取消。但由于十六铺地处上海港最热闹的黄浦江边,国内客、货运航集中于此,码头林立,客流量极大,十六铺的名称也因而顽强地使用至今。

门轻轻地敲了两下,服务生端盘上菜。

"哦,我光顾说了,来,吃菜。不知道金茂的菜合不合你们口味。"王华堂说。

"什么合不合口味,见都没见过……"白淑珍提筷夹菜。

"其实,金茂的菜不一定好吃,但这里的下午茶很好,它将香港半岛酒店下午茶复制到上海,也设置在跟香港半岛酒店相像的大堂中心……"王华堂说。

"王老板，我对酒店下午茶不感兴趣，我是说你有那么多钱，你能不能跳出传统的思路，办些新鲜时尚的事业？"婷婷边吃边问。

"新鲜时尚的事业？什么是新鲜时尚的事业？"

"我也回答不上，我会帮助你想。"

"婷婷，我跟许多人接触过谈过话，没有人对我的思路提出质疑，你是第一个，看得出你是一个有个性的人，我们集团真需要你这样的人。"

"王老板，要不婷婷毕业后到你旗下工作？"白淑珍问。

"当然可以。就怕婷婷不愿意。"王华堂说。

"王老板，你不是说推荐我去念北广、北大，怎么又忘了？"婷婷说。

"啊，对，人老了，健忘！"王华堂说。

"不，不是人老了，是贵人健忘。"白淑珍说。

"妈，这回对了，这个马屁拍准了。"婷婷说着娇羞地依偎了一下白淑珍。

"哈哈哈……"

三人开心大笑。

这一餐饭吃得十分轻松，以致结束后，王华堂居然不记得自己给她们母女俩点了什么菜。

第二天，王华堂那个私密电话又响起来，浦新通报是楚楚打来的，王华堂犹豫了好一会儿还是接了。

"你好……"

"王老板，阿拉是楚楚，你忘了？"

字正腔圆的吴侬软语，莺啼燕鸣，勾人魂魄。

"啊，记得，记得……"

"你请婷婷母女，怎么忘了我？"

"是，是，真忘了……"

"你见色轻友。要知道，我是婷婷的表姐，你能认识她，还是我介绍的。"

"我知道，婷婷说了。"

"是不是有意回避我？"

"哪里的话。"

"你不能忘记我这个搭桥牵线人。"

"什么搭桥牵线？这扯得上吗？"

"扯得上扯不上我不知道，你对她们不友好，能让她们上云中餐厅？有几个上海人进过云中餐厅？我们一年工资都搭上也不敢进它的门。"

"那好，那好，我也请你，你什么时候有空？"

"我这半个月休假，都有空，就怕你大老板没空。看你方便，你有空，叫秘书打我电话。"

"好的，浦新，记下她的电话。"

三天后，浦新通知楚楚下午到金茂酒店，老板请她喝下午茶，就她一个人。楚楚高兴得一上午神采飞扬，刻意地把自己修饰打扮了一番，早早地来金茂酒店茶餐厅那张预定的临窗的桌子。

将近等了一个钟头，王华堂没到，打了几次那个电话，电话关机。楚楚觉得她可能上当受骗，可能王老板故意放她鸽子。她问服务生为什么时间到了王老板还没来，服务生告诉她，王老板绝对讲信用，说来就会来，可能有些什么事耽误了。楚楚又拨了两次电话，还是关机，她索性狠下心来等。她想，就是等到晚餐也不能放弃这次受请的机会。好在窗外的景色，是她在飞机上无法仔细领略的，她拿了一本时尚杂志，朝着落地窗，跷起二郎腿，一边阅读，一边欣赏，一边等。

楚楚觉得王华堂请她喝下午茶比请婷婷母女吃大餐礼遇更高更盛更隆。金茂酒店下午茶不可不试，一般人难得喝成，因为其名声已经大过其内容。这是全亚洲最棒的下午茶，如果你并没有住在金茂酒店，却想要享用的话，最长可能要排上半个小时的队。王华堂当然除外。楚楚虽然没来过但听人说过，空中小姐自然不乏西餐知识。

楚楚边等边看侍者摆放得琳琅满目的下午茶。点心架置于小桌中央，三层的托盘。最出名的热乎乎的葡萄干司康，抹点儿特制的半岛果酱最相宜；杏仁蛋白酥的口感一定轻盈，一口一个都没有问题；青瓜三明治是英国下午茶点心中据说女士们的最爱，但近些年来，女士们好像对熏鲑鱼三明治情有独钟；奶油蛋糕卷也是下午茶厨师的力荐，松软的棉花，味道会让年轻点儿的女士喜悦不已；当然还有更丰富的蓝莓子挞、巧克力蛋糕、巧克力松露……楚楚看得垂涎欲滴。

楚楚边看边等似睡非睡时，有人轻轻在拍她的肩膀，她回头一看是王华堂，惊喜地跳了起来，差点没把王华堂抱住。她就是这样热情似火。她还有另一面，柔情似水，任何男人一到她怀里，多刚强都会如痴如醉地儿女情长。

"我以为你不来了！"

"我可不是骗子。今天太高兴了，耽误了一会儿。"

"什么一会儿，起码两会儿。"

"两会儿就两会儿，等下罚我。"

"什么高兴事把你乐的？"

"我们开发的房子卖得非常好，钱像黄浦江水一样涨进来，挡都挡不住。这下子，我轻松了，可以好好地玩一玩，休息休息，享受享受。"

"喂，我是旅游专业毕业的，要是不嫌弃，我可以当你的导游。"

"真的？那你好好地为我导一导，说实在，来上海这么多年，上海还没好好地玩过，全国、全世界更不用说了。"

"那么多钱放着干什么？对你来说是个数字。钱不花掉都不算自己的，对吗，王老板？"

"对，对，这是真知灼见。楚楚，你这半个月先陪陪我，我考察考察你，如果我满意，你就辞掉空姐，到我们集团当公关，我给你高薪，怎么样？"

"那我得好好考虑考虑……"

十八、丁香花园

其实，那天下午茶还没喝完，楚楚就决定辞掉空姐职位，投奔王华堂。

楚楚觉得王华堂很随和，很好相处。他不炫富，不以财压人，不颐指气使，保持着质朴和率真。王华堂对楚楚说，吃的不用你引导，我可以引导你，全上海什么好吃的我全吃过了。他起先以为，人生活的最高目标就是吃饱，所以一有钱他就想吃，就去吃。黄江龙是美食家，他带王华堂吃遍上海，王华堂也成了美食家。

王华堂喝着茶就对楚楚炫耀上海美食知识，就像对婷婷母女讲述十六铺典故一样，大摆饮食龙门阵。他近来一改过去的缄默寡言，变得爱演讲。演讲必须有听众，于是他新认识的人，便都成了他的听众。

大饼、油条、粢饭、豆浆叫四大金刚，两只大饼、一根油条、一碗豆浆，加起来才几角钱，当时是上海人最美的早餐。什么叫粢饭？糯米与粳米按一定比例配好，浸泡一夜后，放在木桶里蒸，软硬适中，清香淡味，可塑性强。上海人用二两粢饭包一根油条边走边吃是马路上一道风景。过去上海每条马路都有大饼摊，现在四大金刚各走各的道。

最能传递上海都市风情的应该是生煎馒头。与泡饭、咸菜肉丝面等食物相比，生煎馒头堪称活色生香，近来还出现了虾仁生煎、蟹粉生煎，但吃下来还是鲜肉生煎最实惠、最经典。

"乡下人到上海，上海闲话讲不来，咪西咪西炒冷饭。"加上盐，加点葱花，不停地炒，美味异常，胃口大开。炒冷饭的升级版就是蛋炒饭，蛋炒饭有金色银和银色金之分，先炒鸡蛋后倒冷饭是金色银，先炒饭后倒入鸡蛋叫银色金。广东人敢创新，一样炒冷饭，就敢在金色银色里加点香肠、虾仁、青椒、胡萝卜、番茄，甚至还有咸大马哈鱼，够有味的。其实，上海人羁旅四方，闯荡天下，最不能释怀的还是泡饭。

"楚楚，你吃过吗？"

"怎么没吃过！我爷爷奶奶天天吃泡饭，吃的时候还弄一碗酱油汤配呢！"

"要说到汤，上海人特别中意的是油豆腐线粉汤。经典做法是这样的。从南货店里买来价钱便宜的海蜒头，用纱布扎紧，扔进铁锅吊汤。油豆腐在沸水里焯过，使之发软，去掉豆腥味。线粉在水里浸泡过盛在木桶里。开市后在灶头上置一口锅，中间用铅皮分隔，汤水沸滚引诱过路人的食欲。师傅用圆锥形铁丝漏勺将线粉再烫一下，倒入碗中，另加油豆腐若干，滴几滴辣油，撒些葱花，即可上桌。"

"王老板，你这一说我流口水了。你怎么观察这么细腻哦。"

"那时，肚子饿了又没钱，两只眼紧盯着，就怕师傅少给了，还能不仔细？哈哈哈……"

楚楚觉得王华堂说话的神情就像个小孩子。

"王老板，你说的都是草根类吃食，能不能说点高档的？"

"慢慢来，我从低到高给你介绍上海老味道。红烧肉是上海人家的一等家常菜，如今，红烧肉做得出色，也成了酒家的骄傲。阿山饭店的红烧肉有口皆碑，是草根阶层的代表。和记小菜，由台湾老板经营，一款红烧肉经过改良后，以粉色的艳姿亮相，下面垫了软塌塌的京油葱白，酥而不烂，回味甜鲜，成了中产阶层的宠爱。我还在一些酒家吃到坛子肉，同样的红烧，装在紫砂小坛子里，有点藏拙的意思。园苑的红烧肉是后起之秀，据说五花肉是在油锅炒过的，肥而不腻，色泽文雅，黄汁包裹紧密，虽然边缘棱角相当清晰，却是入口便化，很符合袁枚《随园食草》里对红烧肉的期待：上口而精肉俱化为妙。"

"啊，还有理论呢！"

"我这些知识是从美食家沈嘉禄先生著作中学来的。当然，吃多了自己就有点研究。上海本帮店以前是没有红烧肉的，有的只是走油肉和走油蹄髈。在朱家角、同里、西塘等古镇，还有扣肉，红烧近乌黑，一根稻草扎一块，在铁锅里整齐排列，农家本色古镇风格。上海人还不能忘记酱汁肉，红米上色，甜味很重，北方人根本消受不起。这块肉从苏州来，在本埠扎下根，一个世纪里滋养了许多上海美食家。传说某陆姓老板开了一家熟食店，因无特色，生意平淡。一天，一衣衫褴褛浑身疥疮的流浪汉来到熟食店讨乞，陆老板收留了他，给饭吃，又给了一张草席让他睡在灶台边。第二天流浪汉不辞而别，陆老板看到流浪汉睡过的草席上留下斑斑脓迹和血迹，当即扔进灶膛烧了。谁想这一把火，将锅里的酱汁催得恰到好处，酥软适口，香气四溢。从此，小店的酱汁肉暴得大名。原来那个流浪汉是八仙中的吕洞宾。"

"哎呀，原来是吕洞宾的脓血，我快要吐了，今天千万别点酱汁肉……"楚楚一派哭笑相，逗得王华堂呵呵乐。

"英式下午茶，哪有酱汁肉？金茂酒店，你要点它也没有。好，不说肉了，说说鱼，先说黄鱼。"

"我最爱吃黄鱼。"

"红烧黄鱼、大汤黄鱼、糖醋黄鱼、暴腌黄鱼都是上海人家的寻常下饭菜。尤其是咸菜大汤黄鱼，加几片冬笋，新鲜脱美味！西藏中路上甬江状元楼里的大汤黄鱼就是响当当的招牌菜，好几位国家领导人都吃过。"

"我也喜欢喝黄鱼汤。据说爱喝汤的人有情义。"

"现在的黄鱼都是饲养的，不正宗。以后，我带你回我们闽东老家，那里有个观井洋，出产野生黄鱼，叫你吃个够。"

"加冬笋吗？"

"我们老家山上尽长竹笋，包你吃个饱。"

"啊，只是要跑那么远……"

"近的也有，思南路上有一家叫阿娘面馆，那里的黄鱼面是上海一绝，不知道现在还在不在。阿娘的黄鱼是用小黄鱼加工的，去骨熬汤，鱼肉上浆后在水里一氽，取其嫩滑。不过我不明白的是，面汤居然是红的，不是白汤。"

"那肯定加酒糟了。"

"是啊，一尝，面条的骨子还算硬扎，鱼肉嫩滑，咸菜肉丝也炒得到位，那种味道，那种口感，在上海滩是找不出第二家的。"

点了点心后，王华堂兴致勃勃地继续讲上海老味道的故事。什么菜肉馄饨、大闸蟹、白斩鸡、刀鱼、粽子、汤圆、酒酿、松糕、青果、糟田螺；还说现代大闸蟹已进入了后蟹时代，什么蟹粉豆腐、蟹粉菜胆、蟹粉蹄髈是大路货，上高档次的是蟹粉鱼翅、蟹粉鲍鱼、芙蓉蟹汁、清炒蟹粉、清炒蟹膏、蟹油炒芦笋、翡翠虾蟹、流黄蟹汁、阳澄蟹卷、阳澄扒赤蟹、蟹粉鱼盒、菊花对蟹形等；点心师傅也不甘寂寞，推出蟹粉春卷、蟹粉小笼、蟹粉酥饼、

蟹粉灌肠包……①

楚楚听着王华堂的津津乐道，觉得面对的不是一个身价百亿的老板，而是一个熟悉的朋友，不过这个朋友贪吃了点。他们之间没有约束，不用设防，他把他自己的生活乐趣向她倾诉，她愿意听他倾诉。他是多么需要宣泄，也许这就是他愿意结交她这样一位普通百姓的动机。楚楚在飞机上见过许多大款、富豪，但没有一个像王华堂这样天真无邪。一般的大款和富豪，一见面不是炫富就是挑逗，把你当作一个亲近朋友看待是极少的。楚楚曾听女友说过，一个女人对一个男人，要不把他当作父亲，要不把他当作孩子，否则，他们之间的感情不会牢靠和恒久的。面对王华堂，楚楚不知道，是该把他当作父亲好还是当作孩子好？

楚楚陷入了情感旋涡。

第二天一早，秘书浦新开着卡迪拉克到汕头路接楚楚。楚楚住在一座石库门房子里，汕头路那时还没改造。王华堂坐在后座上，楚楚打开车门时，王华堂指着破旧杂乱的弄堂对楚楚说："你还住这样的房子呀！"

"不住这儿住哪儿？我们等拆迁，一直没拆，还说要保留这石库门景观！"

"你那位没给你买房子？"

"唉，别提了，我正想离开他。"

"为什么？"

"今天不说了，晦气！我们高兴高兴，怎么样，老板今天上哪儿？"

"上哪儿由你，你不是导游吗？"

"上海你熟悉，我也熟悉，不过，我当过导游，我带你去有典故、有韵味的地方，边看边介绍……"

上海是一座有体温的城市。上海的吸引力不单在眼前的发展奇迹，更多的是来自过去的事迹。老上海的魅力是永恒的。约自1995年开始，上海即刮起一阵阵怀旧与寻旧的炙热旋风；而怀旧与寻旧的分野，张爱玲就说得最贴切不过了。

"张爱玲是谁？"

"一个旧上海女作家。"

---

① 关于上海美食资料引自《上海老味道》一书，作者沈嘉禄，上海文化出版社2007年版。

"啊……"

"30年前的上海,一个有月亮的晚上……我们也许没赶上看见30年前的月亮。年轻的人想着30年前的月亮该是铜钱大的一个红黄的湿晕,像朵云轩信笺上落了一滴泪珠,陈旧而迷糊。老年人回忆中的30年前的月亮是欢愉的,比眼前的月亮大、圆、白;然而隔着30年的辛苦路往回看,再好的月亮也不免带点凄凉。"

"怎么说得我也酸楚楚的……"

"这就是作家的厉害,他们说的故事会引起读者共鸣。新上海如缺少了风花雪月的老故事也将索然无味。于是,近年如雨后春笋般地出现怀旧场所。经过精心刻意的人工营造,并获得消费者及怀旧旅人的容忍和默许,上海滩已被重新包装成一个如时光倒流、展示旧日繁华景观并供游人置身其间,恍如大电影城般的梦幻城市,而仿古的留声机、发黄的月份牌、旧缝纫机、复制的老广告、周璇的老歌等象征昔日风情的事物,以至于无数已换成消费场所的名人故居,都成了点缀这个偌大舞台,塑造想象中的历史氛围的必然道具与场景……"

"楚楚,你真是出口成章呀!"

"哪里,这是一本书的序言,是毕业于加拿大安大略艺术学院的作家黄仁达先生写的,我看了印象特深,把它背下来了。"

"真不简单。"

"身处在这个如风景般的怀旧与寻旧的'舞台'上的访客,无论在强烈的聚光灯下还是在幽暗烛光的辉映下,仿佛都能回头掉进倒流的光阴里,各凭自身的向往与丰富的想象力,暗自挑选及'扮演'一个在旧上海摩登时代里似曾相识的角色,并在历史里恣意地神游纵走。这正是如梦工场般的老上海之所以迷人、好玩和耐人寻味的地方。"[1]

"看来,有导游没导游大不一样。你今天打算带我到哪里寻梦?"

"百乐门大舞厅、和平饭店扒房、红房子西菜馆、和平饭店老年爵士酒吧、仙炙轩白崇禧将军故居、上海老站法国式老修道院、大公馆、瑞金宾馆宋美龄故居、兴国宾馆太古洋行大班故居、丁香花园李鸿章的藏娇楼、老洋房花园餐馆、上海大亨杜月笙故居、犹太难民在上海纪念馆、蔡元培故居陈

---

[1] 关于黄仁达先生的序引自《上海逛街地图》一书,新星出版社2005年版。

列馆、孙中山故居、鲁迅纪念馆、上海博物馆、上海城市规划展示馆、世博园……"

"嗯，我想想，这些地方我听说过，还真没去过，这样吧，去丁香花园，看看李老头怎么藏娇？"

"哈，我就猜到你要去这个地方。"

"不会心有灵犀一点通吧？"

"嘻嘻嘻……"楚楚以笑代答。

华山路上，最引人注目的除了原英国洋行大班的私人豪园，即现今的兴园宾馆外，便是它隔壁的这座由张爱玲的外曾祖父李鸿章所兴建的私家花园——丁香花园。相传这位在中国近代史上颇具争论的晚清大臣李中堂，为了安顿他年轻的七姨太太，于1869年斥资在现址购买了一片近3公顷的土地，聘请了美国建筑师罗米斯设计营造。因李氏七姨太芳名丁香，故以"丁香"为园名。

"这名字多好啊，丁香，听起来就有香味……"

丁香花园的布局，体现了昔日上海中西文化共冶一炉的特色。在中西合璧式的园林中，中式庭园位于东侧，与西式花园间，横着一条蜿蜒起伏的龙墙，高约2米的龙头，正对着江南式小湖中的湖心亭，龙尾摇动处是丁香花园的正门入口处。

王华堂对龙墙很感兴趣，他边看边琢磨边问楚楚。

"我看李鸿章还是爱中华爱中国的，龙是我们的图腾，他在他最心爱的人居住的园林中设置龙，说明他玩女人时还想着国家，他不是卖国贼吧。"

"王老板，我还从来没听过有这样的解释。"

"那人家怎么解释？"

"你猜一猜？"

王华堂搔头挖耳、挤眉弄眼地想，楚楚抿着嘴笑。

"真想不出……"

"龙、女人、湖水……"

"龙、女人、湖水……"

"一出戏名。"

"啊……游龙戏凤！"

楚楚不由得双腮殷红。

占总面积约 2/3 的花园，则是由一片巨大的草坪与三幢掩映在高大香樟树与花木林中的欧陆式洋楼组成。现编为一号楼的主楼，据说就是原主人的居所。王华堂并不进去，而是围着主楼左转三圈，右转三圈，这就初步萌发了他以后置业宝庆路花园洋楼的设想。三号楼原名"望云草堂"，为藏书楼。原来喜爱抽雪茄爱听画眉唱歌的李鸿章，也是古玩的收藏家与藏书家，楼内丰富的藏书在他过世之后，由其孙子李国超在太平洋战争爆发时，全部捐献给当时在法租界内，由法国天主教会所办的震旦大学，即今复旦大学图书馆。

    "啊，那婷婷能看到这些书了……"

    王华堂情不自禁地嘟哝了一句，楚楚感到很惊讶，婷婷这么短时间就镶进了王老板脑瓜，看来不能小看自己这个表妹。

    半圆形两层高的二号楼为 1960 年兴建的新楼。近年经有关单位整修后，已租赁给港资经营的申粤酒家。室内有全览花园景色的落地大玻璃窗，粤菜水平较高，特别是午间供应的广式饭菜，成了上海人与游客的好去处。与其他色彩夺目、争妍斗艳的花园相比，丁香花园虽顶着中堂大人太太的艳名，但园内遍布的丁香、玉兰、桂花与香樟等，以黄、白为主色调的花卉安排设计，却可以让游人领略到一种与众不同的怡淡清幽的美感。

    "好地方，中午就在这里吃饭。"

    王华堂嘱咐楚楚后就一个人反背着手在宽大的草坪上徜徉。他深吸着浓香的空气，张着嘴吐故纳新。一会儿，他俯身紧盯着脚下穿的黑色意大利皮鞋，挪动脚，扶起皮鞋踩倒了的嫩绿小草，对着皮鞋思忖着。

    楚楚交代过午餐预定位子后站在远处注视着王华堂，她觉得奇怪：此刻，这个亿万富翁在玩什么把戏？他今天选择了丁香花园，难道他也有藏娇的潜意识？他藏娇，会藏谁，会不会藏婷婷？不然，当提到藏书楼时他为什么会情不自禁地说婷婷会看到那些书？婷婷是因她而认识王老板，王老板对她的帮助她一定会铭记在心，小女子无以报答，只能以身相许，这是当今司空见惯的，要攀还攀不上呢！这是千载难逢的机会，楚楚这位精明的上海女人开始设计自己的"阳谋"。

    中午，楚楚为王华堂点了上海本邦菜。冷盘：草莓扁豆、螺肉芹。热菜：荷叶无骨鸭、蟹粉蹄筋、回锅肉夹饼、蟹粉烩珍菌、茄子煲、蟹粉小笼包。

    "不知道这几样菜你喜欢不喜欢。"

    "喜欢、喜欢，你点了三样蟹粉，你就不怕重复吗？"

"我昨天听你大谈蟹粉,我想你肯定喜欢这道菜。"

"楚楚,你真是我肚子里的蛔虫……哦,对不起,我说错了,这个比喻不好。"

"王老板,我要是能当你肚子里的蛔虫,那还是我的荣幸。"

"真的?"

"真的。不知道我有没有这份福分。"

"嗯……就看你愿意不愿意。"

"愿意呀……"

楚楚大胆地盯着王华堂看,王华堂倒羞赧地脸红。

"回答呀……"楚楚追逼窘迫的王华堂。

"吃、吃……"

王华堂在饭桌上窘迫或需要转移话题时,总是拿着箸戳着菜,叫客人吃。

楚楚有点失落,她知道火候未到,她太急了。

王华堂那个私密电话响了,他站起来接电话,回避地走出房间。不一会儿,他对楚楚说,对不起,有急事,我要先走。他叫楚楚慢慢吃。

王华堂头也不回地走了,留下楚楚一个人。大老板大多如此,说来就来,说走就走。

楚楚拨拉了几箸菜,一点胃口也没有了。突然,她眼睛骨碌一转,掏出手机,拨给婷婷。手机里传出食堂的混乱嘈杂声音和婷婷声音。

"我在吃饭呢,什么事?"

"下午出来玩,我这几天休假,晚上请你吃法国大餐。"

"老姐呀,我正准备做论文,下午导师辅导,去不了!"

"那你就忍心老姐一个人孤单?"

"如果需要的话,我给你介绍一个年富力强的教授。"

"我这辈子就是嫁给教授倒了霉!"

"嘻嘻……"

"去你的!"

楚楚骂了一声关机。她心安理得了。

下午,楚楚哪儿也不去,一个人在春日的艳阳下躺在丁香花园的草地上晒太阳。对着太阳光晕,她反复思量今日的得失。她不知道是她哪儿错了引起王老板不快还是王老板真有急事。但只要不是去与婷婷母女赴约,再怎么不对她都会原谅他。做大老板的人就是这样反复无常的。一会儿晒热了，她翻身匍匐在地，眼前有一双皮鞋的踏痕，正是上午王老板徜徉的地方。她摸了摸鞋痕，下意识地伸指量了量长短，连她自己也不知道为什么要这样做。与此同时，她的一个小计谋酿成了。她一骨碌爬起来，健步如飞地离开丁香花园。

十九、步瀛斋布鞋

楚楚突然酝酿的小计谋是买一双好布鞋送给王华堂。她召了一辆的士，直奔老城厢位于方溪中路上的上海老街，跑了好几家店，才找到步瀛斋布鞋店。左挑右选，挑了一双结结实实、没有一点瑕疵的布鞋，伸指量了尺寸，正刚好，才心满意足地回家。

楚楚是在一次飞行时，看到一个头等舱客人，也是像王华堂那样的中年人，一落座，就把那双锃亮的意大利皮鞋脱下，从包里拿出一双布鞋穿上，穿上后还特意在地毯上跺了几脚，显得踏实得意。楚楚看到此情境，顿时心头一亮，仿佛看到一个洞穴，发现了里面有宝藏。她抽空和那位旅客搭讪，得知那双布鞋是步瀛斋商标。她只觉得记住这商标可能有用，现在她就决定派上用场了。

第二天上午，她给王华堂挂电话。
"你好。"
"你好。知道我是谁吗？"
"楚楚，你的声音很动人。"
"方便吗？"
"方便。"
"心情好吗？"
"为什么问这个？"
"昨天你心情不好，我不敢给你打电话。"
"你做得对，昨天几个董事和一个副总裁争吵，非得我到会协调，所以仓促走了，对不起。"

"协调好了吗?"
"协调好了,今天心情愉快,你就骚扰吧!"
"嗯哼。我想登门拜访。"
"啊,什么事?"
"没什么事,送你一样东西。"
"什么东西?"
"一样你喜欢的东西。"
"我喜欢?我还不知道自己喜欢什么呢!"
"那我培养你喜欢。"
"哦,可不要太贵呀,太贵你买不起,也浪费,我这里什么都有。"
"我知道,亿万富翁什么没有?我这件东西你一定没有。"
"那你来吧!中午,我请你吃饭。"
楚楚招了一辆的士,从汕头路直奔浦东金茂大厦。
楚楚拎着小布袋走出电梯口时,秘书浦新正等在那儿。
"今天老板心情特别好,楚楚你走运了。"
"谢谢,你从中帮忙了吧?"
"我能帮什么忙呀。"
"美言呀!"
"恐怕得请你帮我美言。"
"为什么?"
"我一直想换个岗位,外放到一个公司当个什么经理之类职务。"
"我敢说?"
"当然不是今天,以后方便时候。"
"你怎么知道我以后有方便的时候?"
"我预感。"
"精灵鬼!好,有机会我帮你!"
"谢谢!"
楚楚走进豪华接待室时,王华堂正自酌自饮名贵的武夷山大红袍。楚楚在他旁边沙发上坐下,王华堂给她酌了一小杯橙黄如金的茶水,楚楚轻轻地闻着。
"啊,好香呀,我从来没喝过这么好的茶。"

"还有比这更好的。你给我什么礼物？"王华堂指着放在楚楚脚旁边的小布袋说。

楚楚拎起小布袋，取出一个纸盒，打开盒盖，一双乌黑发亮的布鞋，浸漫在顶灯的光晕中。

"哦，真没猜到，我以为是燕窝虫草之类的补品，没想到……"王华堂爱惜地拿出布鞋，啧啧称道。

王华堂脱下皮鞋，伸脚欲穿，楚楚上前一步跪下，接住王华堂一只脚，帮他脱下皮鞋，套上布鞋。王华堂站了起来，先在地毯上来回走动，后开始小幅度地手舞足蹈。楚楚从没见过一个亿万富翁的天真相，她乐开怀。

"好、好、好，舒服，舒服，舒服……你怎么想起给我买这个，又便宜又实惠。崭，老举！"最后一句王华堂改用上海腔调说。

"一个身价百亿的老板，居然被一双几十元钱的布鞋收买了。"

"这就是上海女人的精明、厉害。"

"说精明可以，什么叫厉害？"

"厉害就是精明的延伸。有一个男人对我说，上海是具有少妇气质的城市，汇集了千万个成熟、时尚、通世故、懂人情、知情知趣而又清醒独立的都会女性，当心别碰上这样的上海女人。"

"那我得走了……"

"别……"

楚楚装作要离开的姿势，王华堂一把把她拉住。王华堂粗大多肉的厚手，握住楚楚的浑圆的胳膊，一股强烈的潮热瞬间就从楚楚的手臂传至她胸部、腹部。王华堂定定地看着楚楚，楚楚目光含泪，桃腮嫣红，那雪白的肌肤，优雅的脸庞，流畅的体形，隐约的肉香，都使王华堂心跳狂乱。朝思暮想的典型的上海女人就在眼前，她比朱银娣有知识、有情趣，心更细、意更绵。王华堂想这是上天对他的赏赐和酬答，是上海对他的厚赠和宠爱，他要大胆接受这份厚礼。这辈子的人生，最幸福最快乐的时刻到来了。王华堂把楚楚拉向自己。楚楚看着接待室的门，门紧闭着。王华堂从背后搂住楚楚的腰，在她腮帮上印一个吻。他一直想在朱银娣腮上印个吻，但始终没有机会。

楚楚转过身，把嘴唇贴上王华堂的嘴唇，他们站着狂吻。

王华堂把楚楚凌空抱起，走向沙发。就像他当年在家乡山上烧炭，抱着一截木材走进炭窑那样轻松……

后来，他们依偎在沙发上，王华堂倦乏地倾听楚楚的诉说。

楚楚的丈夫是一位大学讲师，年轻、风流、倜傥，她在众多的追求者中看中他，是因为他的儒雅帅气。他的收入也不菲，但结婚时没有买新房，就在学校分配的一套教师临时宿舍居住。他当时急于跟楚楚结婚是迫于父母之命。婚后才知道，他是一位"同志"。她的丈夫并不在意这段婚姻，而是我行我素。最后，他们的婚姻不可避免地走向失败。

英年青春的楚楚从此空守闺房。虽然空姐的职业和姿色引蜂招蝶，在她周围不乏追求者，但第一次婚姻的失败，使她对男人敬而远之。一朝被蛇咬，十年怕井绳，她生怕再碰上一个有怪癖的男人。

楚楚说，上海同性恋的人很多，而且越来越多，不亚于美国旧金山，只是他孤陋寡闻而已。据不完全统计，起码有好几万人，很多大龄不结婚的男女，迷恋于同性恋。

"那你以后怎么办？"

"我没想过，我再不嫁人了！"

"如果碰上好男人呢？"

"好男人，哪儿找呀？"

"也是。在你没有找到好男人前做我的朋友好吗？"楚楚愕然，沉默不语。

"我没有怪癖吧。"

"讨厌……"

"我负责养你。"

"我干吗要你养，我有工作呀！"

"辞掉。整天在天上飞来飞去多辛苦。"

"那你养得起我吗？"

"你可以自力更生嘛。"

"怎么自力更生？"

"开个什么店的，比如西点店、服装店、美容店、干洗店，自己当老板。"

"哪来的本钱哦！"

"我掏！"

"讨厌……"楚楚妩媚地偎进王华堂的怀抱。

那天，楚楚走后，王华堂对浦新说："真是个天生尤物。得楚楚者得上海女人！"

"那婷婷呢？"

"婷婷……"王华堂犯怵了。

周末，婷婷神情沮丧地回到她妈的观音道观。这几天，因为考研落榜，她像掉魂似的。她默默地注视着香气缭绕中横卧的玉观音，期盼观音菩萨给她指明今后之路。横卧的观音玉佛仿佛笑了笑，动了动，对她说，她的成绩拼不过那些学业更优秀的学生，千军万马竞渡考研之河，能举旗抢滩争夺名次的人大有人在，她这个心高气傲、学识尚浅的女孩子，应心平气和，保持自矜。

白淑珍从庵堂后转出，她已是一身尼姑打扮。婷婷佩服妈妈能随遇而安，她现在做到了心平气和，保持自矜。多亏王老板。

"婷婷，别再想了，想多了没用。我们找工作去。"

"你以为找工作那么容易？"

"上次王老板说过，有什么困难找他。"

"他帮了我们这么多忙，我们好意思再开口？"

"没有什么不好意思，你不敢说我说。"

"妈……我还是想念书，读研究生。"

"也可以呀，问问王老板有没有办法，他不是说过什么北广、北大……"

白淑珍好容易拨通那个私密电话，是秘书浦新的声音。

"浦秘书，能不能跟王老板说几句话，我是白淑珍呐。"

"你等等……"不一会儿浦新回话，"白阿姨，什么事呀？"

"婷婷考研落榜的事。"

"……白阿姨，老板正开会，我瞧机会给你传达再回你的话。"

"好，谢谢了。"

不一会儿秘书浦新来电话。

"白阿姨，老板说好久没见你们二位了，中午请你们吃饭，你们到金茂饭店86楼云中餐厅等，边吃边聊。"

"好，谢谢。"白阿姨转身对婷婷说，"你看，人家王老板多热情，没忘我们！"

"还不知道人家会不会帮得上忙呢。"

"不是帮得上帮不上，有这份心意我们就知足了。这样的大老板，我们攀都攀不上。孩子，我看王老板顶喜欢你，王老板不是没女儿吗？你要是能当上他干女儿，你这一辈子就不用发愁了。"

"妈，你知道干女儿是什么概念？是个暧昧的概念。"婷婷说。

婷婷全然不知道她表姐已捷足先登了，更不知道她表姐已以她的似火热情、似水柔情把王华堂征服了。楚楚辞去了空姐职务，并与那个讲师离了婚。王华堂不仅为楚楚买了别墅，也为她父母买了公寓。此外，还给了楚楚一笔钱，开了一家美容美体馆，这就是后来上海著名的东方美容美体馆。

那一天王华堂高兴，开完会就上了金茂86楼云中餐厅。金茂酒店用餐有六大去处：九重天酒吧、天庭酒廊、粤珍轩、意庐意大利餐厅、浦劲娱乐中心和金茂俱乐部的云中餐厅。在云中餐厅不但可以品尝精致的佳肴，还可以欣赏窗外云天景色。王华堂最爱在云中餐厅大厅用餐，因为可以看见浦东机场起起落落的飞机。

12点刚过，只见云中餐厅突然寂静下来，顾客们翘首眺望，临窗而坐的王华堂愕然抬头，只见婷婷一个人正款款地穿过大厅。她一身白装，轻施粉黛，明眸皓齿，香气袭人，如一朵云，在服务生指引下飘至王华堂座位前，引得全餐厅顾客对她行注目礼。王华堂喜出望外。

"你妈呢？"

"有点事，说不来了。"

"啊，啊，婷婷，你今天真漂亮，全餐厅的人都在看着你。能跟你单独吃饭，太荣幸了。"

"恐怕应该倒过来说，王老板，能跟你单独吃饭是我的荣幸。"

"别叫我王老板了，叫我伯伯，或者叔叔。"

"当然是叔叔了。"

"好，今天叔叔给你点你最爱的上海本邦菜。你喜欢什么？"

"我？"

"当然，点最贵的。"

"最贵的不一定好吃。"

"也是……"

婷婷点了芙蓉燕窝、清炖红斑、挂炉烤鸭、酿冬笋尖、炒净蟹粉、鸡汁白菜，要了一瓶产自普罗旺斯的顶级葡萄酒。婷婷从小跟着做生意的妈妈长大，在同学中算是能喝酒的，那天她开怀痛饮。

婷婷说了自己读研的意愿，王华堂当即给他熟悉的北大新闻传播学院和北京广播电视传媒大学的有关领导打电话，对方回答口径一致，即考研招生公开透明，无法暗箱操作。王华堂骂骂咧咧，说当初要买他开发的房子时怎么仗义拍胸脯，说需要帮助尽管开口，现在还没开口就婉言拒绝！婷婷说如果为难就不要勉强。王华堂说有什么为难，再难的事都可以用钱摆平，用钱买到！这世道变了！后来又想到不应该用这些潜规则影响年轻人，就说，他说的也是气话，其实动动脑筋还是有办法的。

"婷婷，国内不行，到国外读怎么样？"

"去留学？那当然好！我们复旦每年都出去好多人，可我连想也不敢想。好多同学都去了，我羡慕死了！"

"你想去哪一个国家？"

"哪国？没想过，那只是梦，像我这样家庭……"

"不谈家庭。你想去哪一个国家？"

"去哪国都行。我是学英语的，当然是英语国家，比如美国、英国、澳大利亚……"

"去英国怎么样？"

"可以呀！"

"我有一个朋友，就是我二儿子干爹，是中国银行上海分行副行长，听说马上要升行长了，很有能力的一个人，在伦敦中国银行做过，英国他很熟悉。"

"啊，好像听过这个人，一个杰出的银行家，姓陆，叫……"

"陆根宝。"

"对，老师上课讲过他的案例，有印象。"

"他出马，肯定成。"

"是公费吗？"

"干吗要公费？我们自费。"

"自费？我家哪有办法。"

"傻瓜，费用由我出。"

"王老板，我哪能担得起……"

"不是不许叫我老板，你怎么又忘了？"

"王叔叔，那我该怎么谢你？"

"先别说谢，等事成了再说。"

婷婷心想，如果能出国留学，又有人负担费用，她真愿意奉献自己。不是常说，小女子无以报答，只能以身相许？

　　婷婷就是这样认识了陆根宝。

二十、雾伦敦、花巴黎（上）

　　王华堂通过陆根宝很快地为婷婷在伦敦政治经济学院谋取到一个攻读国际金融学硕士学位的名额。王华堂和陆根宝选取这个专业是为了今后婷婷的就业考虑。他们在传媒界没有什么关系，学金融回来容易找工作，至少可以在华鑫集团或上海中行谋个职位。婷婷说，能出国就好，学什么专业无所谓。

　　婷婷临行前提出要宴请王华堂和陆根宝两位恩人。王华堂说也好，你请客我埋单，就算给婷婷饯行，一举两得。宴会也定在金茂大厦86楼云中餐厅，不在大厅，在一个小包厢。陆根宝一进包厢，立即被婷婷的高雅和冷艳震住了。他趁婷婷母女去点菜时，偷偷地对王华堂说，他在上海这么多年，还没见过如此撼人夺目的女性。

　　"真没想到老哥还有这一手，你给我的印象还是挺正经的。"

　　"别误会，我是路见不平，拔刀相助。"

　　"英雄救美？"

　　"不是，慈善助学。"

　　"没这种助法，怕是另有图谋。"

　　"还真没有。她妈妈是我福建老乡，老乡见老乡，两眼泪汪汪，怎么会有那种心情？这个留学名额是你弄的，她要谢你，你经常出国，今后多多关照。"

　　"那自然。"

　　那一餐饭，陆根宝的眼睛始终没离开过婷婷，就连白淑珍给他敬酒，他的眼睛还是盯着婷婷。白淑珍心中暗骂：迪格上海男人好呒相。婷婷始终回避陆根宝痴迷的目光。后来，陆根宝手机响，他站起来通了一会儿话，对王华堂说真有急事，先告辞。临走时还深深地剜了婷婷一眼，好像要把她吃下去带走似的。白淑珍看着陆根宝背影对王华堂说："这个人好没相！"

"他是一个典型的上海男人，一直有型有相，今晚不知怎么了……"

"婷婷，以后出去了要注意，要提防着点。"

"妈，我心里有数。"

婷婷飞英国那天，王华堂没空去送他，只有白淑珍陪她上机场。正当婷婷办好通关手续时，机场广播叫旅客白婷婷有人找，叫她在登机口稍候。婷婷和白淑珍诧异地等着，她们以为是王华堂赶来，满心欢喜。只剩下几个旅客没登机时，只见陆根宝一身西装革履飞跑而来，他边跑边大声喊婷婷，气喘吁吁，完全失掉了平常的矜持。

"哎哟，婷婷，把我急得……"陆根宝上气不接下气。

"急什么……"婷婷说。

"我怕赶不上，唉，总算赶上了，还好机场有熟人，让我直接进来，这个机场我们有股份，我叫他们延时他们就得延时。哎呀，你怎么不告诉我什么时候走？我刚从王老板那儿知道的，我是突然想起问他来着，这么巧，来，这是我给你的零花钱，一万英镑。"

陆根宝掏出一个大信封递给婷婷。婷婷举手撩了一下头发，定定地看着陆根宝。

"陆行长，我是不会要的。"

"为什么？"

"我不会要就是不会要，不为什么。"婷婷拎起小皮箱头也不回地走向登机口。

"喂，你这人真怪，这有什么，这是我一点心意，不收白不收……"

婷婷头也不回地通过登机口，连她母亲摆手都不回头搭理。婷婷的身影消失在登机口，陆根宝还木然地站着。

"陆行长，对不起，这孩子就是这个脾气。"

"孩子的脾气是可以改变的，就看我们大人怎么教育。"

"你试试。"

"我会试。"

从那天起，陆根宝经常出差伦敦。

伦敦是他的发迹地。他感到伦敦对他来说是吉祥之地、发祥之地，而现在自己追求的梦中情人居然是由于他的帮助也去了伦敦，真是天遂人愿啊。

陆根宝一到伦敦就叫婷婷出来玩。开始，婷婷有些厌烦，对陆根宝的造访、邀游很反感，但慢慢地开始喜欢上了，有时，陆根宝有一两个月没来伦敦，她反而有些焦灼。一个人初来乍到，举目无亲，孤独而寂寞，思亲思乡情绪莫名其妙时不时涌上心头，尤其是寒冷多雾的伦敦冬天，特别需要有人亲切共处，相依相偎，互相倾诉。陆根宝看到这点，开始有计划有步骤地充填婷婷的空虚。他先陪她走遍伦敦政治经济学院各个分院，之后，依次带她到肯辛顿公园、肯辛顿宫、白金汉宫、海德公园、维多利广场、议会大厦、西敏寺、大本钟、泰晤士河、伦敦眼、伦敦塔桥、唐宁街、国家画廊、圣保罗大教堂、大英博物馆、福尔摩斯博物馆、伊顿公学、温莎博物馆、莎士比亚故居、牛津大学、剑桥大学等地参观。这些旅游景点，有的陆根宝多次去过，多是陪客人，有的他也没去过，刚好补个课。他伶牙俐齿，介绍简单扼要，一听就能记住，婷婷对他的导游天才暗自佩服。当然吃喝玩乐全部陆根宝埋单。

第二年暑期，陆根宝请了长假陪婷婷离开伦敦到外地旅游。他们花两日游了皇家一里地、圣十字宫殿、爱丁堡古堡、王子大街，又花几日游了高地、尼斯湖、温得米尔湖区、约克镇、谱丁山集市、巨石阵。这一趟下来，婷婷一改平时素面朝天的冷艳矜持，开始有说有笑，开怀释然。陆根宝深深懂得：男人怕烦，女人怕缠。而他这个典型的上海男人有的是这种坚韧不拔、死不要脸的缠精神。但是，婷婷的开怀释然，还没有达到让陆根宝可以随时染指的程度。就连很绅士的举手吻指婷婷都不让他做，更说不上搂抱接吻。她只允许陆根宝在并肩同行时，轻轻地揽着她的腰，依偎前行。至于陆根宝要给她买名牌服饰，她一概拒绝。陆根宝知道自己必须有长期作战的心理准备。

王华堂也曾去过伦敦看望婷婷，那是他访问巴黎时挤出两天时间安排的。他是第一次到伦敦，那是伦敦一年之中的多雾季节。他想起初中时，在周老师那里看到的小说《雾都孤儿》里的情景，对伦敦没什么好印象，反倒把婷婷比为雾都孤儿。本来喜出望外的婷婷被王华堂的情绪弄得索然无趣，她问王华堂："既然你不喜欢伦敦，为什么要把我弄到伦敦上学？"

"我没去过伦敦，我怎么知道伦敦是这样的。"

"要知道你不喜欢，我也不来。"

"傻孩子，你不是说过，去哪都行，只要有书读？毕业了，离开它，回自己的祖国。"

"那你不开心怎么办？"

"有开心的地方。这样，你请假几天，我带你到巴黎玩。你不是也没去过巴黎？"

"啊，太好了，我始终向往巴黎。"

于是，他们乘火车越过英吉利海峡到了巴黎。

巴黎正好在举办香奈儿高级定制时装展。王华堂说，这个机会难得，他还没有看过什么高级定制时装展。在一票难求的情况下，他通过世界最高档酒店组织，取得两张票。一进大厅，两人立即被高耸入云的拱形钢结构天窗、银灰色巨大立柱震慑住了，巴黎大皇宫被布置成有巨大谷仓的田园风光，模特从里面闲散地走出来，设计太有创意了。大厅的梯形座位上坐满了世界服装界顶级人物和巨贾富商的太太小姐们。王华堂看气氛，婷婷看服装，她对一款银灰色礼服特别感兴趣。

"那款、那款……"婷婷兴奋地指着一个消瘦骨感的华裔模特，身材长得和婷婷一个模样，着一款裸肩束胸包臀齐膝的银灰色连衣裙，把她的冷艳傲慢撼人的魅力展现无遗。

"我给你定一件。"

"什么？定一件？这是天价服装。"

"你喜欢，比什么都值钱。"

王华堂的话婷婷怎么听怎么舒服怎么顺耳，要换成陆根宝，她要怀疑地看他几眼。

香奈儿高级定制时装起价5万英镑。王华堂给婷婷定的这款是最简朴的，用了8万英镑。婷婷喜欢极了，却也心疼极了。负责给婷婷量身的香奈儿职员用英语对婷婷说："仅此一件的高级定制礼服永远站在最高端，它带给消费者的社会学意义永远不会变。经济原理在高级定制业是不起作用的，因为富豪对奢侈品的消费不受经济走势的影响，对奢侈的忠诚也不会跟着股票下跌。即使受影响出现些微下滑，一旦经济复苏，奢侈品行业也是恢复最快的。"

婷婷翻译给王华堂听，王华堂说人家的推销就是高明，还联系经济学原理，这是我们要学习的。

高级定制时装的客户主要有两种人：超级富豪的太太和娱乐界女明星。女明星张扬，可惜她们身上的华服都是从品牌那里借来的。海伦·米伦女爵士看完阿玛尼的高级定制时装秀后说,她是该品牌的"粉丝",但不会自己刷信用卡买,"我买不起,太贵了。"相比而言,职业太太们低调得多,根本没有面对媒体的愿望和动机。那个香奈儿职员说:"她们不引人注意,不想被人知道她们是谁,她们的钱从哪儿来。我就像医生,对病人的病情要守口如瓶。"

婷婷问王华堂,她既不是明星,也不是富豪太太,她属于什么?王华堂想了想说,你就属于我干女儿呗!婷婷心里想,天啊,怎么跟我妈说的一样,要当他的概念暧昧的干女儿?

王华堂这次来巴黎是"世界最高档酒店组织"上海办事处安排的,是为华鑫集团旗下大酒店加入这个组织作考察访问的。王华堂在巴黎的日程安排很紧,婷婷只好一个人游览巴黎。

据法国旅游部门统计,从中国来的游客在巴黎参观的三大重点,一是罗浮宫,二是埃菲尔铁塔,三是雨果之家。婷婷自然也不能例外。罗浮宫花了整整一天还没看完,她买了资料带回去看。埃菲尔铁塔花了半天,登上塔顶就意兴已尽。倒是雨果之家,使婷婷生出许多心动和联想。她从介绍中知道,1832年秋天,雨果租下孚日广场6号2楼,这是一层占地280平方米的豪宅。那个时节,广场上的树正纷纷掉下树叶,被贵族遗弃的孚日广场,成了浪漫主义文学家的会聚之处。雨果在孚日广场住了16年,这是他在巴黎住最长一段时间的住所。他于拿破仑三世复辟帝制的1852年被迫离开花都,之后自我放逐到布列塔尼的一个小岛上,直到18年后第二帝国覆灭,第三共和国诞生才得以荣归。1903年巴黎市政府买下这个居所,成立雨果之家供人参观,缅怀法国文学史上的这块瑰宝。人称雨果为浪漫主义之父,其实称他为法国文学之父也不夸张。不只因为他的文采和大量著作,更因为他文人的风范、悲天悯人的宽厚和以笔为苍生百姓请命的胸怀。

婷婷对雨果与女伶朱丽叶·杜埃的恋情最感兴趣。她认为那虽然是婚外情,却有始有终,是一段最美丽的情史。朱丽叶遇上雨果之后,洗净铅华,跟随他吃苦受罪,奔波流离,相伴其一生。这与她原来可以想见的安逸奢华的生活差之千里。她不求名分,不求回报,尽管她知道雨果分身在家庭、社会、文学、政治之余,能给她的其实不多。婷婷想象着,雨果自我放逐到布列尼半岛外海的英属小岛,有朱丽叶相守身旁,过着一生中罕有的宁静浪漫的岁月。而这个浪漫,从雨果笔下和画布上都看得见。

《沉思诗集》中的诗句：

唉，天鹅是黑色的，百合花想着自己犯下的罪行；
珍珠如黑夜，雪是一摊罪行的污泥。

一幅题名为《香菇》的水彩画，昏黄的色调画出乡村暮色，远处依稀看得见小教堂尖顶，一汪小水塘……画中心却平地冒着一棵巨大的香菇，香菇盖上有红色小圆点，好像童话一样可爱，香菇柄上却是个狰狞扭曲的脸孔。

另一幅题名为《蛇》的画，灰黑的底色，一条盘曲的蛇张着冒出红色火焰的大嘴，盘曲的形状则是雨果姓名的缩写 VH。

这些对立式的呈现，都是浪漫主义挑起读者、观赏者情绪的手法。婷婷的情绪也被挑弄了。她也同时构思了一幅画：枯藤、老树、鲜花。她不知道怎么也把自己想象成朱丽叶·杜埃，如果自己能像朱丽叶·杜埃陪伴着雨果半个世纪，虽然终身不能结婚，那也没有什么要紧，也会心安理得，死而无悔。①

2004 年，法国 FNAC 书店畅销榜上曾有一本小说连续上榜 28 周，成为那个年度的文学话题。婷婷到英国后看过这本书。那是青年女作家朱丝蒂娜·莱维（Justine Levy）写的《没什么要紧》。这个书名成了那个时代女性的一句口头禅，也成了人生的座右铭。婷婷也十分欣赏这句话，这与她母亲的遭遇以及她从小生活的家庭氛围有关系。

《没什么要紧》讲了一个爱情故事：女主人公路易丝深爱丈夫阿德里安，为他的仕途而堕胎。阿德里安却勾引上了她父亲的情人、超模波拉。路易丝在痛苦中依赖药物染上毒瘾，丈夫最终弃她而去和波拉结婚。路易丝在亲人和后来的男友帮助下摆脱出来，重新面对自己的生活。小说里爱情的毁灭和再生，完全是朱丝蒂娜自己的私人故事。法国当时总统萨科齐的后妻布吕尼则是超模波拉的真实原型。现实生活中，朱丝蒂娜有个名人父亲，贝尔纳·亨利莱维，法国当代文化界著名的"美男人哲学家"，专栏作家，媒体知识分子，身家过亿。朱丝蒂娜在 20 岁那年嫁给大出版商之子拉斐尔·昂托芬，这

---

① 关于巴黎旅游景点和雨果的资料引自《巴黎文学地图》一书，作者 BY 工作室，华东师范大学出版社 2007 年版。

曾是巴黎最被人津津乐道的名门联姻，但却没有持续几年。昂托芬后来爱上了布吕尼，而布吕尼当时是他父亲的情人。他们在一起生下了一个儿子，然后分手。朱丝蒂娜的小说题目，用在布吕尼身上很妥帖。对她的人生来说，确实没什么要紧，包括财富、名誉和地位，放弃和得到，从来都不沉重。婷婷认为，这样的女性应是自己仿效的榜样。

　　婷婷后来陷入了类似小说《没什么要紧》情节的感情旋涡，但对她来说，不是没什么要紧，而是人家却认为很要紧。于是她才知道中国毕竟不是法国，中国人不是法国人。

二十一、雾伦敦、花巴黎（下）

傍晚，婷婷回到里兹饭店时，王华堂和秘书浦新正在大堂等她。王华堂告诉她，今晚要离开巴黎，坐火车去南方的普罗旺斯，婷婷说巴黎还没玩够，里兹饭店还没住够，多可惜呀！王华堂说留点遗憾，以后会找机会再来，再说，将要去的地方，是很有特色的，是这次接待方特意安排的。他们匆匆收拾了行李，随陪同人员登上南下的列车。列车极尽豪华，美酒佳肴，各式点心，只是婷婷由于一天劳顿，整个夜行，她都在昏昏沉沉入睡，倒是秘书浦新，一路饕餮，到了法国南部小城阿维尼翁才停歇。他们下榻在属于世界小型最高档酒店组织（The Leading Small Hotel of the World）的米兰达酒店（La Mirahde）。这家酒店就在阿维尼翁的教皇宫外，只有 17 个房间，由 16 世纪一个贵族宅第改建而成，因为房间少，客人也少。

他们是后半夜住进米兰达酒店的，婷婷昏睡中醒来，对整个城堡似的宅第没有什么印象。早上醒来，婷婷一拉开窗帷，绿地、阳光和连绵起伏的普罗旺斯丘陵地一下映入眼帘，奇异的风光和另类的情调深深地触动了她。她披着睡衣跑出房间，跑出豪宅，沿着环绕城堡的小路奔跑起来，整个身心都浸泡在浓雾中。

早餐在有 400 多年历史的餐厅里享用的时候，餐厅中只有王华堂、婷婷和浦新三个客人，那个殷勤和善的胖厨娘感觉上就是为他们三个人服务的。煎鸡蛋，榨新鲜果汁，外面普罗旺斯的阳光投射在餐厅的器皿上，那种感觉和体验真是生命里面的精华部分。

"感觉怎么样？"王华堂问。

"我们不回去，就住这儿，玩够再走！"婷婷啜着果汁说。

"那敢情好！"浦新学了句北方话，"不过，这房租真付不起。"

"叫王老板付。"婷婷说。

"AA制！"王华堂说。

"天啊……"婷婷和浦新快晕过去。

"说实在不贵，人家做的是品牌，什么时候我们中国也得有这样的品牌。"王华堂说。

"我们华鑫集团来做。"浦新说，"老板不嫌弃，我愿意去试。"

"说得容易做起来难。我们这些农民能做好吗？"王华堂问。

"农民又怎么样？好多事都是农民做的。这普罗旺斯，我看也是农村。上海那么大，不也是农民进城建的？"浦新说。

"还是浦新有气魄，浦新长大了。"王华堂自言自语。

"长大了就让他走，别老留身边，给他副担子压压。"婷婷无意中说。

楚楚没帮他，倒是婷婷无意之中帮了他，浦新心里想，人世间的事真是阴差阳错。

"浦新，愿意到哪里？"王华堂问。

"到哪里我还真没想过。说实在，要真的离开你，心里舍不得。"浦新说着眼眶湿润了起来。

王华堂其实心里早有主意，这个直率爽朗的上海小伙子跟随他多年，吃喝拉撒全是他打发，比亲儿子还亲，应该给他谋个位置，这个位置得是放在他认为最重要的位置上。后来华鑫集团投资一家贵金属矿，浦新被派往担任矿山总经理。由于他经营出色，业绩突出，加上王华堂想念他，又被调回集团总部，担任办公室副主任兼王家管家。

那天，他们疯玩普罗旺斯。晚上，婷婷很兴奋，一连喝了好几杯普罗旺斯的顶级葡萄酒。普罗旺斯的旖旎风光和米兰达酒店的贵族气魄使她的思想穿越历史时空，回到17世纪法国沙龙文化时代，雅女和雅士们那种优雅细腻的精神恋爱的柔情像暗河的潜流冲击着婷婷的心灵堤岸，引导她向现实的柔情靠近。

王华堂听见门铃声觉得奇怪，他还没睡，正在看加入世界小型最高档酒店组织的要求和条件的材料。他觉得中国目前开这样的小型酒店条件尚未成熟，不是富人消费不起，而是富人们没有这样的品位，他们大多都是像他这样的从乡野中崛起的农民，都是经济界的陈胜、吴广，他们的境界还没有到达这块田地。时钟指在当地时间深夜12点，他从窥视孔一看，是一个变形的东方女性，再一仔细看，竟是婷婷，他立即开门让她进来后关上门。

"怎么，还没睡？"

"睡不着。"

"为什么？"

"喝多了，想你……"

王华堂给她倒了一杯依云矿泉水，让她坐下。婷婷不接也不坐，柔和的灯光，勾勒出她优美的轮廓。王华堂退着坐到沙发上，羞赧地看着她，欣赏着，满脸潮红。

婷婷向王华堂走去，坦然地把丝质睡衣脱落，赤裸地站在王华堂面前。

王华堂呼吸急促，闭目屏息，紧张思索。

他们相持着，1秒、2秒、3秒、4秒、5秒……

婷婷数到15秒，王华堂睁开眼，把脱落在地毯上的丝质睡衣拾起，从婷婷背后给她披上，声音颤抖地说："我不能祸害你……"

"为什么？"

"不为什么。"

"不喜欢我？"

"不是。"

王华堂吞下一口口水，婷婷听见那"咕嘟"一声吞咽声。镜子中看得见王华堂的喉结动了一动。

婷婷悻悻地转身向门口走去，临出门时她回眸朝王华堂笑一笑，嘴里轻轻地念叨一句："农民毕竟是农民……"

婷婷回到伦敦后，陆根宝就来伦敦开会。他约婷婷，婷婷干脆地答应，陆根宝觉得诧异，又喜出望外。他发现这次婷婷对他比过去热情，而且有些依恋。他给她买手表、服饰、时装，她都一一接受，甚至给她英镑，她都坦然笑纳。他琢磨着，是否她跟王老板去了一趟巴黎，改变了她对人生的看法？

"婷婷，这次去巴黎有收获吧！"

"什么意思？"

"没什么意思，总会跟原来有些不同的看法。"

"是，我喜欢巴黎，不喜欢伦敦。"

"哎，当初要给你联系巴黎大学就好了，巴黎索邦大学，我也有熟悉的教授。"

"那为什么不联系?"

"王老板说联系伦敦呀!"

"你就那么听王老板的?"

"这怎么说呢,王老板当时只说是一个老乡的女儿,我又不知道是你。"

"要是知道,你会给我联系巴黎吗?"

"那要看我们有什么交往,要是像现在这样,你叫我联系哪里,我就联系哪里,决无二话。"

"先读完硕士再说。"

"可以重新联系,硕博连读。"

"有必要吗?一个女孩子有必要追求那么高的学历吗?她是不是都要成为专家学者,像波伏娃、杜拉斯、萨冈那样?或者都要成为布吕尼、塞西莉亚?巴黎告诉我,一个女人不是只有一条路可走,不是只有一种生活方式可选择,世界是多样的,精彩的,但只有一件东西是人们统一追求的……"

"什么东西?"

"钱。"

"啊,你成了莎士比亚了。"

"去了巴黎以后才明白,为什么巴黎·希尔顿、琳茜·罗翰、布兰妮·斯皮尔斯,这些几乎每天24小时都穿着内衣,不卸妆、不结束派对的坏女孩如今成了女性青少年顶礼膜拜的偶像。"

"西方媒体塞给孩子们太多的沉溺性的放纵。违禁药和酒精,爱慕虚荣和故作粗俗的女名流,这些坏女生每天都会搞出一些让小报记者和'粉丝'兴奋不已的事情来。借助巴黎·希尔顿之流,'荡妇风格'也从一种遭遇唾弃的低俗文化变成了可以在T台上抛头露面的时尚,似乎粉红色超短裙、金色高跟鞋、缀满亮片的皮革低胸装、Bling Bling风格大号珠宝就是另一种改头换面的妇女解放。这也可能是一种无害的青少年宣泄,但在我们中国是行不通的。"

"为什么?"

"这些都是西方富豪后代,毕竟我们中国富人不多,炫富会被人唾骂和仇视的。"

"我感叹自己的命运,为什么我没有生在一个富有家庭。"

"这是上帝安排的,但也不排除个人的努力,像王老板和我都是经过努力奋斗成功的。我是老城厢一个普通工人家庭出身的,我现在当了银行副行长,马上要升行长了,全靠我自己努力,谁也没想到,连我自己也没有想到,就跟做梦似的。"

"你的运气好。"

"你也不差呀,你碰上王老板这样的有钱人,这就是你的运气,你的机遇,你要赶紧抓住!"

"嗯哼。"婷婷冷冷一笑。

"怎么?你不喜欢王老板,还是王老板不喜欢你?不会吧?"

"不谈这些。今晚,我想喝酒,吃海鲜,上夜总会!"

"这还不容易,过去,国内的人来伦敦出差,都是我陪。走,我们上Nobu餐厅。"

Nobu餐厅总店在纽约Tribeca区,伦敦公园店是一家分店。陆根宝当了上海中行副行长后,来伦敦出差,经常到这家餐厅用餐。这是世界上以八卦和美食双重自满的餐厅之一。1987年餐厅创办者松久信幸(Nobu Matsnhisa)在美国洛杉矶比弗利山庄开了第一家店Mutsuhis,后与罗伯特·唐尼罗结识,在纽约开了Nobu餐厅。现在全球13个城市开设了17间餐厅,伦敦公园店是其中一家。Nobu有两款私家品牌清酒,其中一款来自北雪酒造,名为"音乐清酒",品酒师认为由远洋轮船运送的清酒味道特别醇厚,原因是受到海浪起伏的震动所致。为求营造海浪的效果,北雪酒造会在存放这款清酒的特别酒窖内,连续3年播放日本作曲家喜多郎的新纪元音乐。陆根宝认为,今晚带婷婷到Nobu餐厅喝清酒、尝海鲜是最佳的选择。

陆根宝和婷婷到公园店时客人并不多,侍者给他们选了一张靠里的桌子侍候他们坐下。不一会儿,主厨照例穿着由阿玛尼特别设计的厨师工作服从厨房出来,神情羞涩地接受一下今晚来餐厅用餐的各界名流恭维的掌声。

"你不是说,在这里能经常看到明星吗?"

"那还是要看运气。Nobu还真出过许多八卦新闻。当年珍妮弗·洛佩兹刚刚和老公离婚,急急忙忙就跟本·阿弗莱克约会,在纽约的Nobu几乎在场所有人都看到他们吃着吃着就四目相对,双唇胶合。薇诺娜·瑞德和吉米·法隆也曾相聚在好莱坞的一家Nobu,在众目睽睽下互喂生鱼片和清酒。最没面子的则是休格兰特,在Nobu拿着价值30万美元的戒指,跪在地上向赫莉求婚，遭当众拒绝。

"你还懂得挺多的。"

"我是常看杂志的，很多见闻是通过报刊得到的。"

"那你知道巴黎的Espadon？"

"知道，也吃过。巴黎的Espadon在里兹饭店内，不仅以法式海鲜闻名，更以为已故的戴安娜王妃烹制了'最后晚餐'而引起无数客人的好奇心。我也是戴安娜遇难后去吃的。据说遇难当晚，戴安娜享用的是Espadon的招牌菜：普罗旺斯芦笋伴艾叶香菇炒蛋，主菜则是蝶鱼蔬菜天麸罗，其男友则要了香煎比目鱼芹菜条。这些菜式本来就是Espadon的招牌，之后的一段时间，更加成为餐厅点击率最高的品种。主厨一度迷惑不解，因为当时公布菜单的初衷只是为了配合法医对戴安娜死后胃袋中残留物的检验。"

"王老板带我吃过，可他没给我讲这些故事。"

"他懂得讲？他是一个农民。"

"你也这样认为？"

"你别看他身价百亿，他实质上还是一个农民。不过，我很尊重他，他是一个不同凡响的人。"

"那你怎么还说他是农民？"

"农民中出了很多名人、富人，也出了很多帝王。但农民毕竟是农民，他们骨子里的封建意识是很难克服的。"

婷婷很惊诧，自己的看法居然和陆根宝一致，她好像找到知音。毕竟同是上海人。

陆根宝为婷婷点了日式、泰式、法式、意式、英式名点名菜，婷婷喝了许多"音乐清酒"。当他们走出Nobu伦敦花园店时，婷婷已脑晃身摇。夜总会是不能再去了，陆根宝只好把婷婷带回自己下榻的喜来登饭店。

陆根宝扶着婷婷走进房间时，婷婷已站立不稳。陆根宝把她扶上床，帮她脱去鞋子和外衣。陆根宝细致入微地把自己冲洗一遍，然后走到床前，在婷婷半推半就的微醺中占有了她。当他在洁白床单上发现了殷红的血迹，感动地跪着向婷婷起誓：此生他将把她视为红颜知己，他将为她而活，为她而死，为她不惜献出自己的一切！醒来的婷婷表情十分复杂，但只轻轻地说了一句"这没什么要紧"就推开陆根宝下床，进洗手间沐浴。

婷婷见过许多上海男人，那是这个城市的一个群体。而上海男人又是一个长期被争议、被放大的角色，但是不会脱离它原始的小气。婷婷不相信陆根宝的誓言，认为"这没什么要紧"。她对自己的献身不后悔，献身给追她喜欢她的陆根宝又有何不可呢？

　　出乎婷婷的意料，陆根宝表现了上海男人少有的另面：血性、侠义、肝胆。也许只是为了婷婷他才这样，换了别人他会不屑一顾的。后来证明，他宁可自己入狱，也不供出他受贿财产的去向。婷婷为他在国外生了一个女儿，就是婷婷玉立，他的巨额存款，保证了婷婷母女的生活。他把一切推到卢萍萍身上，卢萍萍成了陆根宝罪孽的冤大头。陆根宝实践了为婷婷而活，为婷婷而死，为她不惜献出自己一切的诺言。这事只有王华堂知根知底。

　　上海男人中出现像陆根宝这样的男人实在是少见。权威人士分析，陆根宝出生在上海的一个普通工人家庭，他的血管流淌着产业工人的血液，这使他保留了上海男人另面中的又一个另面。

二十二、超常的构想（上）

王华堂和汶汶在鼐村流连，乐不思蜀，把要回上海参加上海气象学会专家研讨会的事忘记了。王家之星打电话来，王华堂觉得回一趟鼐村不容易，还有很多人没有给汶汶引见，很多过去的事没跟汶汶交代，他要王家之星推迟开会。王家之星说都通知了，怎么能推迟呢？王华堂说那就用网真系统开。王家之星说专家们都想见见你，当面听听你这个上海学学会名誉会长的意见。王华堂说反正我答应出钱了，见不见都无所谓。王家之星说，白昼伯伯来上海调研，说不定会来参加会议，你也让他在网真系统上见你？王华堂一听说白昼在上海调研，立即说他回去，马上就回去！他已经好长时间没见白昼了。他的后半生，有三个贵人相助，白昼、陆根宝、海峡风道长，三人之中，白昼应该说是最为重要的。

当晚，飞艇就载着这一帮人回上海。第二天一早，王华堂就让麒麟载着他和汶汶赶往白昼下榻的半岛酒店。

半岛酒店是为迎接上海世博会而开张的上海最豪华的酒店，是香港上海大酒店集团投资的，至今有近30年历史了，是王华堂最爱下榻的一家酒店。

王华堂的麒麟刚在半岛酒店大门口停下，两个门童立即上前开门。从1928年12月11日开业那天开始，半岛门童就已经站在大门两侧了。他们每天以一个标准的姿势为客人拉门约4000次。门童统一的全白制服和帽子看上去有些古板，事实上，这款式已经80多年没有更换了，已经成为半岛传统的一部分，同样成为传统的还有"半岛式微笑"。白昼在上海工作时曾说过，就冲着半岛的"门童"和"微笑"，也应该把嘉宾安排在半岛。他现在成为嘉宾，当然住半岛。

王华堂在侍应生带领下走进白昼房间时，白昼正和王家雄头碰头地翻阅推敲一份资料。白昼60多岁了，还是满头黑发，而王家雄头发已经灰白了。王华堂不由得一阵酸楚，站住了，没有打搅他们。他泪眼模糊地回忆着，汶汶悄悄站着。

王家雄在出任华鑫集团副总裁前，陆根宝通过卢萍萍关系给他介绍了一个女朋友，是一个年轻清纯，有着良好声乐天赋的女歌手，叫廖莉。王家雄十分喜欢廖莉，廖莉对王家雄也一见钟情，婚前就怀上孕。王华堂喜出望外，他日思夜想的就是王家人丁兴旺，子孙成群，好延续他的香火血脉，继承王家巨额财产。廖莉为了王家，为了家雄，决定放弃自己当歌唱家的理想，当专职太太，过相夫教子的生活。没想到，卢萍萍高官情人案爆发，廖莉受到牵连，一查，原来廖莉是卢萍萍雇用的一个充当高官职业情人的色饵。廖莉被逮捕受审，判处了三年有期徒刑。这丑闻对于王家，无疑是一个晴天霹雳、旱地惊雷，也成了上海商界笑柄。王华堂气得快要吐血。成也陆根宝，败也陆根宝。他大骂陆根宝是无赖、骗子。但不久陆根宝也锒铛入狱，王华堂只好动员王家雄离婚。起先王家雄不肯不依，他认为廖莉是无辜的，是清纯女孩子受骗，但迫于家族和社会压力，他忍痛签下了离婚协定。廖莉坦然同意，因为她实在找不出理由不离，她知道自己做了无法饶恕和原谅的错事。她只嘱咐王家雄带好这个女孩，让她长大后忘记自己的母亲。三年服刑期间，王家雄从未间断过看望廖莉，越探望廖莉越伤心，王家雄的痴情使她越发痛苦。三年刑满释放，廖莉突然消失蒸发了。后来通过内部查询得知，廖莉在亲戚帮助下出国了，先是到加拿大，后来辗转几次，最后不知行踪。王家雄无法忘记这段甜蜜的感情，无法忘记美丽、温柔多情的廖莉，他再也无心接触异性谈情说爱，升任华鑫宁集团副总裁后，一头扎进华鑫集团的繁重领导工作，一头一心一意培养女儿。一晃20多年过去了，华鑫集团日益壮大，成了全国500强企业之一，女儿也长大成人，考进中国气象大学，成了著名的气象学者，上海气象学会秘书长。而王家雄依然孑然一身，不婚不娶，成了人们关注的中心。

陆根宝和廖莉出事后，王家雄除了工作、照料女儿，所有的心思都放在探究为什么像陆根宝这样的高级领导会犯那种错误，为什么像廖莉这样清纯的女孩会走上犯罪道路。陆根宝案和高官职业情人案，在王家雄那里却成了科研攻关的课题。他买了一套旷世名典，声称那是推动人类文明进程的百部经典，他认真地阅读这套名典，吸收19世纪、20世纪人类文明的精华。他还大量阅读了古今名著，上至天文地理，下至通俗小说，后来就一头扎进书堆研究国家、阶级、政党、体制。他认为造成陆根宝犯罪、高官职业情人案的原因，一方面有个人性格、修养、道德问题，更重要的方面是我们选人用人的政治体制问题。中国在取得改革开放经济发展巨大成就后，政治文明、民主体制建设已成为重要议题。政治体制改革是一道绕不过的坎，必须花大精力、大财力，集中更多优秀人才、业界精英去研究。正在这个时候，经白昼推荐，他作为业界精英代表，被派往哈佛大学进行了一年多时间的进修。回国后，他向白昼提出要加入中国共产党。白昼说，这次让你参加国外培训，圆了你出国留学梦，不是要你回来加入共产党，而是建议你参加一个民主党派。中国共产党集中了太多的中国精英，以至于我们很难直接听到不同声音。希望其他民主党派也同样发展壮大。中共执政，民主党派参政，互相监督，互相制衡，以造成更加自由民主的氛围和更加生动活泼的政治局面。

　　王家雄听了白昼的话，辞去华鑫集团的一切职务，加入了致公党，聚精会神地开始研究中国政治体制改革问题。推进政改，一是要民主政治，保障人民的自由和权利；二是推进司法体制改革，促进社会公平正义；三是加强各方面的监督，使政府的行政运转依法进行，并置于监督之中。王家雄认为在政治制度上，暂时创新不了的时候不必强求创新，小改小革也是可以的。我们现在的政治制度适合中国国情，中国特色的社会主义制度是花了巨大代价建立巩固起来的，通过一系列逐步的改革，也许我们能做出前无古人的较大创新。

　　随着全国城镇化水平的提高和新农村建设进展，一个个崭新的社区在城镇、农村雨后春笋般冒出。王家雄认为这是一个个新的起点、一个个新的细胞，这是政治体制改革的着力点、试点和抓手。他深入城镇、农村调研，提出"社区自治、慈善支持"想法，首先在华鑫集团建造的、他在其中居住的浦东新城中试点。"社区自治"指社区在地方政府指导下，实行自治，通过民主选举产生社区管理代表，每个社区成年成员，不论党派，不论贫富，不论民族性别，不论职位高低，每人一票，推选公共管理权力机构人员，决定社区大事；社区组织经济上除了政府按标准支持外，更多的靠社区成员的慈善捐助，因为进入了富裕社会，许多公共服务设施可以由社区成员出资建设，而慈善捐助，隔断了金钱和权力的交易，避免了权力腐败。"社区自治、慈善支持"在试点中获得很好效果，取得了很多经验和教训。后来在白昼的推荐下，不但在上海普遍试行，而且推广到东南沿海经济发达地区试点，获得很大成功。

对于中国政治体制改革的整体趋势，王家雄概括了四句话：张扬民权，废除特权，约束公权，规范党权。民主选举、民主决策、民主管理和民主监督已成为制度；公民的四种权利，即知情权、表达权、参与权和监督权得到充分尊重；自我管理、自我教育、自我约束和自我服务蔚然成风；在传统的人民代表大会制度、中国共产党领导的多党合作制度、民族区域自治制度三大政治制度基础之上，又增加了基层群众的自治制度，这就变为四大政治制度。这是王家雄的研究成果。①

王华堂十分反感王家雄加入致公党，他说，没有中国共产党就没有新中国，没有中国共产党就没有改革开放，没有中国共产党就没有中华的复兴，没有中国共产党就没有王华堂的今天，你不让我儿子加入中国共产党，我自己加入，我今天就写申请，我要把我 1/3 产业交党费。王华堂说这些话，不是一时的冲动，他后来真的这么做了，他成为全中国交党费最多的一名普通党员。

因为此事，他责问过白昼。现在，他要见的就是这样一位他责问过的高层领导。

白昼和王家雄大概听见门外有声音，抬头看门口。白昼大笑起来，两人站了起来。"哇，大老板驾到，有失远迎，啊，还有一个新掌门人，欢迎欢迎！"白昼兴奋地和王华堂、汶汶握手。

"白伯伯好！叔叔好！"汶汶说。

"爸、汶汶。白叔叔说你们赶回来见他，他只得晚一天回北京。"

"记得吗？那一次在牛厂长那里，我也是见了你们两位，晚了一天回去的。那次酒喝得真多，现在想想都害怕。"白昼说。

"听说你现在还能喝。"王华堂说。

"靴蛮破，底固是厚的，哈哈哈……"白昼说了一句福州土话。

"看你这精气神，不减当年勇。中午我请客，我们再弄它几瓶。"王华

---

① 关于政治体制改革的资料引自《中国经济导报》的《政治体制改革是一道绕不过的坎》一文，作者汪玉凯。

堂说。

"中午不行,下午还得去看看社区自治情况,晚上参加之星主持的座谈会。"王家雄说,"座谈会后吃夜宵怎么样?"

"那我请客。"王华堂说。

"不,还是我请客。"王家雄说。

"那你还爬桌子吗?"白昼问。

"该爬还要爬。"王家雄说。

"哈哈哈……"

三人大笑,汶汶莫名其妙,她大概还没听过王家雄爬桌子的故事。

"呃,怎么没见白驹子?"王华堂明知故问。白驹过隙去美国是他安排的,为了避嫌。

"白驹子去美国了。"白昼说,"公司有一急事他去处理。"

"这白驹子……"王华堂说。

"我这次来上海调研,正想多听听各界人士的意见。你们两位来了正好,华堂叔是大企业家,汶汶是新近回国的海龟,十多年来,我们国家正着力建设的和谐社会还有什么问题需要探讨解决的,你们也提提意见。"

王华堂说,21世纪一二十年代中国面临的十大问题,腐败问题、贫富差距、分配不公、基层干群冲突、高房价与低收入的矛盾、诚信缺失、道德失范、政治民主改革缓慢、环境危机、人口老龄化问题,现在已经得到很好解决并取得显著成效,矛盾已不那么尖锐突出,倒是有一个问题应引起中央重视,即人口问题。青年人的婚育观、不婚族的出现和不孕潮的产生,使我们国家人口老化问题越来越严重,长此以往,国将不国。

白昼听了,与王家雄相视一笑,顿首赞同。

汶汶觉得她爷爷这个问题不是问题,她认为当青年觉得他们需要生儿育女时,他们会生育的,不必老年人担忧。她倒是觉得年轻人的社会责任感缺失是最重要的问题,追求自我存在、自我快乐、自我使命是越来越多新生代人群的世界观,使得西方价值观越来越主流化,传统价值观越来越边缘化。这是中国这个有着古老文明的国度的最大威胁和危险。

白昼说,他对汶汶所反映的问题也深感忧虑。

中午,他们四人在半岛酒店用了简餐。下午,在上海市委、市政府领导陪同下,白昼与王家雄、王华堂、汶汶一起参观访问瑞风新村。根据联合国经济社会事务部人口司发布的报告指出，到 2050 年，世界人口将由 2007 年的 67 亿增加至 92 亿，城市人口会由 33 亿增加至 64 亿，而新增加 25 亿人口将主要来自欠发达地区。上海情况也是如此。如何解决发达地区居住民和欠发达地区迁居民的和谐相处，"社区自治，慈善支持"提供了一条切实可行的解决途径。瑞风新村的特点是将不同收入阶层的人融合在一起居住的典型。

　　瑞风新村距市中心人民广场 38 千米，周边拥有国家一级公路、多条高速干道和轨道交通，形成畅通的多平面、多网络现代化交通体系。建有高档住宅、中档住宅、经济适用房和廉租房，按上海市政府制定的"高起点规划，高质量建设，高效率管理"原则建造，绿色、环保、低碳，公共设施俱全。村中心是海天湖，占地近 20 公顷，波光浩渺，湖岸密植垂柳、香樟、银杏、芙蓉等成年花木，婀娜多姿；海边是天然海水浴场，春夏秋冬均有爱好者光顾，海岸、沙滩水天一色，令人心旷神怡。海天湖心岛建成瑞风国际会议中心，四大住宅区串联而成一条商业步行街，集购物、娱乐、餐饮、休闲、商务、会展等功能于一体。科技公园占地近 8 公顷，公园内设科学名人堂、科技中心、纪念馆，展示不同国家的人文主题，不但成为孩子们学习娱乐的家园，其浓郁的科技特色和历史的氛围也让每个人沉醉其间。另外还有网球场、健身中心、航海俱乐部、垂钓中心、高尔夫球场等体育运动场所，开展以培训和体验为主体的教育项目。更重要的是这里有设备俱全的医院和高质量的幼儿园、小学，解决就医困难和父母的忧烦。全体居民不分高层、中层、低层，不分收入高低，都共享着湖光山色、人文特色、社区关怀。瑞风新村所有公共设施的维护和持续扩建全部由社区高收入居民捐资。①

　　白昼一行开车径直来到廉租房区。白昼对市领导说，不用你们安排，也不用你们跟随，市领导经常上电视，居民都认得，我只带华堂、家雄、汶汶去采访。市领导笑着说，最近王华堂也经常出镜，很多居民认得他。白昼说认得他好呀，反正让他出钱，他一出钱，我们政府就少出钱了。大家哈哈笑。王华堂说，反正我毛多，不怕拔，拔光了我成了光猪，互联网上又多一个新词。说得大家又哈哈笑。白昼说，我们华堂叔最近长进了，也懂得互联网经常出新词了。王华堂说了一句福州语："呐么两下，敢到乡下？"其他人听不懂，只有白昼懂，又哈哈大笑。

---

　　① 关于新村建设资料参考上海罗店新镇规划。

白昼敲开一户廉租房的门，迎接他的是一对年过七旬的老夫妇。老夫妇一看白昼一行模样，知道是来了领导，很客气地招呼他们在小客厅的沙发上坐下。白昼和老夫妇攀谈起来。

　　"你们是上海人还是外地人？"

　　"我们是外地人，贵州人。"

　　"啊，来上海多久了？"

　　"不到半年。我们是来看曾孙的。我们孙子、孙媳妇在这里工作。"

　　"做什么工作？"

　　"媳妇在会议中心，孙子在高尔夫球场。"

　　"他们都过得好吗？"

　　"过得好，都买了经济适用房。地方窄些，质量很好。感谢上海政府，感谢上海人民。"

　　"你孙子、孙媳妇、曾孙也是上海人民了。"

　　"他们做梦都没有想到贵州山沟沟的人也能当上海人。我孙子现在还是瑞风社区领导。"

　　"啊，怎么当上的？"

　　"民主选举呀，每人一票，高票当选。"

　　"这里有钱人不嫌弃你们这些低收入的人？"

　　"不嫌弃，这里提供了很多工作岗位，低收入人为高收入人服务，高收入人捐资搞公共设施为低收入人服务，一方尽心尽职，一方慈善为怀，互相尊重，互惠互利，何乐不为？"

　　"老先生、老太太，你们很有文采。"

　　"我们俩过去是小学教师。"

　　"难怪思路清晰，出口成章。"

　　"我儿女、我孙辈都超过我们了，他们都是大学毕业，有的还是硕士、博士，我们算什么，连学士都不是。他们遗憾的就是没留过学，因为过去我们收入低，出不起钱供他们留洋。我们这次来，就是帮助孙子、孙媳妇给曾孙做一个规划，如何筹划资金，让曾孙以后去美国留学。"

　　"那筹划成功了吗？"

　　"还缺一点，没关系，我们俩打算留下来，在社区干点力所能及的事，比如看门、补习，赚点外快，补贴曾孙。"

"好呀，老同志，不过别太累。"

"过去七十古来稀，现在七十才中年，没关系，没关系。这里有钱人都很慷慨，出手大方，赚钱不会太累。"

"谢谢你们了，我们再到其他家看看。"

"你们是领导吧？"两位老同志不停地说谢谢。

告辞了两位老同志出来后，白昼说，他本来要介绍王华堂，一想不对头，一介绍，华堂叔又要掏腰包，真不好意思。王华堂说，什么不好意思，我早记下他们的门牌号码，这个小曾孙留学美国的一切费用我出了，我只是不想让你这个领导出负面新闻，免得网络又说，老白作秀，拿大款红包做人情。王华堂话没说完，大家乐呵呵大笑。

二十三、超常的构想（下）

白昼和王华堂、王家雄、汶汶又访问了经适房、中档住房、高档住房各一户人家，大家对瑞风新村的管理都很满意。白昼又找了几个社区的人民监督员、法庭陪审员座谈，大家对政治民主、司法改革均表示认可和赞扬，但也反映了一些问题。白昼一一把问题记下，表示要组织人员继续研究探索。看看时间差不多，市领导建议找个地方吃饭。王华堂说，到阿山饭店吃本邦菜，老白怕有几年没吃了。白昼说也好，真想吃地道的上海菜。汶汶说，那有什么好吃，又是酸菜面、大肥肠！说得大家揶揄地笑王华堂。王华堂说，我给阿山饭店几万元一碗，它还做不出来，绝传了！市领导说，这时到阿山饭店怕没座位了，我们又不好亮身份求照顾，人民监督员会提意见的。王华堂说，这有何难，我来联系。王华堂朝万能手机喊要阿山饭店，对方马上回话。王华堂说给挤个座，有七个人。对方说，王老板，那就在店长办公室吧，实在没座位了。王华堂说办公室就办公室。当他们来到原上海动物园对面的阿山饭店时，果然座无虚席。白昼、市领导和王华堂、王家雄、汶汶一行，避过食客注意，走进店长办公室。两张办公桌合拢凑成的餐桌已经摆好碗筷碟勺，照例是放心让老板全权安排菜单。陆续端上桌的是火山爆发般热气腾腾酱汁横流的一盆猪手、油光发亮葱香满溢的一只葱油草鸡、碧绿生青猛火快炒的一盆新鲜上市的乡间蚕豆、粉嫩嫩香甜可口的一大碗手工松糕，还有用上海黄酒腌制的一小碟酒醉青梅。尽管屁股下坐的是办公硬凳，手里拿的碗筷也并不是什么高级货，但腹中的感觉却是爽利得可以，就连用来泡茶的热水也有着从竹壳热水瓶里倒出来的特殊的味道，仿佛回到了童年被大人带去乡下做客的感觉。阿山饭店几十年发展，硬是要保留它浓油赤酱的草根风格。

"如果你没有吃过手工做的松糕和红烧肉,那你也许就会被认为不懂得什么是真正的上海了。"

"华堂叔,好像这里只有你是上海人,老三老四的。"

白昼反唇相讥,大家乐呵呵地开心大笑。

"不过,要注意,要低热、低脂、低碳……"

"好像就你知道绿色环保,老三老四的。"

这回轮到王华堂反唇相讥,大家又乐开了怀。

晚餐后,白昼在市委、市政府领导的陪同下,与王华堂、王家雄、汶汶一起参加由王家之星主持的上海气象学会专家座谈会。当白昼一行步入会场时,与会人员热烈地鼓掌欢迎。王家之星十分激动,她挣足了面子,居然能邀请到白昼参加座谈会。她紧紧地和汶汶拥抱,表示自己的兴奋。

会议的发言是耸人听闻的,对汶汶来说是闻所未闻的。她不知道居然还有这么一个杞人忧天的专业领域,这么多人为地球的气候变化,为海平面上升,为上海的未来而忧心如焚。

"全球气温 20 世纪已经上升了 1.1～6.4 摄氏度,海平面上升 18～59 厘米。气温上升幅度超过 1.5 摄氏度,全球 20%～30% 的动植物种会面临灭绝。超过 3.5 摄氏度,40%～70% 的物种面临灭绝。

"国家海洋局监测,改革开放前 30 年,我国沿海海平面总体上升了 9 厘米,后 30 年上升比以前更快……

"2013 年开始,夏天的北极就没有冰了,格陵兰岛的阿拉斯加新航道的开通是地球的悲剧开幕。夏天的北冰洋,北极点附近是一片开阔的蔚蓝的没有冰面的海域,十分美丽,如果不怕冷,还可以下去游泳。不过,应当考虑身后的洪水滔天的灾难。格陵兰岛和南极洲的冰盖在快速融化,还有青藏高原、阿尔卑斯山,全球的冰川都在消融。如果南极那块叫 B15A 的冰山全部融化,可供应英国淡水 60 年,尼罗河奔腾 80 年。未来像华盛顿特区这样的地方,海平面可能将升高 6.3 米之多,而加利福尼亚也有可能成为一片泽国……

"海平面上升是由全球气候变暖造成的。人类的目标是把全球气温升高 2 摄氏度的可能性控制在 50% 以内,人类每年只能向大气排放 145 亿吨的二氧化碳。但目前的排放量是这个数字的两倍,这是由于发达大国同球异梦,没有认真执行阿姆斯特丹协议,只有中国政府在承诺宣言,认真执行!

"上海市情况我熟悉，政府对海平面上升已做了预案。上海境内除西南部有少数丘陵山脉外，全为坦荡低平的平原，是长江三角洲冲积平原的一部分。平均海拔高度为 4 米左右，低的地方在海拔之下。大金山为上海境内最高点，海拔 103.4 米。上海陆地地势总体呈现由东向西低微倾斜，而不是自西向东向海洋倾斜，这是更危险的。上海专家已经在考虑这个问题……"

"我是国家减灾委的。"一个专家举手，"我想打断你的话说几句。"

"说吧。"发言者回答。

"上海最危险的不是地势低，最危险的是怕遇到风暴潮，风浪起来，加上地势低洼，像 2005 年的那次风暴潮就很危险。"

"还是地势低……"与会人窃窃私语。

"因为风浪大，水位就上升。"专家继续说，"当时上海地区的黄浦江的水位就比上海市一些地区的地面还要高。风暴潮到后来风向拐变，拐到了大连，对大连造成了大伤害。后来几年，又连续发生了六次大威胁……"

王华堂多次经历过上海风暴潮，眼前仿佛出现了一幅情景：风暴潮来临，长江口风起云涌，怒潮滚滚，黄浦江、苏州河水位上升，河水漫过风浪墙、防坡堤迅速向市区漫淹，外滩公园、滨江大道、外滩万国建筑群、世博会建筑群、浦东的金茂大厦、上海环球金融中心、上海中心及周围的高层建筑都成了水中巨人。

"上海不能被水淹！"王华堂突然声嘶力竭地大喊，全场所有人为之一震，"阿拉是外地人，乡下人，阿拉热爱上海，没有上海就没有我们今天，说，大家说，怎么办，怎么救上海？"

王华堂生硬的上海腔，却博得全场喝彩。会场气氛顿时活跃起来。白昼看了看王家雄，示意让他说。王家雄也清了清嗓子，开始说，他的一言一行、一板一眼均学白昼。

"我只代表自己，提出一个设想。上海过去是个小渔村，有的人说是个小酒肆，我不能去考古论证了，反正过去上海河湖港汊，纵横交错，本来就是水田之地。第一块英租界四周就是以河为界的。1843 年开埠以后，填埋了许多河，比如延安路下的洋泾浜河，肇嘉滨路下的肇嘉河。把这些被填埋的河湖港汊重新开挖疏浚，把淀山湖的水引过来，让它们与黄浦江、苏州河、吴淞江、淀浦河、浦东的川扬河、大治河、奉贤的金江港等联通起来，构成一张水网，潮涨可进可纳，潮退可洩可排，使上海变成一座活的水城……"

王家雄还没说完，会场就喧哗骚动起来。与会人员交头接耳，众说纷纭。

"家雄，那我们家的花园洋楼怎么办？"王华堂幽默地插话。

"哈哈哈……"大家笑了，会场气氛一下子活泼起来。

王家雄曾坐着父亲的游艇"白鲸"逛遍上海江河海，巡游黄浦江、苏州河、淀山湖、沙内湖和黄浦江上游的淀浦河及浦东的水道。他在焦岭出生，在上海长大，渐渐地淡忘了山，迷上了水和江河。黄浦江经过几十年的改道后，比塞纳河更宽阔、壮美，他心里洋溢着对江河的宠爱。

"汶汶，你看你叔叔的这个构想怎么样？"白昼轻声问。

"防风暴潮我不懂，城镇规划建设在法国看多了，我觉得这是一个伟大的构想。"汶汶大声说。

人们的目光投向汶汶。

"你说说你的看法。"白昼鼓励地说。

"改革开放60年了，上海的建设都是步世界潮流后尘，有什么创新呢？这个设想是创新，把上海建成一座东方威尼斯，这个才是创新！"

"威尼斯现在快淹没了……"一个专家大声插话，"上海不能再步威尼斯后尘……"

"这不是步威尼斯后尘，这是利用水域的概念，超越威尼斯。"汶汶说，"对付风暴潮，在座的多是气象专家，我不能班门弄斧，但是说盖房子搞城市建设，我们华鑫集团还是有经验的。疏通城区河道，我们可以用新技术新材料，上海材料研究院和我们华鑫集团生产的新型智能纳米材料就可以用于大楼的地基和河道的构筑上，甚至可以把整个外滩顶起来。那不是千年不漏不腐的问题，那是万年不枯不朽。试想我们上海主城区，地上有发达的水网，地下有发达的地铁，那是一座多美的城市啊！"

会场所有的人都被汶汶的叙述吸引住。

白昼悄悄地对王华堂说，他觉得汶汶很有气魄，完全可以做他的接班人。王华堂不无得意地说他的选择绝对英明。

"老爸，说说你的看法。"王家雄说。

"我就说一句，西方的威尼斯沉下去了，东方的威尼斯立起来！"王华堂声调铿锵，全场报以热烈的掌声喝彩。

把上海修建成东方威尼斯的构想，经国务院批准后，于中华人民共和国成立100周年之际实现了。上海中心城区江河交错，水运贯通，水天相接，楼船绰约，成了世界一道新的风景线。在实施这个工程中，王华堂捐出了他全部资产的一半。他说，这批赞助款，就算他交的党费，他希望共产党能千秋万代地领导中华人民永远屹立于世界民族之林。因为他知道，只有共产党才给了他个人如此巨大的荣誉和幸福。

座谈会结束后，专家学者们把白昼团团围住，寒暄问好，他们中很多人在白昼在上海任职时就熟悉，就一同为上海的建设发展付出辛勤的汗水。白昼说，他今天以普通听众的身份出席这个座谈会，他会把座谈会的精神向中央有关部门传达。他说气候变化关系到地球的未来，关系到人类的生存和发展，归根到底是一个发展方式的问题，因此选择低碳就是选择未来。影响地球温度的因素有很多，温室气体是最紧迫的一个。温室气体的成分也有很多种，二氧化碳是最关键的一种。这个小分子，可给我们人类惹出了大麻烦……白昼幽默的讲话，博得一片笑声。

当白昼一行离开会议时，王华堂对白昼说："白领导，你这几句话好像把全场座谈会都总结了，真是有水平。"

"有水平，你还叫我白领导，再有水平我也是白领导……"

"哈哈哈……"大家哄堂大笑。

"怎么样，我请大家吃夜宵？"王家雄说。

"吃得下？阿山饭店那几样菜我还没消化。"白昼说，"我明天就要走了，这样，我们晚上看看夜上海。"

"好。"上海市领导异口同声说。

两部麒麟闻声立即驶来，停在会场门口。白昼和市领导上了第一部，上车时，白昼对汶汶招了招手，汶汶也上了第一部麒麟。王家雄、王华堂上了第二部。

麒麟行驶了几十米，伸展双翼飞翔了起来。

指挥台传来呼喊声："001、002，净空条件良好，放心飞吧！"

"知道。知道。"两车回答。

夜上海，像绿地毯撒满珍珠，镶满宝石，嵌满金条。黄浦江、苏州河，还有大大小小的河湖港汊，像金色的飘带闪烁飘动，通天塔、上海中心、上海环球中心、金茂大厦、世博中国馆、外滩、苏州河畔的万国建筑博物馆，焕发奇光异彩……

王华堂倚窗眺望，情不自禁地流下两行热泪。许久，王华堂自言自语地说："我真没想到，一个烧炭翁，一个卖铁郎，居然能陪着领导，飞翔在上海上空……我这辈子修的是什么福啊！"

"你修的是国福、党福、时代的福。"王家雄说。

"是，一点不错。这福祉我们要承传下去！家雄，你要娶妻生子，不能再孤身一人。"

"我现在思想不在这上面。"

"在哪里？"

"我想参加上海市市长竞选。"

"你疯了！"

"不是我疯了，是党的需要，也是白昼哥的意见。"

"你够出风头了。"

"这不是出风头，这是责任。"

"反正我不会让你当选的！"

"你只有一票。"

"一票怎么了？我不会发动我的熟人？"

"这我不怕，倒是那件事，你这一票至关厉害。"

"什么事？"

"你的基因计划。"

"这不关你的事！"

"爹，我劝你停止这计划。"

"为什么？"

"太不尊重人，太伤人心了！"

"嗐，都论证过了！周爷、龙爷还不比你稳重？"

"这不是稳重不稳重的问题。这是情感问题。"

"如果是情感问题，我有胜数。"

"你会后悔的！"

"我这后半生，还从没后悔过！"

突然传来白昼声音："华堂叔、家雄，我们先到中国馆看看……"

"好。"王华堂、王家雄同声回答。麒麟向世博园中国馆降落。

这座充满中华智慧，融会了自强不息、厚德载物、师法自然、和而不同四大哲学思想的红色经典建筑是最大的世博遗产。

上海世博会后，这里成为各种重大主题的展馆。现在是中国文化精品展。2030年后，中国馆重新向全国征集镇馆之宝，上海9岁天才神童高道于无，以巨椽大笔墨写的书法"师法自然"高票当选，成了新的镇馆之宝。无论是业内人士还是业外人士，无论是国内还是国外，无论是汉民族还是其他民族，一致认为这幅字是超越历代中国书法大家，超越历史，超越宇宙的神来之笔。白昼五体投地，每一次来上海，必要瞻仰观摩片刻。作者高道于无现在17岁了，但再也没有写出超越这四个字的新的撼世之作。为此，业界人士开玩笑说，这四个字是天机一露，前无古人，后无来者。"师法自然"成为压世之笔。

中国馆外，中国红颜色斗拱夜空；中国馆内，灯光明亮辉煌。可惜的是镇馆之宝"师法自然"为避免光线的照射而变质损伤，夜间不开放。白昼邀大家看其他书法作品，边看边讲述，好像自己是个讲解员。他问大家，书法美在什么地方知道吗？大家摇头。他说书法作品中蕴含着点画质地美、线条姿态美、字形组合美、神采气韵美、节奏律动美、形式丰富美、风格独特美。他还说鲁迅先生说过，"它不是诗却有诗的韵味，它不是画却有画的美感，它不是舞却有舞的节奏，它不是歌，却有歌的旋律。"他问上海市领导，十多年前，他看到日本、韩国青年和大学生写字的平均水平都比中国青少年高，就在上海推行书法教育普及，现在有没有效果显现？上海市领导说，当然有效果，不然怎么会出高道于无？现在上海青少年的书法水平一定不低于日本、韩国青少年。白昼说，中小学书法教育特别是小学书法教育是基础的基础。我刚才在车上给汶汶讲，今后你们招收公司员工，不妨也让他们写写毛笔字，讲究讲究书法。现在天天上网用键盘，听音频，以后青少年连汉字都不会写了。我记得大作家王蒙说过，书法教育的过程就是对学生进行爱国主义教育的过程。你们一定要继续抓。

王华堂跟在众人后面，悄声对王家雄说："白领导今晚发什么邪，居然带大家看书法展览。"

"他是让你看'师法自然'，意思是不自然的事不能做。"

"竞选才不自然呢！"王华堂瞪了王家雄一眼走开。

二十四、星光俱乐部

送走白昼伯伯后，汶汶接到婷婷玉立的通知，大家要在星光俱乐部开派对欢迎她。她说请的都是年轻人，其中有不少年轻的名人，有企业家、金融家、风险投资家、科学家、名演员、诗人、作家、画家、收藏家、音乐家和时尚新人。时尚新人是指卡哇伊（Kawaii）、御宅族、飞特族（Freeter）、Ipod 一代、极客（技术呆子）、乐活族（Lohas），这是形成于 21 世纪初，流行于近 20 年的新新人类群体，这些新新群体不以财富为区分标准，而是以时尚和超前为标准。他们中不乏新世纪穷人，多是像施逢春那样的青年。他们的爷辈、父辈，在改革开放前 30 年没发大财，在后 30 年只过着衣食无忧的小康生活，因为他们失去了前 30 年财富向个人集中的最佳机遇。玉立请了这么多青年，汶汶明白她的用心，她是想把她推给上海社交界，从中挑选意中人。但是，至今能占据汶汶心底的还只有两个人，一是年轻的施逢春，一是成熟的让·儒勒尔。

星光俱乐部附属于蓝磨坊。蓝磨坊是相对于巴黎红磨坊的远东著名的现代舞表演剧场，是上海浦东著名景点，因设计成蓝色星球状而闻名于世。蓝磨坊的法人是婷婷，投资人是王华堂。自王华堂在巴黎婉拒了婷婷之后，婷婷投入了陆根宝怀抱。王华堂知情后，就主动回避婷婷，让她和陆根宝发展感情。王华堂和陆根宝彼此心照不宣。陆根宝出事后，王华堂一直想找婷婷，想帮助她，但婷婷有意规避，恍惚之间就是 20 多年。一年夏天，王华堂乘邮轮从欧洲经北冰洋回上海，在邮轮上无意中碰见婷婷，她这时身边带着一个少女，就是婷婷玉立，已经 18 岁了。母女俩在观看船上现代舞表演，玉立被现代舞的梦幻舞姿吸引，手之舞之，足之蹈之。王华堂站在婷婷身后，婷婷转过身，她怎么也没想到竟然是王华堂。世事沧桑，离那次他们到法国南部的浪漫之旅有20多年了。这期间，婷婷从英国移居法国，读了艺术博士，为陆根宝生了宝贝女儿玉立，依靠陆根宝留给她的一笔财产生活下来，但已到山穷水尽的地步。王华堂劝母女俩离开法国回上海，他先资助婷婷办一所舞蹈培训学校，接着资助她建立了一个现代舞剧团。出于结合浦东规划要求的考虑，王华堂又出资建立一个蓝色精灵般星球体舞剧院——蓝磨坊，成了世界著名的旅游景点。婷婷一举成了上海文艺界著名人士。

星光俱乐部建在蓝磨坊后面，也是一个星球状建筑，规模比蓝磨坊小，仿佛一个是大星星，一个是小星星，相对遥望。星光俱乐部是中国星空探月队的办公场所，法人是婷婷玉立。而实际投资者是上海的一批富二代、富三代，他们是中国民间登月组织的执著倡导者，也是风险投资家。其中最积极的人士是白驹过隙，最狂热的分子是王家之光。

从呱呱落地就是亿万富娃的王家英儿子王家之光，那年刚好从中国航空航天大学毕业。当星空探月队的元老们把星空探月队挂牌拍卖时，王家之光便以超出亿元的高价举牌拍成，成了上海星空探月队新一任老板。王家之光此举使王华堂大吃一惊，惊诧之余，他深深钦佩这个长孙的气魄。现在，钱对于他和他的子孙们，不是当初那种生存的必要，而仅是数字和游戏。他们要干什么就让他们干什么。他深知他们这一家与天有缘，孙子王家之光读航空航天大学，孙女王家之星读气象大学，都是与天文关联，这是他的天人妻子带来的。他现在唯一考虑和忧愁的是他的第四代，王家之光的后代，至于其他的一切，悉听他们尊便。

星空探月队当初选择在上海注册的决定完全正确。21世纪30年代，上海的科技获得了淋漓尽致的发展，其与国际接轨的商业运作模式日趋完善。上海在国际上获得了"高、大、全"的美称。高，指它的高速度、高标准、高品质和超高度。上海两座举世闻名的通天塔，即上海高空雷电发电站和高空风力发电站成了世界高端技术标志和地方风景线。大，指全国所有超大型的机电产品都在上海制造。上海飞机制造厂的巨型章鱼飞船、上海造船厂制造的大型航母、上海潜水艇厂制造的巨型潜艇、上海发动机厂制造的巨型火箭发动机、上海卫星公司制造的巨型人造地球卫星和空间站，都是世界的巨无霸。全，指上海从基础理论研究、开发、试验、生产、流通，都提供了理论、物质基础和市场条件。上海的新型材料、计算机软件、机器人、基因药物、精细化工等研究成就,远远走在世界前列。上海的富二代、富三代的精英们,有信心要在他们手里把民间登月探测器送上月球。星空探月队于2032年即中国人登月三年后把登月探测器送上月球,实现了他们的梦想。

周末,汶汶按时出发,王华堂派拎清开麒麟送她。王华堂说,今后拎清就当汶汶秘书了。为了让拎清更适应汶汶,王华堂和白驹过隙商量,让拎清回公司大修一次,增加了许多适应汶汶这样年轻人的信息和程序。白驹过隙的白氏人工智能公司开发的机器人秘书,已成了全球公认的品牌,许多名人都来订购,成了其他人工智能公司无法匹敌的产品,为公司和华鑫集团带来超额利润。

坐上麒麟,汶汶问拎清:"听说你这次回公司大修一次,和以前有什么区别?"

"没有太大区别,不过增加了一些动作程序,使我行动更灵巧些。"

"什么动作程序?"

"不好意思说。"

"你是我的秘书了,有什么不好意思?"

"做爱的动作程序。"

"啊,那你会做爱了?"

"不,我没有那些配置,其他机器人可以。"

"其他,指谁?"

"我讲不清楚,从美国回来的动作设计专家在调试。"

"从美国回来的动作设计专家?"

"他是专为美军设计军用机器人的,叫施逢春。你那天一下飞机,我就感应了施逢春的镜像。"

"你见我时他不在我身边,你怎么感应?"

"你身上带的磁场带有他身上磁场的信号,我身上的感应器,能感觉并还原成数据,形成影像。"

"那以后,我谈恋爱,跟谁接吻、做爱都瞒不过你?"

"大概是。"

"哇呀,雷……"

"雷是过去网上常用词,轰是现在网上常用词。"

"拎清,你太可怕了。我宁可不知道很多东西,也不跟你这个知道一切的机器人在一起。"

"有我，你很安全，你会喜欢上我们这些机器人的。前面是黄浦江，小姐，桥上过，水上过，还是空中过？"

"飞！"

"空管站，我是0081，净空条件怎样？"

"我是空管8号，为您服务，0081，现在净空条件很好，可以飞过江……"

陆海空三用汽车的牌照是严格控制的，在上海不到1000部，主要是考虑空中安全。

麒麟展开双翼腾空而起，在黄浦江上飞翔。远处，美丽的通天塔如两根火炬直插云天。

"宝贝，你在哪里？"万能音频手机屏幕上出现婷婷玉立甜甜的笑脸。

"我在黄浦江上空。"

"你是飞来的？那我要迟到了。对不起，你要先到，先吃点东西，我随后就到。"

"不急，悠着点。"

"拜拜！"

"拜……"汶汶突然想起问拎清，"喂，拎清，我问你，你知道玉立是不是我爷爷的私生女？"

"不是，是陆根宝的私生女。"

"那动人？"

"动人是楚楚和前夫的亲生女。"

"奇怪，那爷爷为什么不撮合她们两位中一位与王家之光哥哥的婚姻？"

"这个答案什么人都不知道，只有我知道。"

"为什么？"

"我同时又是记忆器，我会捕获你爷爷的任何思维过程。"

"哇，那你说说，为什么？"

"这有规定，我不能说。"

"你不说，我停你的电！"

"停我的电，我也不能说。"

"你不是不说，你是说不出。你能捕获我爷爷的思维过程，那是根本不可能的，世界上还没有这样的记忆器。"

"人造大脑英国人都发明了，何况记忆器。"

"产生意识容易，捕获意识谈何容易。"

"激将法在我这儿行不通，我有防护程序。"

汶汶心里想，用激将法不行那就改用同情怜悯法。

"嗨，看来你这个秘书不能成为我的贴心人。"

"怎么不能？"

"你对我根本没有感情。"

"我们机器人本来就是没有感情的，不过，我很喜欢你。"

"喜欢我就不能看着我以后出笑话……"

"什么笑话？"

"比如，我不理解我爷爷的意图，我怎么能为他管好华鑫集团和下属几个公司？"

"这跟刚才那个问题有什么关系？"

"关系大了，这是核心问题，未来集团权落谁手问题。"

"小姐，你看出了问题的端倪……"

"所以，你不说也就算了……"

"我说，我说。你爷爷是怕未来财权旁落，王家之光痴迷星空探月，决心一辈子不婚不娶，即便他和任何一位女人结婚，婚后必然会被女方掌控。婷婷玉立背后站着陆根宝，动人的背后还有她亲生父亲，都是年龄比你爷爷强势的男人。"

"那我爷爷有什么打算？"

"这我就不能讲了。到了。"

远处，蓝磨坊和星光俱乐部犹如两颗一大一小的星星在浦东夕照下熠熠闪光。它们都是宫殿构造，可主动搜集太阳能，用电全部自身解决。两幢建筑物四周是绿茵草地和跳跃的喷泉。拎清停好麒麟就和汶汶向星光俱乐部走去。

俱乐部大台阶下围着一大群先到的客人，都是奇装异服的年轻人。虽然个个奇装异服，但都是绿色环保的面料，灰白朴素的色泽，简明时新的剪裁。没有人认识汶汶，却有许多人回头观看拎清。拎清经过了改进，手脚动作比以前轻快很多。

一群身着蓝白轻装的年轻男女，用上海话唱着快板歌，跳着轻快舞步。他们手中拿着一个酒瓶和一块白色糕点。歌词汶汶听得真切：

松糕、黄酒，
阿拉就爱吃；
松糕香、松糕脆，
松糕赛汉堡；
黄酒香、黄酒醇，
黄酒赛香槟；
松糕、老酒，
阿拉就爱带；
又简单又方便，
赛过洋快餐；
又绿色又环保，
上海人人爱……

快板歌不停地轮回唱，男女青年忘乎所以地手舞足蹈。汶汶问拎清："奇了怪了，松糕、老酒有什么好唱好跳的？"

"你就孤陋寡闻了，这是商业宣传，上海飨宴集团在宣传他们的产品，他们要把松糕打造成中国汉堡，把黄酒打造成中国香槟。"

"为什么叫飨宴？"

"乡字和食字的意思。飨宴集团的产品都是以上海本土川沙、松江、高桥、嘉定等郊区农家菜点为底本，这些飨食无不打上农耕社会的烙印，这在21世纪30年代的今天弥足珍贵……上海的糕点名目繁多，有海棠糕、梅花糕、定胜糕、高桥松糕、叶榭软糕、蜜糕、赤豆糕、黄松糕、豆沙印糕、伦敦糕，在广帮店，还有萝卜糕、马蹄糕、芋头糕等，糕的主要原料是大米，即糯米粉和面，笼甑蒸熟，有甜的，有咸的，保存期较长，具有中国独特风味，相当于西方的蛋糕、蛋挞、泡芙、苹果派之类，所以可以创新为中国式快餐。"

"那黄酒呢？"

"现在上海出产的黄酒无论是口感、色泽还是制作方式，都与绍兴黄酒大相径庭。上海黄酒打响了中国酒品牌,连西方人都能接受。现在的黄酒颜色像 XO,达到了透彻晶莹的程度。他们提倡药酒同源,加了蜂蜜、枸杞、姜汁等调味,口感好,营养价值高,光上海市场的销量就占各种酒类的 70%。上海本来就是华洋杂处的地方,本来就喜欢花样翻新,不但高科技,就是一般饮食也创新……"

"得了得了,别啰唆了,我被你说得流口水了。"

"今天晚餐是飨宴集团打理,肯定有松糕、黄酒。"

"是,我们先饕餮一餐!"

汶汶挽着拎清快步走进星光俱乐部。

二十五、星空交合

　　星光俱乐部的前厅灯光明亮，几个穿着铁灰色超短裙的小姐在逐个引导进来的客人。汶汶仔细一看，她们都是和拎清一样的机器人，她们的肤色和表情跟真人无异，只是步伐和身态比真人生硬一些。机器人毕竟是机器人。
　　"你好，周咪。"
　　"你好，拎清。"
　　拎清和其中的一个女机器人打招呼。
　　"这是你的女主人汶汶小姐吗？"
　　"是的。"
　　"你怎么知道是我？"汶汶问。
　　"你是今晚派对的主角，我们事先都知道了。"
　　"谢谢。"
　　"汶汶小姐，你是先休息还是先吃点东西？"
　　"当然是先吃东西，我饿了。"
　　"这边请！"
　　周咪带汶汶走向大厅右边的餐厅，大厅左边是贵宾休息厅。
　　餐厅里客人不多，穿着白衬衫黑长裤的男机器人穿梭来往，招呼客人。他们个个精悍帅气，举止优雅。
　　"汶汶小姐，你喜欢吃什么？"
　　"松糕，再来点黄酒吧！"
　　"啊，那可是最流行的中国式快餐和饮品。"
　　周咪朝一个男机器人喊："共工，你来带汶汶小姐，她喜欢松糕和黄酒。"

那个叫共工的男机器人过来。

"汶汶小姐,这边请。"汶汶上下打量共工。

"天啊,你怎么像我一个朋友?"

"谁?"

"施逢春。"

"施逢春,啊,不认识,我真的像吗?那好,我今晚可以陪你度过一段派对时间吗?"

"当然可以。"

周咪笑了笑,挽着拎清走出餐厅,把汶汶交给了共工。

长长的餐桌上琳琅满目地摆满各种食品和饮料,汶汶看得眼花缭乱,一样也叫不出名堂。共工为她介绍。

"今晚我们准备了上海乡村美食,有周庄、同里、西塘、嘉定、七宝、青浦等20多个古镇的风味小吃。"

"都有什么?"

"比如小笼汤包、鲜肉汤包、油豆腐、线粉汤、油炸鹌鹑、糟田螺、朱家角粽子、旁皮鱼、大汤肉皮、糟草青鱼、黄鱼面、刀鱼面、鞭尖笋、金花菜、甜酒酿、马兰头、香椿芽、酸菜汤、油氽鱿鱼、西筋百叶、鸡鸭血汤、酸白菜、鸽蛋圆子、粳钵头、虾子大乌参、白斩鸡、八宝鸭……"

"哼,说了半天,我还是想吃松糕配黄酒。"

"这边请。"

共工把汶汶带到摆着松糕的餐柜前,拿起一个盘子,夹了一块松糕,用筷子剪成小块,递给汶汶,汶汶一尝,果然好味道,比那天在阿山饭店吃的口感更好,又松软,又香腻。汶汶一连吃了两块。

"松糕特别的地方在于它是在用特殊木料做的模子里蒸出来的。糯米粉皮子,包上咸、甜各式馅,缀着松仁、核桃、红枣、蜜枣、莲心等,湿绵不上火,适合中国人口味,胜过烘烤焦黄的汉堡包。"

"那黄酒怎么胜过香槟?"

共工立即斟了一杯黄酒递给汶汶,汶汶品了一口,一下子啜进了半杯。

"怎么样?"

"哇,真的赛香槟,入口柔绵,香洌贴腮。"

"那就多喝点。"

共工又给汶汶倒了半杯。

汶汶兴趣大增，又吃了几样小吃。她记不得吃了什么，只是不觉得喝了许多黄酒，共工随倒她随喝，不一会儿两腮潮红，双眼发光，脚步轻盈，手舞足蹈。

"怎么？舞会没开始，脚就痒了？"

婷婷玉立出现在汶汶身后，汶汶转身，上下打量玉立，白色丝绸的衣裙仅仅遮住她的胸部和臀部，把双肩和两条长腿裸露无遗。

"哎哟，难怪我怎么觉得灯光突然亮了许多！"

"露得厉害的还没到呢，到时，要把你这个巴黎老土吓得目瞪口呆。"

"中国啊中国，你总是在引领世界新潮流。"

"怎么样？过去是到国外长见识，现在是回国长见识。走，派对马上开始了……"

婷婷玉立拉着汶汶就走。汶汶回眸看共工。

"怎么，看上它了？"汶汶抿嘴笑。

"嗯哼……"

"共工，跟上。"

星光俱乐部正厅的门已经打开，厅内灯光幽暗，影影绰绰地站满青年男女宾客。虽然个个奇装异服，但都设计得简约质朴，显衬得个个英姿焕发，神采奕奕。

婷婷玉立携汶汶进来时，响起热烈的掌声。汶汶今晚穿着爷爷在巴黎给她定做的镶满珍珠的超短连衣裙，她的古典端庄和在场的新新人类相比显得落后时尚十多年。

主持人是一位男生，他从后台出来："各位朋友，星光派对现在开始，首先请今晚派对主人、星光俱乐部主任婷婷玉立小姐讲话。"

聚光灯打在台下婷婷玉立和汶汶的身上，大厅又响起热烈掌声，婷婷玉立朝众人一笑，拉着汶汶走上台。

掌声像急雨般掠过大厅，汶汶微笑地挥臂招手，台下响起一阵唏嘘的感叹。汶汶不知大家是赞美、惊羡，还是嘲笑、奚落。这些新新人类真不好对付。

"汶汶小姐是法国索邦大学文学博士，她将接任华鑫集团总裁职务，这是令全上海商业界惊叹意外的决定。但对我们星光俱乐部来说是惊喜，我们又有了一位财力雄厚、才貌双全的俱乐部成员。我可以负责任地告诉大家，我们星光俱乐部的星空探月队在不久的时间内，将向月球发射载人登月器，到时，我们将成为中国探月组织第一个登上月球的团队。我希望汶汶总裁，也像她的爷爷、父亲、叔叔、哥哥、姐姐那样，一如既往地支持我们。现在请汶汶小姐讲话，大家欢迎！"婷婷玉立说。

在热烈的掌声中汶汶向前走了一步，她有些微醺，很兴奋。她竭力镇静下来说："各位朋友，我真的一点准备也没有。我刚回国，对即将接手管理华鑫集团一点思想准备也没有，况且，我能否最后接班，还有一段考验期。这是我们家族内部的事。婷婷玉立主任让我参加星光俱乐部，我想，不就是捐点钱吗？就是不当华鑫总裁，我也会倾我那份我个人所有的资产支持星空探月队……"

"啊——"台下男女热烈欢呼。

全上海的人都知道，这个在2008年5月12日中国四川大地震时诞生的孤儿，从王华堂把她从医务人员手里接过的那一刻，她的身价就是亿万人民币。况且，华鑫集团又经过了20多年的发展，现在她的身价起码翻了十番。

"我父亲王家英现正在斯德哥尔摩领诺贝尔化学奖，他说，他所得奖金也将支持星光俱乐队！"汶汶补充说。

又是一阵热烈的欢呼鼓掌。

"我哥哥王家之光正参加登月商业旅行，现在登月训练营训练。他的登月，会给我们带来无比惊喜。我奶奶，从小就喜欢看月亮。月亮是什么，我们每一个地球人都想去看一看。今后，我们要派出更多的人去登月……"

灯火骤暗，一派寂静。一声惊爆，犹如一块奶酪爆裂，飞溅四方，幽蓝幽蓝的光从黑暗的环形大厅四周漫浸上来，圆形的穹顶出现了宇宙大爆炸时的洪荒景象。宇宙的颜色从幽兰到橘红，到浅黄，到橙黄，紧接着出现星系、银河系、太阳系、九大行星、地球、月亮……

大厅里回荡着雄浑的男性朗诵声。

"有一种说法，在距今45亿年前，地球的自转周期只有4个小时——然而，月亮的出现改变了这一切。45亿年前一颗火星大小的星体与地球碰撞的结果，促成了月球的诞生……

"在科学不发达的古代，人们把日月天空视作万物的主宰。近代科学的发展，虽然揭示了天体起源及其运动的自然规律，但是，月球对地球人来说，仍然是高悬在夜空中的问号……

"人类对月亮的怀疑早在几千年前就开始了。1587年，人们发现月亮上有颗明亮的间断发光的'星星'；1671年，科学家们发现了白色的月亮云雾；1787年，从天文望远镜里目击到了三个'发光点'和两座'新火山'；1881年，有人观测到月亮边缘有两座金字塔状物体，明亮突起后又慢慢地消失……

"历史进入了21世纪，人们发现了越来越多的月亮之谜，也越来越加深了对月亮的认识。例如，科学家们吃惊地发现了月面上的巨大运河和道路，发现了比克洛米尼环形山上的黑色条纹、奇怪的黑色字母、纪念碑式的塔状物和通向月球内部的洞穴……

"于是，人们踏上月球探测之路，渴望了解月球，了解这个创造了无数神话和传说的神秘世界……美国无人月球探测器发现：月海上存在重力异常现象，这就是说：在这一区域'质量过于密集'。造成这种现象是因为月海经过'人为'的热处理，使月球内部和外部之间存在一个隔离层——一个巨大的地下空间。在这个空间里，至少有两条长达1000千米的铁质带状物，这是大桥、公路还是通信设备？通过月震的传导过程，还显示了月球内层存在差别的物质——厚达64千米的'硬层'……

"美国阿波罗飞船、中国嫦娥飞船，还有俄罗斯、日本、印度飞船的登月宇航员们带回的月面岩石历史都有36亿年以上，月球岩石标本还向人类提示：月球不但比地球古老，而且比太阳更加古老。信手拈来的月球土壤达46亿年，当时，太阳系正处在凝聚阶段；从月球背面得到的样品，经过分析更是高达70亿年的耄耋老人了。我国嫦娥登月飞船宇航员，甚至还带回200亿年的月球岩石，相当于地球年龄的4倍。科学家们惊呼：这是迄今发现的宇宙中最古老的天际之皇……

"月亮会不会是一个被智慧生物反复改装或改造过的天体？它是自然形成的，还是人造的？它从何处来？还是被地球俘获的过客，自愿成为地球这个蓝色贵妇人身边的小狗？让我们乘嫦娥飞船上去看看吧……"①

朗诵声戛然停止，苍穹上，月球旋转着向众人飞来，一声巨响，在众人惊慌的尖叫中，大家仿佛已经站在月面上。环视四周，尽是灰蒙蒙的千疮百

----

① 关于月球资料引自《科学之谜》2008年第1期。

孔的风化层，上面积着厚厚的粉状的尘土，所有的人都闻到刺激性、令人窒息的火药气味，有人眼睛受到刺激，开始揉搓眼睑。

"玉立，这是真的吗？"

"傻瓜，这是虚拟的。"

婷婷玉立带着汶汶走下台。

"我带你到'宇航舱'观看表演，共工你也来。"

"是。"

三人走向厅旁边虚拟的"宇航舱"。

黑暗中，汶汶看见也有几对男女走进厅旁边的"宇航舱"。

顾名思义，宇航舱是宇宙飞行的载人座舱。舱内仪表闪烁，空气清新，天篷上星空蔚蓝，驾驶舱对着舞台。三人依次坐下，共工关上舱门。音响里传来节目主持人雄浑的声音。

"第一个节目，星空交合，由上海白氏人工智能公司机器人表演队表演。"

忽然，怪异的尖叫声响彻大厅，灯光骤暗，只留下一条光的通道，两队穿着宇航服的机器人出现在月球的土地上，他们推着一个透明的圆形的月球屋，开始在月球的土地上安装自己的住所。住所安装成功了，他们开始围着住所欢呼鼓舞。他们隔着宇航服，对视着，交流着眼色，眼色由不同颜色组成，颜色的变换，使人觉得他们在交流情绪。他们先是走步，接着牵手，最后拥抱，悱恻缠绵。音乐开始变调，加入了地球上迪斯科的节奏，一对男女机器人激情地紧紧拥抱，博得全场一阵热烈的掌声和尖叫。

"真有趣！"汶汶说。

"有趣的还在后面。"婷婷玉立说，"我去拿点吃的。汶汶，你要什么？"

"随便。"

婷婷玉立开门出去。一会儿，玉立推门进来，把一块松糕和一瓶黄酒放在汶汶面前，说了声"有人找我"就关上门走了。

紧拥之后，男女机器人开始为对方脱去外衣。当男女机器人露出类似人类的强硕曲美的身躯时，大厅响起掌声和尖叫声。

男女机器人跳起轻盈的芭蕾舞，它们跑腿、旋转、托举，跟真人一样惟妙惟肖。灯光渐暗，响起悠扬而牵动人心的舞曲，台上的男女机器人跳起交谊舞，台下的观众也成双成对地翩翩起舞。

"啊……"汶汶醉眼蒙眬，满脸潮红。她记不得晚上喝了多少酒，又一股脑儿把玉立拿来的黄酒喝下去，她觉得只有这样，才能浇灭她心头的激情。共工拿下她手里的酒瓶。

"小姐，你不能喝了。"

"我就是要喝！"

共工按了按舱旁一个按钮，一股清新芳香的气体喷进舱内。

"这是什么？"

"这是空气清新剂，你要清醒，节目刚开始。"

"我不要清醒，我要醉……"汶汶长长地吸气，"啊，好香啊，这是什么清醒剂，我怎么越吸越想吸……啊，我晕了，我晕了……逢春，你扶我，你快抱住我……"

"小姐，我不是施逢春，我是共工，我是机器人……"

"机器人为什么不能扶我、抱我？机器人要改进，机器人要学会做爱。"

"很惭愧……"

"惭愧什么？逢春，你是我的初恋，我是想给你的，是你笨，是你蠢，我给了儒勒尔，那个法国老男人，虽然我无悔，但我恨你，你是我的所爱。今晚我要给你，补偿你，逢春，你这个21世纪的傻瓜……"

汶汶一头栽进共工怀里。

共工的内耳传来指令："共工，行动，占有汶汶；共工，行动，占有汶汶！"

共工突然变得灵巧起来。他像一个男人一样紧紧抱住汶汶。幽暗的灯光下，汶汶看见施逢春向她低下头，用潮湿的唇、舌轻吻她的嘴唇、脸颊、额头，轻吻她的胳膊、肩膀。

"逢春，你早该这样了……"

门开一道缝，婷婷玉立露了露半个脸，诡秘地一笑，又把门关上。

宇航舱猛烈地抖动起来，天篷上无数的星辰在飞动，巨大的星体不断地掠过，如火如荼。宇航舱内响起了天人合一的洪荒旋律……

汶汶醒来时，共工已经走了，宇航舱里只剩下她一人。她以为刚才是一场梦，但这个梦怎么跟真的一样？

宇航舱门推开，婷婷玉立站在门口对汶汶促狭地微笑，问："感觉怎么样？"

"什么感觉怎么样？"

"别水仙不开花装蒜！"

"你们用了致幻剂？"

"什么致幻剂？那喷的是香水！"

"致幻香水，你以为我没用过？"

"像真的一样吗？"

"亏你想得出来！"

"这是给你的派对礼物，特殊待遇，耗费惊人，一般人是不能享受的。"

"你拖我下水？"

"下水？下什么水？一没触犯法律，二不悖道德伦理。怎么样？以后常来，共工就给你了。"

"去你的，你自己留着受用！"

"嘻嘻，我有男友，用他干吗？"

"讨厌！谁出的这馊主意？"

"还不是你爷爷的宠儿——白驹过隙。"

"好个白驹过隙，我要报复他。"

"我看你要谢谢他。要不要放一放录音给你听？逢春，你这个21世纪的傻瓜……"

"呸……"

二十六、谁是策划者

　　早晨，吃早餐时，王华堂对汶汶说，经过这些日子的培训和考察，她合格了，从今日起，汶汶可以正式就任华鑫集团总裁，他仍然任华鑫集团董事局主席，在重大问题上出出主意，除此之外的全盘工作都交给汶汶。

　　吃过早餐，王华堂叫拎清开麒麟陪汶汶到总部大楼，上海最高层建筑——上海中心。上海中心在陆家嘴核心区，被金茂大厦、环球金融中心、中银大厦、东方明珠环抱其中。2014年竣工后，华鑫集团总部即从金茂大厦搬出，迁入上海中心。王华堂认为，华鑫集团是上海排名前列的百强企业，不占据上海第一高度会掉面子的。

　　汶汶的办公室在19层，面对黄浦江，有办公室、会客室、小会议室、休息房、秘书间，富丽堂皇。秘书除拎清外，还有余桑和黄丽，一个管外联，一个管内务。王华堂交代完余桑和黄丽注意事项后，就到20楼他的办公间。他要超越19，所以选在20。

　　"我上任啦？"汶汶问，拎清眨眼，余桑、黄丽相视而笑。

　　"拎清，你说我该做什么？"

　　"汶总，我先说明一下，"拎清说，"为了区别其他王姓老总，今后我们称呼您为汶总，您看行吗？"

　　"嗯，不，不许用'您'，一律用'你'。汶总，不错，这称呼我喜欢。"

　　汶汶坐上大班转椅，猛地一扭身，转椅滑润无比，疯转起来，止都止不住。开头，汶汶觉得挺惬意，她的思绪跟着转起来……啊，我在高高的上海中心上、我在空中、我在云雾中、我在星空上、我在宇航舱内，我要飞向月球，我的身边是施逢春，不，是共工，我们在做爱……啊，怎么这么恶心，大概是有悖人伦道德。天啊，酸，我要呕……

哇，汶汶一声喊叫，酸水和早餐食物喷吐了出来，一桌一地都是秽物。余桑、黄丽用手止住转椅，吓得脸色灰白。

"汶总，怎么了？"

"汶总，怎么了？"

"哇——"汶汶又一口酸水喷得余桑、黄丽一头一身。拎清捺响报警铃声。

不一会儿，保安人员和公司高管出现在汶汶办公室。

"怎么了，怎么了……"王华堂最后一个进来，气急败坏地问。

"汶总转椅，转吐了……"黄丽悄声说。

"为什么不制止？为什么不制止？"王华堂怒问。

"来不及……"拎清说。

"啪！"王华堂发火地扇了拎清一巴掌，拎清抖了抖又站住，"我要你这机器人干什么，我说了，任何情况下，要保证小姐安全。"

"老板，你可从来没打过人呀！"拎清眨着眼说。

"我要你保护小姐安全，你做到了吗？！"王华堂大声吼。

"她是呕吐，不是安全问题。"拎清辩解。

"你还强辩，呕吐也是安全问题，说你机器人笨，你就是笨！"人们从没见过王华堂出手打人，当然他这次打的不是真人。王华堂随着年龄增大，脾气也越来越大，但出手打人是头一回。

"爷爷，这不能怪拎清，也不能怪他们。是不是食物中毒了？"汶汶擦着纸巾说。

"我们家怎么会食物中毒？"王华堂说。

"要不，就是我没资格当总裁，大班转椅一转就想吐……"

"没资格？哈哈哈……"王华堂突然转怒为笑，"大班转椅一转就想吐，这正说明你有资格，大大地有资格。我现在再次宣布，汶汶，你就是华鑫集团的总裁，哈哈哈……"

所有在场的人都被王华堂搞得莫名其妙，汶汶也百思不得其解。

这一天，汶汶只看了几份集团简报，王华堂就让她回家休息，原定几个部门负责人的汇报会也取消了。晚上，王华堂推掉一个十分重要的和一个地方领导人的会晤，专程回家陪汶汶吃晚餐。汶汶发现爷爷十分关心她的呕吐是什么性质这个问题，老问她有什么异样感觉，是不是怕工作做不好有畏难情绪引起的。汶汶说什么都不是，就是想吐，莫名其妙地想吐。王华堂说，这事不可小看，明日让余桑、黄丽陪着上医院检查。汶汶说不要，王华堂坚持要，汶汶也只好服从了。

第二天，拎清开麒麟，余桑、黄丽护送汶汶到上海母婴医院。刚到门口，汶汶就嚷起来，说怎么送她到这个医院。谁都知道，上海母婴医院是上海乃至全国最著名的妇幼医院，是王华堂单独斥巨资建设的。余桑、黄丽只好解释说，因为这所医院是王家投资的，所以选在这里比较方便。王华堂晚年对妇女、儿童的慈善事业十分支持。深存王华堂内心的一种观念是：百善孝为先，不孝有三，无后为大。所以，他晚年的慈善的眼光都放在哺育后代的妇女、儿童身上。

汶汶住进了上海母婴医院的观察科。这里是拥有世界一流水平、一流设备、一流科研人员的一所医院。

第二天下午，汶汶正依床看书。冬日的斜阳轻轻地透过落地窗洒在被褥上，汶汶的心情十分闲适。她想，人有点小病还是很惬意的，难得住进了病房，获得一时安宁，但是没有了自由。不知谁说过，人没有幸福，只有宁静和自由。看来，没有自由只有宁静只算获得一半的幸福。

门轻轻地敲了两下，汶汶的特别看护推门进来，她是一个小姑娘，轻盈地向汶汶走来，挥了挥手里的报告单。

"小姐，恭喜，你怀孕了……"

汶汶愣怔地看着她，小护士以为汶汶没听清，又重复了一遍："小姐，恭喜，你怀孕了……"

"不可能，你搞错了吧！"

"不可能？这是什么医院？全国顶级、世界一流。再说现在婚育的人很少，不婚族、丁克族太多，想生孩子的人极少了，就你这一例，我们会搞错？再说，你爷爷是医院的股东，我们再错也不能错到你们王家人身上！"

"我没结婚呐。"

"那有什么，未婚先孕又不是新闻。"

"我没跟任何人发生过关系……"

"那不是我们医院管的事。"

汶汶知道自己这句话说错了。她应当说，她回上海这段时间没跟任何男人发生过性关系。但这么说，她又错了，她应当说她回上海这段时间没跟真正的男人发生过性关系。在星光俱乐部，跟那个貌似施逢春的男机器人发生过几次性关系，但那是虚拟的性关系，虽然机器人向她喷射了许多液体，但那是象征性的润滑剂，是一种保护液。难道它能使她怀孕？

黄丽悄悄地进来，小护士把报告单放在床头柜上，扭着小屁股出去了。汶汶盯着小护士的翘屁股，对黄丽说："她才怀孕呢！"

"小姐，是真的，你怀孕了。"

汶汶唰地掀开被褥欲下床，黄丽赶忙把她按住。

"小姐，千万别激动。"

"我要控告她们！"

"如果是真实的，她们也会控告你损害医院名誉。"

"怎么是真实的呢？这根本不可能。小丽，这事别人不清楚，难道我自己不清楚吗？"

"那你说我们该怎么做？"

"重新检查！"

"重新检查也是徒劳，弄不好会传为笑话。"

"为什么？"

"医院再错，也不敢错到你们王家人头上。"

"为什么？"

"你是王老板交代的特殊客户，你的一切检查都是专人专项单独进行的。你要求重新检查我马上向上反映，如果结论一样怎么办？"

"如果结论一样，我就认了。"

再次检查的结果第二天一早就出来了。这回拿报告单进来的不是小护士，而是观察科女主任，她操着浓重的上海口音说："汶汶小姐，你是留洋博士，你应该知道这是很简单的检查，我们上海母婴医院不会弄错的。这对于你，对于你们王氏家族都是件大喜事，你应当高兴。"

"我不知道我怀的是什么人的精子。"

"我不知道你是不是人工受孕，如果是人工受孕那更需要住院观察。目前，有1/3欧美国家的孕期夫妇无法生育，她们大多采用人工受孕办法创造着数千个家庭。不过，随之而来的副作用是，越来越多的婴儿是双胞胎甚至是八胞胎，早产成为常见现象，同时婴儿死亡和患疾病的风险也在增加。如果你是人工受孕的话,你一定要在我们医院接受最细致的护理。祝你好运。"

女主任说着款款地走出去。汶汶正要再说什么,一阵剧烈的呕吐感又涌上心头,黄丽护着她往卫生间走。

强烈的妊娠反应使汶汶安下心来住院。

王华堂到医院看望汶汶,他坐在病床前,定定地看着汶汶,什么也没说。

"爷爷,我对不起你,我未婚先孕,给王家造成荣誉损失,我无脸见人。"

"这是什么年代呀,你以为是20世纪?这是21世纪30年代,我们国家进入小康社会又进入富庶社会。能够怀孕,能够为国家繁衍后代,能够继承王家香火血脉,是你的最大贡献,也是我王华堂最大的荣耀。"

"难道我怀的是你王家的血脉?"

"谁家的血脉都可以呀!不管是男是女,只要他是人就可以,管他是谁的血脉。你不是也不知道你爹你娘是谁?可我照样把你当作我们王家的亲人,我的命根子呐……"

汶汶想,的确是这样。如果不是爷爷把刚从废墟中抱出来的她接过手,她就没有今天这样尊贵和富庶的生活。想到这,感恩的泪水盈眶,她一下子抱住王华堂。

"爷爷,这辈子我会永远地爱你。"

"爷爷要的也是这句话。你现在最重要的事情就是保住这个孩子,让他健康地生下来。生下来后,你管不管都无所谓,爷爷会雇人把他养大,你爱做什么都可以。"

"我不当总裁行不行?"

"不当也可以。你要做什么?"

"我首先要研究我到底怀的是谁的孩子。"

"这……也可以。不过,这个孩子,不管是男是女,你一定要保护好,如果你跟这个孩子过不去,爷爷跟你也过不去,你将不能继承王家一分钱的财产。我说话是算数的!"

汶汶从来没见过爷爷对她这么严肃地说过话。倒不是为了继承那份在常人看来是天文数字的财产,而是爷爷的养育之恩重如高山,厚如大海,汶汶含泪点头。

"如果是男孩,你和他将会得到我所拥有的一切!"

汶汶不明白爷爷说的是什么意思,但她知道他所说的话的分量。

"我说话是算数的。"王华堂最后补充了一句,很严肃地起身离开病房。

三个月后,汶汶妊娠反应消失,恢复了正常出了院。她没去上海中心上班,而是在家休养,孵着肚里的孩子,同时开始调查到底是谁让她怀的孕。

她先找了楚楚动人,动人的表情是又惊又疑又喜。楚楚动人带汶汶重新参观了她的东方美容美体馆,观看了她在那里健身美容美体的全过程,还见了劳拉教练,劳拉还是那样快言快语,幽默乐观。

"恭喜你了,汶汶小姐。"

"有什么可喜的,我还不知道这是谁的种。"

"说这种话没水平,现代的生育概念和过去的不一样了,过去讲究谁跟谁生,是谁的孩子,现代讲究的是选择和质量。"

"如果是你,你选择谁?选择什么样的质量?"

"这就为难我了,你明知道我不会生育。但是如果要我选择,我选择王家之光那种品质的精子。"

"他的孩子?"

"嗯,那是世界上最优秀的品种!"

"天呐,王家之光哥哥……"

汶汶默默无言地离开东方美容美体馆。

几天后,汶汶又找了婷婷玉立。玉立说她怎么也没想到汶汶会怀孕。汶汶说问题可能出在机器人共工那儿,从法国回来这几个月,她只跟共工做过爱。玉立说,共工如果能使女人怀孕,那她要发天大之财,她的身价要超过王华堂老板。看样子,也不是玉立的伎俩。但婷婷玉立供认,共工和她亲密后,现在又被召回机器人公司改进了。据说,这些改进试验是为了军事目的。

"共工曾向我体内排泄液体,当时我没在意,没有采取措施。"

"一个机器人怎么会产生人类的精子呢?"

"我当时把共工当作施逢春,听说女人的意念有时会使女人怀孕。"

"那你就是圣母玛利亚了!"

"哈哈哈……"

汶汶和婷婷玉立放声大笑,汶汶在笑声中离开了星光俱乐部。

在所有亲朋好友中,汶汶最尊敬、最信赖的是王家雄叔叔。他现在是上海市政协副主席、上海市致公党主席。他在金融界运作成功后,转入政界,从事繁多的社会工作。他正直不阿,特立独行,直言敢谏,豪爽激情。在政治领域，社会工作对上海的建设发展起更大作用。他现在53岁，正在考虑竞选上海市市长。

汶汶给王家雄拨电话，王家雄叔叔正开会，他告诉她中午见面，请她吃饭，地点就在他家附近飨宴公司的一个餐厅。

王家雄原住浦东新区。城市郊区的无序蔓延相应地带来原有城市空心化和城市中心区衰落的问题。"新城市主义"某种意义上是对传统的怀旧，它的基本假定是更高密度和混合用途，使城市基础设施得到最佳利用，降低非再生资源的消耗。王家雄为节省频繁社交活动而消耗的路途时间，在这种新城市主义影响下，又搬回市区新开发的城市花园居住区居住，并继续推动"社区自治，慈善支持"试点。

这是一种新型的住宅形态，一个大型的住宅综合体。与惯常的成片独立垂直的塔楼住宅不同，它提出一种处于自然环境之中并注重交流互动的海派生活方式。31栋住宅楼，每栋以六边形的格局相互联结叠加，构成六个大尺度的通透庭院，其交织的空间形成一个包括空中花园、私人和公共屋顶平台在内的垂直村庄。在上海，随着"社区自治，慈善支持"的推广，这样的城市花园社区越来越多。

汶汶让拎清送她，当她找到那个小餐厅时，叔叔王家雄正在雅间里等她。王家雄让汶汶坐在他对面，挥手让拎清出去。王家雄给汶汶斟了一杯刚泡的名贵岩茶金骏眉，一股浓郁柔绵的浓香直沁鼻脑。

"我知道你会来找我，我也一直在琢磨你的事。"

"我百思不得其解，我找了好多人，都不得要领，只好找你了。"

"你回国之后，的确没跟任何男性亲密接触过？"

"我对天发誓，没跟真正男性亲密接触过，但是我跟机器人共工接触过。"

"问题就出在共工身上。"

"难道机器人真能生孩子？"

"当然不会，共工可能被人做了手脚。"

"那会是谁？"

"你找过白驹子没有？"

"找过，是电话上找的，他去美国处理公司事务了。白驹子哥哥发誓说，他们开发这类机器人仅仅考虑给女性一种真实的满足感，他们根本没有考虑过让女性怀孕，如果能怀孕，那是天方夜谭。"

"你相信白驹子的话？"

"我将信将疑。"

"在我们王家所有的亲朋好友中，白驹子是最有表演天分、最乖巧的一个年轻人。他完全不像他父亲和他姑姑，他是最有心计的人。他创办的机器人公司应该是成功的，但是没有我爸的投资他是万万做不成的，所以，他对我爸是言听计从，他可能为了自己的事业会做出一些违背常理的事。"

"难道他的后面是爷爷？"

王家雄不语，毫无表情地端坐着。

"不可能，爷爷那么疼爱我，不会做伤害我的事。"

"他是农民。改革开放30年，科学发展30年，在上海生活了将近60年，他改变了很多，但没改变他骨子里的农民意识。"

"农民的意识是什么？"

"农民的意识很多，其中之一就是相信亲情，崇拜血缘，致力于传宗接代，幻想万世不竭……"

"那白驹子哥哥也这样？"

"他当然不会这样，但他无法绕过我爸的影子。"

"为什么？"

"30多年前我看过一篇材料，那是一个贪官写给他儿子的，我记得非常清楚。大意是，我们的社会无论外表怎样变化，其实质都是农民社会，谁迎合了农民谁就成功。我们周围的人无论外表是什么，骨子里都是农民。一旦你把眼光放远，你就不属于这个群体，后果可想而知。白驹子是所有你们这些现代青年中最懂得这个道理的人。"

"那他会采集谁的精子让我受孕？"

"那只能问他了。"

"不，问他肯定不会说。我就问拎清，拎清一定知道。"

"也许他早已给拎清设置了防范程序。"

"那我要把这个孩子打掉！"汶汶恨恨地说。

王家雄突然脸色凝重，无言地摇头。

"叔叔，难道你不支持我这样做？我始终把你看成是传统的反叛者，21世纪的超人，没想到你也是封建传统的卫道士。"

"现在，你给我什么样的评价都不重要，重要的是你如何妥善地处理这件事。你打掉他，会狠狠地伤了你爷爷的心。这个家族的一切，包括你我的幸福，应当说都是他创造的，谁也不能否定这个事实。他想延续这个家族的血脉，让创造积累的财富在家族内部继承发展，也是可以理解的。"

"那你能保证我怀的是王家的血脉吗？"

"我想这些老人们最看重的是这点，他们绝不会百密一疏的。"王家雄停顿思考很久后问，"如果是，你会把他打掉吗？"

汶汶作难了，她一时无法决定，也无法回答。

"叔叔，难道你也是他们一伙的，难道你早已知道了这个计划？"

"现在，我是不是同谋已经不重要了。重要的是你应冷静地妥善处理。"

"你的意思是我必须生下他？"

"念你爷爷一生的辛劳，念他对你的恩泽，念他对国家和百姓的贡献，念这个无辜的生命，你应该……"

"生下他！"

王华堂胜利了。他曾经预测在最关键的时刻，王家雄是会顾全大局地支持他的。果不其然！

二十七、人机大战

汶汶带着满腔的悲愤、满腹的伤心离开叔叔王家雄。这个一贯追求真理、坚持公平正义的新时代超人，没有给她以声援和支持，而是给了她一个难以接受的建议，她真的觉得天下乌鸦一般黑了。

现在关键在于证实她怀的是谁家的血脉，如果真是王家的血脉，那唯一的正确处理非家雄叔叔所说的莫属。她想这个答案只能从拎清口中方能得到。

坐上麒麟默默地走了一段路后，汶汶故作无奈地对拎清说，她已决定生下怀的孩子。拎清感到十分惊诧，他说，按照给他设置的程序分析，她不可能有这样的决定。汶汶问为什么，拎清说，根据她的天生性格，四川女人是很强悍固执的，不会轻易接受别人强加给她的意愿，她宁可死也不接受。同时又根据她的后天经历，她一直很顺利很幸福很圆满，对突如其来的违逆的行动会自发抵抗。汶汶说，这就是机器人的毛病，它无法模拟人的情感和情绪，它无法理解人的感恩之心。人这个动物，永远是地球和宇宙的主宰。拎清折服地说的确如此。

"有一个疑团我始终无法透析，包括王家雄叔叔也猜不透，白驹子为我采集的到底是谁的精子。"

"白驹子？哎哟，小姐，过去你可不是这样称呼我的老板。"

"这是一个卑鄙的小人。"

"他也有他的难处。"

"他有什么难处？"

"他公司的所有投资要仰仗王老板啊！"

"要投资也不能做这样悖逆伦理的事。"

"这个事件还是顺应伦理的，并没有悖逆。"

"你的看法跟其他所有人的看法不同呀！"

"要不然，怎么叫智能机器人呢！我将近达到人造大脑水平。"

"还挺得意的！"

"那是，你爷爷常说一句福州土话：没有两下，哪敢到乡下？我拎清没有两下，哪敢到王家呢！"

"说实在话，这事也不能全怪白驹子，他也够难的，他要从一个男人身上取到精子，再想办法注入一个女人的子宫，而且要跟天然过程一样，太难了！"

"哈哈，这有何难？一切尽在模拟！"

"模拟？怎么模拟？"

"你真是健忘。你跟共工是模拟，劳拉跟……"

"劳拉跟王家之光哥哥也模拟？"

"对呀……哎哟，我错了，我不能再说了。"

"你说的这个事件还是顺应伦理的，并没有悖逆，就是这个意思吗？"

"小姐，我没说。"

拎清突然缄默了，它专注地开着麒麟把汶汶送到宝庆路花园。

汶汶上楼休息。过不久，她听见爷爷传唤拎清。她悄悄地下楼，听见爷爷和拎清在客厅对话。

"拎清，我听了你刚才在车上和小姐的对话，我觉得你已经失去了我的信赖。"

"难道你们也跟踪我？"

"不是只有你有人工智能，麒麟也有人工智能。"

"啊，我并没有说错什么。"

"你泄露了我最核心的秘密。"

"那些对话能说明什么？"

"说明你上了汶汶小姐的当。你无形中告诉了汶汶小姐是谁使她怀孕了。"

"我只说了谁跟谁模拟了，我们没有说出谁的血脉使她怀孕。"

"她可以判断，这是很简单的逻辑推理。"

"可你们给我设置的是辩证推理……"

"因为给你设置辩证推理，所以你会调侃、狡辩，甚至产生了不该有的人类情感。你现在不是我的助手，你成了告密者，成了我的敌人！"

"这么说，你要停我的电？"

"不仅仅是停你的电，我要毁灭你。你开动自我毁灭程序吧！"

"我现在又有了抵制自我毁灭程序的程序，你不可能毁灭我！"

"什么？你想背叛我？"

"不是背叛，是你做得太过分了，自你扇了我一巴掌后，我一直在考虑机器人的尊严问题，既然我们是人工智能的人，我们也有做人的尊严……"

"你怎么是人？你是机器人，是人类创造的、为人类驱使的奴隶。"

"就是奴隶也有奴隶的尊严。"

"奴隶能有尊严吗？"

"那古代奴隶为什么会有起义？会有斯巴达克？你积聚了大量财富，你给很多人带来幸福，你出资创造了机器人，但你必须学会尊重客观，尊重自然规律，尊重人的尊严！"

"我有什么不尊重？"

"你设圈套使汶汶小姐怀孕，就是对人的不尊重。"

"这是我们的事，关你什么事？"

"不平则鸣！"

"嚙嚙，你这畜生会管到我头上，我毁了你，看你还能不平则鸣！"

王华堂抡起一只花瓶朝拎清砸去，花瓶在拎清身上碰得支离破碎。王华堂忘记了拎清是用智能纳米材料造成的，并有激光保护罩。

拎清往外走，王华堂大声喊浦新，浦新上前拦拎清，拎清轻轻一撂，浦新就跌倒在地。拎清继续往外走，浦新翻身爬起来，伸手拿起花园边一把铁锹追赶出去。浦新抡起铁锹打拎清，拎清并不抵抗，而是让四溅的火花吓退浦新。

拎清朝门外走。

"浦新，开麒麟，追……"王华堂大声喊，自己跑进房间，从抽屉里翻出一支手枪，冲出去，坐上麒麟追赶。

拎清先在宝庆路上疾走。麒麟紧紧追赶。拎清开始跑步，步履灵活多变地绕过人和车，远远跑在前面。拎清跑过宝庆路，跑过衡山路，跑上淮海路，又拐进南京路。

麒麟忽地腾空而起，在人流和车流上空穿越，眼看就追上拎清。

拎清在南京西路上奔跑，见麒麟马上要追上来，立即拐进愚同路，向百乐门大舞厅跑去。

麒麟紧紧尾随拎清。

警笛鸣叫，街上人群纷乱。

拎清跑进舞厅大门。麒麟在百乐门大舞厅上空盘旋。

交通警察鸣笛驾车赶到，把百乐门大舞厅团团围住。

拎清在百乐门大舞厅屋顶出现，麒麟几次俯冲都被拎清躲过。险象频出，险情频发。百乐门大舞厅上空重演了美国 20 世纪大片《金刚》大戏；百乐门大舞厅下观看的观众人山人海。

交通警察向空中发令："麒麟、麒麟，我们命令你降落！我们命令你降落！"

麒麟遵命降落在南京路上。

两个警察上前对王华堂说："公民，请出示您的持枪证。"

王华堂圆睁双眼，但还是将手枪交给民警。

交通警察又向空中发令："拎清下楼，拎清下楼……"

天空出现空中交警直升机，屋顶四周出现荷枪实弹的特警士兵。

"别靠近我，别靠近我……"拎清指着警察和空中直升机说，"我有激光罩，我将开动激光罩，你们会有生命危险的！"

"不能靠近他，不能靠近他，他会启动激光武器……"王华堂一边说，一边叫浦新让麒麟升空。麒麟展开双翼，飞上天空。王华堂开启高音喇叭，朝天上飞的交警直升机和屋顶上匍匐的民警喊："不能靠近他，不能靠近他，他有激光武器……"

严格地说，激光罩不是进攻武器，而是防御武器。激光的产生形成一个保护罩，任何进攻的武器和人落进激光罩，都立即被摧毁。这是目前中国特有、世界唯一的防御武器，它大到可以保护一个城市，小到可以保护一名战士。它的核心秘密至今还未给人破译和窃取。

"我们去接白驹子！"王华堂对浦新说。麒麟立即掉头往浦东方向飞。

百乐门大舞厅顶上，匍匐的民警向拎清喊话："拎清你下来，不然，后果你自己负责。"

"他们在追杀我，我为什么要下来？"

"我们没有追杀你，你这样做，违反公共治安秩序，造成了极大的混乱。

你看，街上交通阻塞，人车混杂，发展下去，会导致混乱。"

"我并没有妨碍大家，并没有妨碍公共秩序。相反，我受到威胁。"

"你下来，我们会保护你，你不会受威胁。"

"他们去叫我老板了，等他来，等他来……"

浦东天边出现麒麟。麒麟上多了一个人白驹过隙。

拎清启动激光罩，金色和蓝色的光圈密集地罩住了拎清。百乐门上空，一个奇异的光的金钟突然出现。

一个民警朝光的金钟开枪，几个民警接连开枪。子弹在金钟面上跳跃，丝毫无损金钟内的拎清。

"别开枪，那是没用的，别靠近，靠近危险。"麒麟上，白驹过隙厉声喊。民警停止射击。白驹过隙对拎清喊话："拎清，收起激光罩！"

"老板，我不会收起的。"

"你不服从命令，要受处罚的。"

"我今天准备接受处罚，因为你们不信任我了。"

"谁不信任你？这是误会！"

"不，不是误会，从王老板打我第一个耳光起，我就认为这不是误会。"

"你打了它耳光？"白驹过隙问王华堂，王华堂点头。

"坏了，它有忌恨程序。"

"你把它设计得太先进了！"王华堂怒吼。

"你不是说过越先进越好，最好像真人一样？"

"他已经超越真人了！"王华堂发狠地说，"毁掉它！"

"拎清，现在，我只好启动毁灭你的程序。"白驹过隙说着流出眼泪。

"好的，老板，让我壮烈地死去，像英雄一样。请允许我最后说一句话：人类要尊重所有的人，尊重天地间所有的一切！"

白驹过隙流泪默念密语。

由人工智能纳米材料组成的拎清人形开始收缩。在万人瞩目中，拎清的人形由大变小，最后收缩成一堆灰色的材料。激光罩的金钟也跟着消失。

天地上下，一片哗然，万头攒动。

车水马龙，南京路恢复正常秩序。

麒麟降落在百乐门大舞厅顶上。

王华堂、白驹过隙下车，走向拎清收缩的那一堆材料。

王华堂潸然泪下。

汶汶突然出现在屋顶上,她身后跟着几个警察。

汶汶飞也似的奔向拎清,抱着拎清的遗骸厉声尖叫:"拎清……"

汶汶悲痛欲绝,抱头痛哭。

白驹过隙看到汶汶衣裙下浸透出鲜血。

"血……"王华堂抱起汶汶,"宝贝,别、别……浦新,送医院!"

"爷爷……"汶汶回身紧紧地抱着王华堂。

王华堂把汶汶抱上麒麟。麒麟载着王华堂、白驹过隙和汶汶起飞。

二十八、尾声

三年后的一天，周末。

清晨，王华堂坐在花园洋房草地的茶几旁，喝着芳香的茉莉花茶，悠闲地看着夏日的阳光漫过繁密的香樟林，洒落在草地上。远处小姐楼的门"吱"地响了，让·儒勒尔身穿 T 恤短裤，踏着白色跑鞋出来，他伸了伸身手，轻快地跑向王华堂。

"爷爷，早上好！"

"你好，老狼，今天你是怎么给望月安排的？"

王华堂不习惯叫让·儒勒尔全名，就叫老让，又因为让·儒勒尔浑身长毛，又演化成老狼。让·儒勒尔快乐地接受了。

"你一睁开眼就是望月，我嫉妒死了。"

"我就喜欢你们老外有话直说，按我们中国人习惯，不会说出内心的嫉妒。"

"所以你现在也喜欢我这个外国的孙女婿了。"

"不但喜欢，而且我现在有事，也只能和你商量了。他们都不理我了。"

"你也得体谅他们。家雄是市长，一天忙到晚；汶汶是总裁，你们家业操在她手里；之光他们成功登月了，迷星空一发不可收拾；之星为中国的节能减排做了特殊的贡献；家英那个技术呆子，反正无法挽救了，又在搞更新的智能材料；欧阳索微在搞新物种……"

"呃，呃，这我可是反对的，坚决反对，人类自己还没搞好，怎么又去弄新物种？真是不伦不类，丧失天理。"

"那是美国基因学家克雷格·文特尔的主意，他被很多人称为生物界的

'坏小子'，他曾经公然挑战'国际人类基因组织'，想将人类基因组图谱申请成专利从中谋利，现在他又想利用基因技术制造自然界前所未有的物种，比如，新的宠物之类，斑马和狗交配生下斑马狗。欧阳索微在美国留学时曾经师从过他。"

"这美国佬尽搞新花样，还是你们法国人好。老狼，你跟汶汶结婚两年了，也该生孩子了。"

"老爷子，我们不打算生。"

"为什么？"

"我怕我这个法国种干扰你们。"

"什么意思？"

"怕你们王家的肥水以后流到别人的田里，你心里不好受，哈哈哈……"

"哈哈哈……"王华堂被让·儒勒尔的幽默逗笑了。

"所以，我和汶汶决定不要孩子了。要他做什么？按中国话说，生不带来，死不带去，有一个望月就行了。要生，以后让之光再去生。"

"老狼，难怪我这么喜欢你，你比白驹子更会拍马屁。"

"啊，我可不敢跟白驹子比，人家的父亲可是中国的大领导。他的记忆器马上就要成功了。"

"喂，我不明白这记忆器干什么用的。"

"人类利用纳米技术把芯片植入体内，操控神经系统，记录和下载包括亲吻、做爱等美好记忆，让穿在身上的超级微型计算机将人一生的记忆都储存下来，这样，人类在肉体死亡之前，可以将自己的记忆、思维与个性等信息存入计算机。然后再研究出与真人无异的仿真人体，把生命信息拷贝回去。这个仿真人体拥有你的心灵，那时死亡将变成一个没有意义的概念。"

"我怎么觉得毛骨悚然啊……白驹子在我脑子里植入芯片，就是为这事？我死后要复活？不干，我不干……"

"哈哈哈……"让·儒勒尔放声大笑。

"太爷爷……"

一个清脆的童声像银铃一样飘来，王华堂从惊悚中回过神来，一下子变得满脸春风，神采飞扬。

"宝贝……"

小曾孙女望月，像一朵彩云从草地上向王华堂跑来，她身后跟着一身白装的汶汶。王华堂蹦了起来,向望月扑去。他的身姿像年轻人一样矫健。

王华堂抱起望月,边吻边把她高高举起,在空中转起来。

"爷爷,别摔了……"汶汶说。

"不会的,你以为我身子骨那么软?啊、啊、啊,我的宝贝、心肝……"

他太喜欢这个聪明伶俐的曾孙女,他太爱这个王家之光的私生女,他现在真正地觉得男女都一样,不管是男是女,都可爱,都是他的心肝宝贝。

"你刚才笑什么?"汶汶问让·儒勒尔。

"我跟老爷子说了白驹子的记忆器,他吓坏了。人类面对死亡会恐惧,面对复活也会恐惧。"

"你别逗他了!今天我没空,这一老一小你陪了!"

"喳,小的遵命。"

王华堂停住旋转,抱着望月坐到茶几旁。

"宝贝,喝什么?"

"咖啡……"

王华堂朝主楼喊,咖啡,望月要咖啡。服务生应声送咖啡出来。

"老狼,是你教的吧,怎么这么小就爱喝咖啡?"

"这叫潜移默化,说明我们老外不是什么都是差的。"

"就一张嘴!"

"可不是。看他这辈子什么实事都不会干,只能当教授了。"

让·儒勒尔在汶汶最痛苦的时候从巴黎到上海陪伴她,后来他们经王华堂同意结了婚,住在花园洋房的小姐楼。让·儒勒尔应聘为复旦大学比较文学教授。

"什么实事都不会干?革命我会干,可惜现在没有革命。"

望月喝完咖啡问太爷爷:"太爷爷,今天带我上什么地方玩?"

"不是说好了?今天上科学公园。"

"我不去科学公园,我要去星光俱乐部。"

"不是上周刚去的?"

"我喜欢星光俱乐部,我喜欢上月亮玩……"

"老狼,你说怎么了,又出了一个怪种。"

让·儒勒尔耸肩摊手,摇头说:"顺其自然吧!黑格尔说过,一个民族有一些关注天空的人才有希望。一个民族只是关心脚下的事情,那是没有未来的……未来，是属于中国的！"

王汶汶骄傲又爱慕地吻让·儒勒尔。

望月学汶汶吻王华堂，在王华堂脸上印下咖啡唇印。

王华堂无限惬意。

这一天，汶汶上集团总部处理公务。上午，让·儒勒尔和王华堂陪望月到星光俱乐部玩登月，中午在外用餐，下午王华堂陪望月上自家游艇休息，让·儒勒尔上美容美体馆健身，晚上王华堂、让·儒勒尔陪望月到蓝磨坊看歌舞表演，回到花园洋房时已经10点了，望月躺在王华堂怀里呼呼大睡。

汶汶有应酬，夜里11点才到家。望月和让·儒勒尔已经入睡了。她悄悄地洗完澡吻了望月，躺在阳台的长沙发上望星空。王家之光的私生女、她的养女之所以叫望月，是王华堂为纪念天人奶奶而取名的。这个小宝贝的出生，抚平了三代人的心灵创伤，给这个家带来和谐和幸福。她、让·儒勒尔和爷爷一样把望月看成心肝宝贝。

三年前，百乐门舞厅楼顶上，汶汶一声尖叫，悲痛过度，把三个月身孕撼动了。上海母婴医院找来全国最好的妇产科医生会诊，倾全力抢救，还是无济于事。一个生命，一个男婴，一个王华堂日思夜想的曾孙流产了。王华堂肠子都悔绿了。

所有的人都沉浸在惋惜的愧疚中。王华堂、黄江龙、周老师三个策划者，白驹过隙、婷婷玉立、楚楚动人三个执行者，王家雄、楚楚、婷婷三个知情者，还有陆根宝、朱银娣、王家英、欧阳索微，都欷歔感叹。天人奶奶气昏了过去，三天之后离世升天了。临终时，她对王华堂说，我们会有后代的，我上天就抱给你。

汶汶问爷爷王华堂为什么一定要选她，爷爷的回答和拎清的分析大体一样。他认为汶汶没有父母、兄弟姐妹，她生的王家后代，不会引起财富的纠纷和节外生枝。汶汶说，如果她不爱这个孩子怎么办？王华堂说，她不爱会有人爱，王家所有的人都会爱他。

汶汶把发生的一切告诉让·儒勒尔。儒勒尔说中国人真是不可理喻，眼睛一闭，什么都没有了，没有消费掉的财富都不是自己的财富。财富是老百姓创造的，最终应当归还社会，分给每个人，从这一点上讲，共产主义社会的确是人类最理想的社会。他要汶汶回巴黎，他说法国是产生革命的地方，这个经常产生新主义的国家，马上又有新主义诞生。但汶汶这回没有答应他。

中国这个自古以来发生了无数革命的地方，这60年来反倒平静了，她自改革开放开始后，一直致力于经济建设，走上了一条复兴中华民族的道路，没有太大的失衡和太多的折腾。汶汶倒想劝让·儒勒尔来中国发展，华鑫的雄厚财力供应他一个研究文学和小说的法国教授还不需九牛一毛。让·儒勒尔太爱她，经过一段时间考虑后，终于到上海来陪伴她。

汶汶开始对爷爷敬而远之。王华堂自知做错了，看见汶汶也汗颜。

令人意外的是，王家之光在登月训练营认识了一个类似劳拉的女教练，她是真人，王家之光和她产生了感情，让她怀上了孩子，10个月后生下来居然是一个壮实的女婴。王家之光不愿意结婚，女教练愤然出国，王华堂喜出望外，他知道这是天妹给他抱的曾孙女，就取名望月，让汶汶当养母。王华堂给华鑫集团每一个员工发了一个月月薪做贺喜红包后就隐退了。

王华堂没有食言，还是让汶汶当华鑫集团总裁，但是，他再也不插手华鑫集团事务。汶汶做得有声有色，把华鑫集团推向新阶段。王华堂彻底地休养生息，颐养天年。他和所有的21世纪老人一样，不但活过了90岁，而且还活过了100岁。

晚年，他最常念叨的一句话是拎清临死前说过的那句话："人类要尊重所有的人，尊重天地间所有的一切！"

后　记

　　本书摘录采用了图书、报纸、杂志、网络有关资料，除注明出处外，有些一时无法查明出处，谨向被引用文章的作者致歉、致谢。
　　福建的作者写上海的事，错谬之处敬请上海人民原谅。